33 SANGER
OM MARIANNE

Sonja Sirnes

33 SANGER OM MARIANNE

Roman

OSLO 2024

COPYRIGHT © SONJA SIRNES, 2024
OMSLAGSILLUSTRASJON: SONJA SIRNES|ESPEN IVERSEN
OMSLAG: IDA NYGAARD
TRYKK: LIBRI PLUREOS GMBH, FRIEDENSALLEE 273,
22763 HAMBURG, TYSKLAND
PRINTED IN GERMANY
ISBN: 9788293873167

DEL 1

VINTER

Kapittel 1

The Ballad of Lucy Jordan – Marianne Faithfull
(*Broken English*, 1979)

Fra høyttalerne strømmet det som Marianne definerte som moderne popmusikk. En av disse damene som helt sikkert hadde sin helt egen stil og distinkte stemme, men for Marianne hørtes ut som alle de andre unge damene som hadde slått seg opp og fram i popindustrien de siste ti åra. Doja Cat, Ice Spice og Megan Thee Stallion, var i samme sekk som Dua Lipa, Ava Max og Rita Ora. Hun hadde falt av rundt Sia et sted, og det plaget henne ikke noe særlig. Emil og Caroline kunne ta seg av å skille mellom horden av popprinsesser. Eller var det Britney Spears og Christina Aguilera som var de siste popprinsessene? Hun kunne ikke egentlig tenke seg at denne nye generasjonen ble omtalt med adelige titler. Hun tok med seg halvliteren hun hadde bestilt i baren til det faste bordet, der resten av quizlaget allerede satt og sa hei ut i luften, da de alle var dypt inne i en diskusjon.

«… ikke en av de norske», fikk hun akkurat med seg at Caroline sa.

«Nei, enig», sa Jade.

«Har ikke Sza en sang som heter Kill Bill?» spurte Emil.

Den hadde Marianne faktisk hørt.

«Den høres ikke sånn som dette», sa hun.

«Nei, det er ikke den vi hører», sa Jade til Marianne, «men vi skal fram til noen som har en annen sang med et navn i tittelen.»

Hun henvendte seg til Emil.

«Det er et veldig godt innspill.» Hun la hodet på skakke og lyttet til musikken. «Dette kan godt være Sza.» De satt i stillhet alle sammen. Marianne prøvde å høre Kill Bill for seg samtidig med musikken i lokalet. Og det kunne stemme. Men det kunne også være helt feil. Hun nikket likevel mot Jade.

«Ja, enig», sa Caroline. «Dette kan definitivt være Sza.»

«Jeg skriver det inn», sa Kristoffer, og noterte seg Sza – Bill på arket, som det allerede sto «Smokie – Alice» på.

«Smokie?» spurte Marianne. «Spilte han seriøst Living Next Door to Alice?» Quizmaster pleide å framvise bedre smak enn det.

«Nei», sa Jade. «Greia er at det er en slags alfabetquiz, men det er ikke bandene som kommer i alfabetisk rekkefølge. Alle bandene og artistene vi hører har en annen kjent sang, og i tittelen til den sangen er det et personnavn.»

«Ok», sa Marianne, usikker på om hun hadde skjønt konseptet.

«Sangene kommer i alfabetisk rekkefølge til personnavnene i de andre sangene. Quizmaster har forklart hvordan det virker to ganger allerede», sa Caroline, «og jeg har inntrykk av at det fortsatt er lag i lokalet som ikke skjønner det, men jeg har trua på at du kommer inn i det.»

Det kom på en ny sang.

«Dette er JAY-Z», sa Caroline. «Det er jeg helt sikker på. Men har han noen sanger med navn i tittelen?»

Jade ristet på hodet.

«Men nå hører vi Beyoncé og», sa Emil. «Har ikke de noe sammen? Noe Bonnie-and-Clyde-aktig?»

«Men vi har jo allerede hatt B», sa Caroline.

«Ja, vi har kommet til C», sa Kristoffer. Så lyste han opp. «Clyde begynner på C, da!»

«Det gjør det», lo Jade. «Greit, da er den også i boks.»

Neste sang var en smørsanger av den gamle typen.

«Hvem er det som synger den Donna-sangen?» spurte Jade.

«Er det Paul Anka?» våget Marianne seg frampå med. «Eller Ritchie Valens?»

«Jeg tror det er Ritchie», sa Kristoffer. «Men dette høres mer ut som Paul Anka.»

«Kan det være at du husker feil?» spurte Jade.

«Så absolutt», svarte han. «Jeg liker egentlig ikke Paul Anka heller som svar, men det er det nærmeste jeg kommer nå.»

«Vi får vente litt med å føre inn denne», sa Jade. «Det er noe kjent med stemmen, men jeg klarer ikke helt å plassere det. Kanskje jeg kommer på det etter hvert.»

Emil strøk henne over armen.

«Ta den tiden du trenger», sa han.

Neste sang var en coverversjon av Leonard Cohens Suzanne.

«Nå synger de jo Suzanne, det er allerede et navn», sa Marianne, redd for at hun likevel ikke hadde skjønt reglene til denne quizen.

«Ja, det gjør de jammen meg», sa Jade, «og i den forrige sangen ble det sunget om Laura, og husker dere den Smokie-sangen? Den handlet jo om Sally, for vi diskuterte jo om det kunne være samme Sally som det synges om i Living Next Door to Alice?»

«Han spiller sanger med navn i tittelen også», bemerket Kristoffer. «Bare for å gjøre det ekstra forvirrende.»

«Så vi trenger ikke bry oss om Suzanne», konkluderte Marianne. «Hun her har en annen sang også, med et navn i tittelen?» Hun kjente selvtilliten krype tilbake mens hun snakket og fikk sortert tankene.

«Kom det inn en stemme til nå?» undret Caroline.

De lyttet.

«Ja», sa Jade. «Å! Det er sikkert de der svenske søstrene!»

«Hva da, Chips?» spurte Kristoffer.

«Nei», lo Jade. «Det er jo Elisabeth Andreassen og Kikki Daniels-son. De var ikke søstre. Og dette er mye nyere.»

«Å ja.» Kristoffer lo også.

«Jeg har helt jernteppe», sa Jade. «De har et navn som består av flere ord. Det har noe med Røde Kors å gjøre, tror jeg.»

«Røde Kors?» spurte Marianne.

«Ja!» Jade var ivrig nå. «Og de har en sang som heter Emmilou. Et navn som begynner på E. Det er akkurat dem vi er ute etter.»

«Er det First Aid Kit du tenker på?» spurte Emil.

«Det er det! Skriv det ned!» kommanderte hun Kristoffer.

Han noterte leende ned First Aid Kit – Emmilou på arket. Neste sang startet.

«Dette er ABBA. De har Fernando», sa Kristoffer, tydelig mis-fornøyd med å kjenne igjen sangen så raskt. Dette var helt klart musikk kjæresten hans hadde utsatt ham for, og ikke noe han likte selv.

Emil tok den siste slurken av ølen sin, og reiste seg.

«Jeg går i baren», sa han. «Er det noen andre som vil ha noe?»

Marianne hadde fortsatt en halv øl igjen, det samme gjaldt Jade og Kristoffer, men Caroline hadde nesten tømt sin halvliter, og ga uttrykk for at hun kunne tenke seg mer.

Da Emil kom tilbake noen minutter seinere – med et glass øl i hver hånd– var neste sang nesten ferdig, og de fire rundt bordet så håpefullt opp på ham. Han ristet beklagende på hodet.

«Jeg aner ikke hva dette er», sa han, og satte den ene ølen foran Caroline.

«Ikke vi heller», sa hun, mens hun nikket til takk.

«Den får stå tom for nå», sa Kristoffer.

Det kom to sanger til som var totalt ukjente for dem, men de gjetta The Goo Goo Dolls på den siste, basert på at de var kommet til I og alle husket Iris fra 90-tallet.

Sangen etter fikk Kristoffer til å smile.

«Dette er Pearl Jam», sa han. «Endelig noe ordentlig musikk.»

«De har Jeremy», la han til, i tilfelle noen skulle betvile at han hadde rett svar.

Neste sang var utvilsomt R.E.M, noe som passet bra med deres sang What's the Frequency, Kenneth?

Etter det kom gitarspill og en hes kvinnestemme som sang Corrine, Corrina.

«Åh», sa Marianne, «dette vet jeg hva er.» Fire par øyne så forventningsfullt på henne.

«Det er …», hun leita fram noe fra langt bak i hjernen, «… Marianne Faithfull», avsluttet hun triumferende. «Hun synger The Ballad of Lucy Jordan.» Hun henvendte seg direkte til Kristoffer og oppsummerte: «Faithfull – Lucy.» Marianne elsket sangen om Lucy Jordan, som da hun var trettisju år gammel innså at hun aldri hadde kjørt gjennom Paris i en kabriolet mens hun kjente vinden i håret. Og det ble på en måte et slags symbol på alt livet hennes manglet. Marianne hadde vært i Paris, men ikke i kabriolet, og selv om hun var veldig sikker på at husmorlivet til Lucy ikke hadde vært noe for henne heller, følte hun litt for ofte at hun levde for halv maskin. At det var noe mer der ute, om hun bare våget å skru bryteren på maks. Eller kanskje det ikke handlet om å våge, men å faktisk finne den rette bryteren. Sangen om Lucy Jordan hadde alltid føltes som om den handlet om henne, minus den tragiske slutten.

Neste sang var enda en smørsanger de ikke kjente igjen, men de hadde til gjengjeld ingen problemer med å koble Elton John sin Daniel med Nikita.

Kristoffer kjente igjen Elvis Costello, selv om ingen visste hvilken navne-sang han hadde. Etter det kom en 50-talls-rocker de sleit med, fordi de klarte ikke å huske hvem som sang Peggy Sue. Så kom tre sanger de rett og slett var sjanseløse på, før Emil kjente igjen Taylor

Swift, men ingen av dem klarte å huske en annen sang med et navn som begynte på T.

«Hun har en sang som heter Dear John», sa Caroline motløs, «men det er jo helt feil sted i alfabetet.»

«Ja, ja», sa Kristoffer. «Det får bli Tay-Tay og John likevel.»

Det kom tre sanger til hvor de måtte gjette. De følte seg trygge på Amy Winehouse og Valerie, mindre på Beach Boys og Wanda («Het ikke den sangen Help me, Rhonda?» «De kan vel ha sunget om Wanda selv om de sang Rhonda og!») og Kasabian/Ursula var et fullstendig skudd i mørket. Så brøt quizmaster inn over mikrofonen. Han startet med å innrømme at etter hvert som de nærmet seg slutten av alfabetet, så var det blitt vanskelig å finne kjente sanger med navn som begynte på de mer vriene bokstavene. Han uttrykte sympati med lagene, men mente også at det var bra for dem å ha noe å bryne seg på.

«På den neste sangen», fortsatte han, «skal vi fram til en komponist.»

Marianne rettet seg opp i ryggen. Dette var hennes domene. Det var ikke så ofte de fikk klassisk musikk på quizen, men når det gjorde det, var det hun som var det desidert sterkeste kortet deres.

«Han har skrevet en opera», holdt quizmaster fram, «som begynner på X. Det er det navnet vi skal fram til.»

Marianne noterte seg Xerxes med et spørsmålstegn bak på arket sitt.

«Er det en opera?» spurte Emil.

Marianne nikket. «Men den skrives egentlig med S, Serse, men jeg tror den kalles Xerxes både på norsk og på engelsk.»

«Det må jo være den. Det kan ikke være så mange operaer som begynner på X», sa han.

Marianne nikket igjen.

«Vet du hvem som har komponert den?» spurte han.

I mellomtiden ble lokalet fylt med fiolinmusikk fra høyttalerne.

«Jeg kommer på det», sa Marianne sakte. «Jeg må bare tenke meg litt om. Dette er en Sarabande», sa hun for å forsikre de andre om at hun visste hva hun snakket om. De satt i stillhet og hørte på den klassiske musikken. Tonene ebbet ut, og neste sang begynte. De kjente ikke igjen den heller.

«Det var Händel eller Brahms», sa Marianne, «og jeg vet ikke om noen operaer av Brahms, så jeg tenker vi går for Händel.»

Kristoffer nikket og noterte.

«Hva med denne sangen?» spurte han laget. Marianne ante ikke hva det var, og hun kunne se de andre var like blanke som henne.

«Jeg kommer ikke på noen navn som begynner på Y engang», sa Caroline.

«Ikke jeg heller», sa Jade.

Siste sang var heldigvis lett gjenkjennelig David Bowie, og Bowie og Ziggy ble behørig ført inn på arket. De hadde noen tomme felt, og Kristoffer fylte dem med nødgjett.

«Vent litt», sa Caroline. «Bytt ut Kasabian med Franz Ferdinand.»

«Har de en U-sang?» spurte Jade.

«Jeg vet ikke. Men det var dem det hørtes ut som, jeg kom bare ikke på det da. Jeg aner ikke hvilken sang på U de har, så du kan bare la Ursula stå, men jeg tror Franz Ferdinand stemmer over Kasabian, så da får vi i alle fall ett poeng.»

Kristoffer streket over svaret og erstattet det med Carolines nye forslag.

Fasit ble lest opp. De gremmet seg i fellesskap over å ha glemt Tom Jones' Delilah, gledet seg over at Carolines Franz Ferdinand stemte, selv om U-navnet de sang om var Ulysses. Marianne fikk mye skryt da Händel og Xerxes viste seg å være riktig, og selv om de til slutt endte opp på en trettendeplass var det god stemning rundt bordet.

Kapittel 2

Alone – Cody Jinks
(*30*, 2012)

Det var helg. Marianne våknet med en følelse av bomull i munnen og en mann ved siden av seg i senga. Hvordan hadde det gått til? Mojito og tequila. Det var sånn det hadde gått til. Hun gned søvnen ut av øynene, sto opp og gikk i dusjen. Da hun kom tilbake, lå han fortsatt og sov. Hun tok på seg en blomstret kjole og tasset barføtt ut på kjøkkenet. Hun skjenket seg et glass sukkerfri brus fra kjøleskapet, og tok i samme slengen ut melk, to typer ost, skinke, egg og smør. Hun satte på kaffe og laget en savory-variant av arme riddere. Hun irriterte seg over at det ikke fantes et bra norsk ord for savory. «Salt» var ikke dekkende nok, «smakfullt» dekket for mye, og «middagsrett» kunne bli direkte feil, som i dette tilfellet. Hun dekket på bordet, før hun gikk tilbake til soverommet og vekket den fremmede.

«Frokosten er snart klar», sa hun og forlot rommet igjen, slik at han kunne kle på seg i fred.

Han kom ned trappa fem minutter seinere. Hun hadde en kopp kaffe klar til ham, som han takknemlig tok imot.

«Vær så god», sa hun og slo ut med armene mot kjøkkenbordet. «Frokosten er servert.»

«Wow», sa han. «Hva er det der for noe?»

Hun hadde delt de arme ridderne i to, plassert de to halvdelene på en tallerken og pyntet med et par cherrytomater og et basilikumblad.

«Arme riddere», svarte hun. «En kompis av meg er sammen med en brite. Han lærte meg at de ikke trenger å være søte med kanel og syltetøy, og jeg lover deg, det kommer til å endre livet ditt. Iallfall frokostvanene dine. Jeg tviler på at du kommer til å gå tilbake til søte arme riddere etter å ha smakt disse.»

Han skar løs en stor bit, puttet den i munnen og nikket. «Du har helt rett. Dette er fantastisk. Ungene kommer til å elske dem.»

«Hvor gamle er de?» spurte hun høflig.

«Fem og åtte», sa han.

Hun stilte ikke flere spørsmål. Dette hadde ikke vært et sånt møte som skulle føre til noe stort. De skulle ikke bli en del av hverandres liv. Det hadde vært en nødvendig øvelse for å få dekket et midlertidig behov for kroppskontakt hos dem begge.

«De er hos mora si», sa han. Som for å forsikre henne om at han ikke lot dem være alene hjemme mens han var ute på byen og sjekket damer.

«Mhm», sa hun. Hun visste at hun balanserte på en knivsegg mellom uinteressert og direkte uhøflig. Det første kunne hun leve med, men hun ville fortsatt framstå som en person med folkeskikk.

«De tok ikke skilsmissen kjempebra, men jeg tror det hjalp at vi klarte å være sivilisert mot hverandre i prosessen. Jeg har venner som baksnakker hverandre til barna sine, og sånn vil jeg ikke være», delte han villig.

Marianne nikket og tok en slurk av kaffen sin.

«Det er synd, egentlig. Ikke et vondt ord om eksen min. Vi vokste rett og slett fra hverandre. Vi er fortsatt gode venner, og jobber godt sammen når det gjelder barna, men ekteskapet hadde mistet all piffen, og vi ble rett og slett enige om å gå hver til vårt før vi endte opp med å såre hverandre.»

«Så deilig rasjonelt», sa hun, og mente det.

«Takk», sa han, og så ut som om han oppriktig satte pris på komplimenten.

«Hva med deg?» sa han så. «Har du aldri vært gift?»

«Nei», sa hun og kvalte et sukk. Hun visste hva som kom nå.

«Hvorfor ikke det?» spurte han.

«Jeg er ikke noe interessert i det», svarte hun.

«Jammen», sa han, «du ser jo helt ok ut.»

«Jo takk», svarte hun tørt, «og hva har det med saken å gjøre?»

«Det kan jo ikke være så vanskelig å finne noen som vil gifte seg med deg?»

«Jeg sa jo akkurat at jeg ikke er interessert.» Marianne kjente at hun ble irritert.

«Du har nok bare ikke møtt den rette enda.» Han tok en slurk av kaffen igjen og satt der med en mine som om han kom med stor visdom, og ikke med en klisjé hun hadde hørt siden tenårene.

«Jeg er snart femti år gammel», svarte hun. Hun kunne se at det rykket i ham. Det slo henne at han nok var en del yngre enn henne. «Og jeg har et rikt sosialt liv, en god jobb. Jeg har deitet menn. Mange menn.» Det var en overdrivelse, men her måtte hun smøre tykt på for å nå gjennom. «Og noen kvinner», slang hun på for sikkerhets skyld, selv om det strengt tatt ikke var tilfelle. «Og jeg er ganske sikker på at jeg kjenner meg selv godt nok til å vite hva jeg vil. Bedre enn hva en tilfeldig fyr som har kjent meg i ti minutter gjør, iallfall.»

Noe endret seg i øynene hans. Hun hadde gått for langt. Mens hun snakket, hadde irritasjonen hennes vokst seg til sinne. Dette var ikke lenger en lett frokostkonversasjon om livet, men heller Middelaldrende Dame Kjefter På One Night Stand.

Han nikket. Gaflet i seg den siste biten av en arm ridder og reiste seg.

«Jeg tenker jeg drar hjem nå», sa han og gikk mot gangen.

Han fikk på seg jakke og sko imponerende fort, og var ute av døra før Marianne rakk å si «takk for i går».

Etter at han var dratt, ryddet Marianne kjøkkenet, gikk over alle overflater med en fuktig klut, og satte vinduet på gløtt for å lufte. Hun var fylt av en selvrettferdig harme. Hun hadde hatt dårlig samvittighet i to øyeblikk, men nå nøt hun raseriet sitt. Hun visste at mennesker var forskjellige, og at det var forskjellige måter å finne lykke på. Supert for ham at han hadde funnet sin vei, men hun skjønte bare ikke hvorfor folk ikke klarte å akseptere at hun ville noe annet. Hun satte på puggelista på Spotify og krøp opp i sofaen med Dickens' roman *Store forventninger*. Den var utrolig langtekkelig, men hun hadde sett den på flere lister over bøker man måtte lese før sin død, så hun hadde gitt seg i kast med den tidlig i desember, med et mål om å ha lest den ferdig før året var omme. I bakgrunnen surret Alone, som hun var nesten helt sikker på at det var Cody Jinks som sang. Musikkquizlaget hennes var svake på køntrimusikk generelt, og nyere køntri spesielt, og hun hadde ved et uhell blitt den som fikk ansvaret for å lære seg mer om sjangeren. Hun begynte nå å kunne skille mellom Cody Jinks, Dustin Lynch og Tyler Farr, men det var så mange av dem at hun var usikker på om det var verdt det. Kanskje hun skulle legge ned hele prosjektet og bare gå tilbake til å gjette Toby Keith på alt som ikke var Garth Brooks eller Willie Nelson. Men hun var ikke klar for å gi opp helt enda. Litt mer tid kunne hun bruke.

Laget hennes quizet fast en gang i uka, på en pub i sentrum. De hadde gått der i mange år og etablerte seg som et av de stødige midtpå-treet-laga. Det var stort sett de samme lagene som toppet resultatlista, men én gang, på høsten i 2017, vant de hele quizen. Da kjøpte de en flaske champagne, ikke en av de billige, musserende variantene fra Italia eller Spania, men faktisk ekte champagne. De feiret som om de hadde vunnet et verdensmesterskap. Det ble en spontan fest, og de hadde blitt der og drukket tett til puben stengte, og neste dag var de enige om at slik kunne de ikke feire hver gang.

Det viste seg å ikke være en problemstilling de trengte å ta spesielt mye hensyn til, for uka etter var de tilbake på tolvteplassen, og nå, fire år seinere, var de fortsatt fornøyde med å havne på topp ti. Quizlaget besto av henne selv, barndomsvennen Emil, kona hans, Jade, en studievenninne av Jade, Caroline og Kristoffer, som Emil var blitt kjent med via en tidligere kollega. De var kollektivt sterkest på populærmusikk fra 70-, 80- og 90-tallet, men hadde alle sine spesialfelt. Marianne likte å tro at hennes var post-rock, progrock, jazz og klassisk, selv om det var lite av det siste, Emil kunne den mer streite rocken, men var også overraskende god på tyggegummipop-musikk, Caroline kunne rap, men var også den desidert sterkeste på de nyere greiene. De «nyere greiene» var alt som hadde kommet etter 2000. Jade hadde en solid blanding av kunnskap om generell musik-khistorie og nyere indieband. Men ingen av dem kunne køntri. Så nå hadde Marianne altså fått ansvaret for det. Fordi hun hadde vært så dum å nevne at hun likte en sang av Carrie Underwood. Men det kunne vært verre. Kristoffer hadde fått pådyttet rollen som musikal- og Eurovision-ansvarlig. Styrken hans var egentlig rock, alt fra puddel til metal, og de skikkelig gamle greiene, men siden han var homofil, var det han som oftest ble utsatt for sjangrene og derfor hadde et snev av mer peiling enn resten. Samboeren til Kristoffer, en brite ved navn John, den samme briten som introduserte Marianne for «savory french toast», elsket både musikaler og Eurovision, og Krist-offer var motvillig med-vert for Eurovisions-fest hvert år og ble dratt med på musikalforestillinger oftere enn han satte pris på.

Da Marianne hadde lest nøyaktig nitten sider, som var antallet sider hun måtte lese hver dag for å bli ferdig til nyttår, la hun fra seg boka. Hun klødde i fingrene. Hun kjedet seg, men det var fortsatt noen timer igjen før hun skulle dra til Emil og Jade, hvor hun var invitert til middag på kvelden. Hun gikk inn på soverommet og fant fram treningstøy. Hun kjente etter på formen. Det ble en del sprit kvelden før, og når hun likevel hadde det kjipt, kunne hun like gjerne påføre kroppen litt mer smerte. Hun hatet å jogge, men det var nå den enkleste måten å holde seg i form på. Hun skulle ønske at hun var en zumba-dame. De så tullete ut, ja, men de lot også til å ha det gøy, der de vrikket på hofter, og holdt armene ut fra livet i rett vinkel. Men Marianne var ikke trygg nok på verken koordinasjon eller rytmesans til å føle seg komfortabel på en time av den typen, derfor holdt hun seg til jogging og en og annen styrketreningsøkt.

Litt over en time seinere gikk hun ut av dusjen, og tørket seg med et stort, beige håndkle som matchet resten av baderomsinteriøret. Hun visket doggen av speilet, og ble stående og studere seg selv. Hun var ikke så pen som hun skulle ønske hun var, men det var vel ingen. Da hun var yngre, pleide folk ofte å fortelle henne at hun var søt, men på et eller annet tidspunkt hadde de sluttet med det. «Du ser jo helt ok ut», hadde han sagt. Hun antok at hun var blitt for gammel til å være søt. Utseende var heller ikke et samtaleemne som ble utforsket så grundig lenger. Man hadde andre ting å snakke om. Men å stå og studere seg selv i speilet og vurdere egne estetiske kvaliteter var nok noe hun kom til å gjøre resten av livet. Hun var glad for at hun var blitt mindre streng med seg selv i takt med at tidens tann gnagde bort ungdommelig skjønnhet.

Hun kledde på seg og gikk ut på kjøkkenet, hvor hun bakte mini-quicher. Hun laget deigen fra bunnen av og hadde i fire forskjellige typer hjemmelagede fyll.. Hun pakket ned tre av hver i en fin kurv, la til side et par som hun kunne ha til lunsj dagen etter, før hun la resten i en boks i fryseren.

Kapittel 3

Crush – Jennifer Paige
(*Jennifer Paige*, 1998)

Det var Jade som noen timer seinere åpnet døren for Marianne. Hun så som vanlig uforskammet flott ut. Hun hadde langt, svart hår, store øredobber og en gul kjole med matchende gul neglelakk.

«Hei. Oi. Du har gått full Cardi B i dag», sa Marianne. Caroline hadde fortalt henne at Jade, med unntak av en liten periode rundt 2005-2007 da barna var små, alltid hadde sett ut som om hun var klippet rett ut av et moteblad.

Jade kastet håret over den ene skulderen og lo.

«Jo takk, jeg prøver.» Hun tok Cardi B-sammenligningen som en kompliment. Og hvorfor ikke?

«Kom inn», fortsatte hun.

Marianne gikk inn i den ryddige gangen, og la med en gang merke til et par herresko som ikke hørte hjemme der.

«Har dere invitert flere i kveld?» spurte hun overrasket.

«Ja», svarte Jade, «en kollega av Emil er også her.»

Marianne så til dels skeptisk og til dels oppgitt på Jade. Hun lo.

«Nei, vi skal ikke spleise dere», sa hun. «Han inviterte seg praktisk talt selv, du vet hvordan det er.»

Marianne visste ikke hvordan det var, men nikket likevel.

De gikk inn i stua sammen, noe 90-tallsgreier med Jennifer Paige strømmet lavt fra høyttalerne, og Marianne overleverte kurven med mini-quicher.

«Jeg har tatt med forretter», sa hun.

«Forretter?» hørte hun en mannsstemme si. «Er det noe man tar med seg nå?»

Hun snudde seg og så en høy mann stå der. Han hadde samme jeg-deltar-på-Birkebeinerrittet-om-sommeren-og-Birkebeiner-rennet-om-vinteren-fordi-jeg-er-i-god-form-og-har-råd-til-det-vibben som Emil også hadde. Marianne strakte fram hånda og hilste ved å si navnet sitt.

«Trond», svarte han.

«Hyggelig å møte deg», sa Marianne.

«Vil du ha et glass vin?» hørte hun Emil si bak seg.

Hun snudde seg akkurat idet han prøvde å snike seg mellom henne og bokhylla som sto langs veggen. Han la en hånd mot korsryggen hennes, bare et øyeblikk, og hun kjente varmen ile fra det punktet hvor han hadde lagt hånda, og opp mot nakken.

«Ja, takk», sa hun, og hørte at stemmen sviktet, så hun kremtet for å dekke over det. Hun og Emil hadde tilhørt samme gjeng i tenårene, mistet kontakten da de dro til hver sin by for å studere, for så å finne hverandre igjen da Facebook ble en greie på slutten av oo-tallet. De oppdaget at de ikke bodde så altfor langt fra hverandre i Oslo, og at de begge likte å gå på pubquiz. Etter å ha prøvd noen forskjellige konstellasjoner av quizlag, hadde de endt opp med et fast musikkquizlag som quizet sammen en gang i uka, ispedd en og annen ekstraquiz og generelt sosialt samvær utenom.

Da de gikk på skolen sammen, hadde hun lagt merke til ham en stund før de ble kjent med hverandre. Hun hadde sett ham på fester og syntes han var veldig kjekk. Hun hadde gjort et forsiktig framstøt da de begge gikk i andre klasse på videregående, men responsen var så laber at hun konkluderte med at det ikke var noe å hente. Da de hadde møttes igjen som voksne, var han allerede gift med Jade. Det kriblet riktignok i hele kroppen første gang Marianne så ham igjen, men hun skjønte at dette var en kjærlighet det ikke var plass til i verken hans eller hennes liv, og det hadde ikke kostet henne noe å pakke forelskelsen vekk, for bare å hente den fram en sjelden gang når hun følte seg ensom og trengte noen å dagdrømme om. Men av og til, som når det kom en berøring ut av intet, poppet den opp og vippet henne av pinnen. Bare et øyeblikk. Innen han kom tilbake, smilende med vinglasset i hånda, var hun seg selv igjen, og da hun tok imot glasset, og hendene deres så vidt kom borti hverandre, var det et helt normalt ubetydelig øyeblikk mellom to venner. Hun hadde kontroll.

De satte seg rundt spisebordet. Hun satt ved siden av Trond, med Emil tvers overfor seg, og Jade på skrå. Jade hadde dandert mini-quichene pent på et fat og satt fram en salat til. De forsynte seg, og Jade spurte Marianne:

«Hvordan var julebordet i går?»

«Veldig bra», svarte Marianne. «Vi spiste på den restauranten du anbefalte. Det var knallsuksess. Og så dro vi ut på byen med ungdommen etterpå. Det var morsomt.»

«Det hørtes gøy ut», sa Jade.

«Det var det», sa Marianne. «Og så tok jeg en fyr med hjem fra byen.»

«Ooooo», sa Emil og Jade i kor.

«Skal du møte ham igjen?» spurte Trond.

«Nei, jeg er ikke interessert i noe forhold», sa hun.

«Å, var det noe galt med ham?» spurte Trond. Han virket oppriktig interessert.

«Nei, nei», sa Marianne. «Bortsett fra at han var klassisk dust som mente at man ikke kan være lykkelig med mindre man har en partner, var han helt ålreit.»

«Men hvorfor vil du ikke møte ham igjen, da?» spurte Trond.

«Jeg sa ikke at jeg ikke er interessert i et forhold med ham», svarte Marianne. «Jeg sa at jeg ikke er interessert i et forhold. Punktum.»

«Ikke med noen?»

«Nei», sa Marianne og stålsatte seg. Hun hadde hatt denne samtalen så mange ganger, men to runder på samme dag var personlig rekord.

«Vil du ikke ha noen i livet ditt?» fulgte Trond opp.

«Jeg har noen i livet mitt», svarte Marianne og holdt hendene ut mot Jade og Emil. «Disse her to, blant annet.»

«Jammen.» Trond ga seg ikke. «Noen som er din. Noen som er ditt vitne. Som du kan legge deg sammen med, stå opp sammen med.»

«Nei, jeg har ikke noe behov for det», prøvde Marianne igjen.

«Jeg mener ikke å være slem her, men er du helt sikker på det?»

Han kom ikke til å gi seg. Hun kunne ikke bli Sint Middelaldrende Kvinne i middagsselskap med vennene sine. Selv om dette var en omstendighet hun stadig vekk befant seg i, hadde ikke Marianne funnet en elegant måte å komme seg ut av disse samtalene på. Men hun hadde en uelegant en.

«Jeg var sammen med noen en gang, og jeg syntes ikke det var noe særlig.»

Hun merket at Emil og Jade stivnet litt. De visste hvor samtalen var på vei nå.

«Alle har vel vært i et dårlig forhold, det er vel ikke noen grunn til å gi opp kjærligheten helt», mante Trond.

Marianne dro fram trumfkortet sitt.

«Han var ikke noe snill med meg. Han var voldelig.» Marianne så hvor forskrekket Trond ble, så hun modererte seg.

«Altså, det var ikke superdramatisk, og jeg kom meg ut relativt fort, men jeg mista liksom interessen for å være i et forhold.»

«Ikke avdramatiser det der», sa Emil. «Du var skikkelig ødelagt en stund.»

«Ja, det var en tøff periode, men det er ikke som om jeg fortsatt er traumatisert. Det var kjipt, det er lenge siden nå, og jeg er ferdig med det, men jeg har det greit alene, og tenker jeg holder det sånn.»

Trond så ut til å ville protestere mer, men var nå tydelig livredd for å trå feil.

«Bra du kom deg ut av det, og har det fint nå», sa han istedenfor. «Disse paiene her er forresten helt nydelige.»

«Tusen takk», svarte Marianne, tilfreds med den lille manipulasjonen. «Jeg liker å utforske forskjellige kjøkken.»

«Det har du lykkes med», sa han og forsynte seg med enda en liten quiche, en fransk en denne gangen. Dette gjorde Marianne mer positivt innstilt til ham.

«Er du gift?» spurte hun, mest som en slags vennlig gest. Et fredsoffer, for hun hadde en mistanke om at hun visste svaret.

«Ja», svarte han. «Og jeg har fem barn», fulgte han opp, med stolthet i stemmen.

«Oi. Fem stykker, det må være kaotisk.» Marianne var fornøyd med at hun ikke bare hadde ropt «FEM!» og spyttet vinen sin på ham som om hun var en karakter i en sitcom fra 80-tallet. Hun kunne være hyggelig når det krevdes.

«Ja, det er kaotisk, men også veldig moro.»

«Hvor er de i kveld?» Hun hadde allerede mistet interessen, og fikk bare halvveis med seg noe om at kona hadde tatt dem med til foreldrene sine, som bodde på en bondegård. Fem barn. Det hørtes altoppslukende ut. Da dro hun heller til Paris i en kabriolet. Hun sonet ut en liten stund, men ble dratt tilbake til virkeligheten da hun hørte ham si:

«... det blir vanskeligere neste helg, da skal vi alle i førtiårsdag til svigerinna mi, og der er ikke barna velkomne.»

«Hvordan da, ikke velkomne?» spurte Jade.

«Nei, du vet, de skal ha voksenfest, folk skal drikke seg fulle og vil ikke ha unger som vitner», sa han oppgitt.

«Men det må jo foreldrene få bestemme selv, man trenger jo ikke drikke seg dritings», stemte Emil i.

«Enig», sa Trond. «Renate og jeg drikker jo uansett ikke noe særlig.» Han tok en pause, løftet rødvinsglasset og tok en slurk, og Marianne lurte på om det var med vilje for å skape en slags dramatisk ironi, men det virket ikke som om han så hva han selv gjorde. «Men nå må vi finne barnevakt til alle fem utenfor familien. Noen er bare så hensynsløse.»

«Men …», begynte Marianne forsiktig, men hun merket allerede at dette kunne gå galt. «Det er jo hennes førtiårsdag. Hun må jo feire den som hun vil. Hun skal jo ikke måtte ta hensyn til dere.»

«Jammen, det har jo ikke noe å si for henne? Vi skal være på gården til foreldrene hennes, og ungene kan sove på høyloftet …» Alle tre så spørrende på ham. «… Som er det vi kaller stuen som vi har innredet over den gamle låven, det er ikke et faktisk høyloft. Ungene er i seng lenge før festen tar av.»

«Det dreier seg ikke bare om det.» Marianne følte seg som helten i en eventyrfilm som skulle krysse et gulv hvor noen av steinene var rigget med feller. Her måtte hun være forsiktig. «Man vil gjerne ha voksen, uavbrutt samtale, og når det er barn til stede, så får man ikke det.»

«Det er jo bare hyggelig med noen barn som løper rundt», sa Jade. «Der jeg kommer fra, er det helt vanlig at barn og voksne er sammen på fester.»

«Det ER jo ikke det», sa Marianne litt for bestemt.

«Er det ikke vanlig at barn og voksne er sammen på fester i Karibia?» Jade senket de lange vippene og så skrått på Marianne.

«Altså, det vet jo ikke jeg noe om, og det stemmer nok når du sier det, men det er ikke *bare hyggelig* med barn som løper rundt. Det er masete og slitsomt, men det kan jeg jo ikke si, for da er jeg plutselig egoistisk og hensynsløs.»

«Det er ingen som har kalt deg egoistisk og hensynsløs», sa Emil. Pokker – hun hadde tråkket på en av steinene som hadde en felle.

Eller ikke det, engang. Hun hadde snublet i sine egne bein og fått samtalen til å dreie seg om seg selv.

«Jeg mener bare at jeg forstår henne, men jeg skjønner jo at det er vanskelig for dere å ordne barnevakt for fem stykker», sa hun for å prøve å lette på stemningen, og – måtte hun erkjenne – å framstå som hakket mer sympatisk.

«Melder du deg frivillig?» spurte Trond.

Marianne kunne kjenne blodet forlate ansiktet.

«Jeg … ehm …» Hun åpnet og lukket munnen et par ganger, før Trond og de andre satte i å le.

«Ta det med ro, jeg bare tuller», sa han. «Vi har nesten fått kabalen til å gå opp med overnattingsbesøk hos venner, og en nabojente kan ta den yngste. Men du skulle sett hvor forskrekket du så ut.»

«Ok, du skremte meg ordentlig der.» Marianne skjenket i mer vin til både seg selv og Trond, og alle skålte.

«Hva driver du med, da?» spurte han. Det var hans tur til å komme med et fredsoffer til samtalen.

«Jeg driver en skjønnhetssalong. Helena, den ligger like ved Rådhuset.»

«Jeg vet hvor den er!» sa han ivrig. «Jeg sykler forbi den hver dag på vei til jobb.»

Selvfølgelig syklet han til jobb.

«Det er Marianne som er Den Skjønne Helena», sa Emil med et glimt i øyet. Hva var det han drev med nå? Flørtet han? Nei, han var nok bare litt full og prøvde å være morsom.

«Nei, jeg er jo ikke det», svarte Marianne. Emil visste godt bakgrunnen for navnet, men han visste også at hun likte å fortelle om det, så det var nok mest det den «skjønne Helena»-kommentaren dreide seg om. «Tanken er mer at alle kan være en Helena, hvis de bare kommer innom salongen min.»

«Hva?» Trond smilte skjelmsk. «Få et ansikt som starter kriger?»

«Nei!» sa Marianne litt for høyt, men hun lo, «bli dritpen.»

«Hvordan var det? Det var hun som ble klekket ut av et egg?»

«Det stemmer», sa Marianne. «Hun er datter av Zeus, og han var en svane da han hadde seg med mora hennes … så mora la egg med henne og … noen søsken …?»

«Gresk mytologi er batshit», stemte Emil i. «Zeus gjorde jo knapt annet enn å skape seg om til dyr og lure seg til å ligge med kvinner.»

«Det er en myte», sa Jade. «Stort sett skapte han mest andre om til dyr, av forskjellige grunner.»

«Alt med Zeus er egentlig myter», påpekte Marianne.

«Godt poeng», stemte Trond i. «Men av en eller annen grunn føles det som om de tingene som ble funnet opp av Disney og Hollywood er mer oppdiktet enn de som ble funnet opp av grekere rundt leirbålet for tusenvis av år siden.»

«Hadde grekerne leirbål?» spurte Emil.

«Alle hadde leirbål i gamle dager», svarte Jade. «Det var der de fant på mytene sine.»

De lo, alle sammen.

«Det er faktisk sånn at Zeus …» begynte Trond, men så avbrøt han seg selv. «Du har kanskje ikke behov for at jeg mansplainer gresk mytologi for deg?» Han smilte til Marianne.

«Hva er det for noe?» spurte Jade.

«Hva mansplaining er for noe?» sa Trond usikkert. Det var tydelig at han luktet lunta, men så ikke ut til å forstå hvor den førte hen.

Marianne bestemte seg for å redde ham. Etter det der du-må-jo-ha-en-partner-vaset hadde han jo vært både morsom og hyggelig, så hun skyldte ham såpass.

«Du kan ikke gjøre sånt», lo hun.

«Hva da?» sa Jade uskyldig.

«Du kan ikke spille dum og be om en forklaring på noe, for hvis noen da er så hyggelige at de forklarer for deg, er det per definisjon ikke mansplaining lenger», stemte Emil i.

«Mansplainte du akkurat mansplaining for meg?» sa Jade med et selvtilfreds smil.

«Nei, det var jo akkurat det han ikke gjorde», sa Marianne. Hun likte når det var hun og Emil på lag mot Jade, men kjente at følelsen kom med et stikk av dårlig samvittighet. Jade lot seg ikke affisere, hun satt fortsatt og gliste for seg selv og feiret noe som definitivt var en falsk seier. Men Marianne var varm og full og lykkelig, og bestemte seg for ikke å følge det videre.

Kapittel 4

Little White Lie – Sammy Hagar
(*Marching to Mars*, 1997)

Det var seint på ettermiddagen, og Marianne stengte salongen. Quizen startet ikke før om en time, og det var knappe tjue minutter å gå. Hun tok fram en boks med gårsdagens middagsrester som hun varmet i mikrobølgeovnen, og satte på Cody Jinks på Spotify. Hun merket at hun hadde begynt å like musikken hans, selv om han fortsatt hørtes ut som alle andre køntriartister fra de siste ti årene. Hun fant fram *Store forventninger* og leste dagens nitten sider mens hun spiste. Hun hadde fortsatt noen minutter igjen før hun måtte gå, så hun leste to sider til. Hun hadde gjort det samme dagen før, kanskje klarte hun å bli ferdig en dag tidligere og kunne ta seg fri på nyttårsaften. Hun skylte tallerkenen i den lille vasken på pause-rommet og satte den i benkoppvaskmaskinen, sammen med de tre kaffekoppene som sto i kummen. De måtte nok kjøre den i morgen. Det lille kjøkkenet på jobben hadde ikke plass til en ordentlig oppvaskmaskin, og det trengte de ikke heller, men å investere noen tusenlapper og litt benkeplass på minivarianten var det smarteste Marianne hadde gjort det året. Før hadde de hatt skitne kaffekopper og vannglass stående overalt, og selv om det fortsatt var Marianne som ryddet, plaget ikke det henne så mye som stadig å måtte mase på folk om å vaske opp.

Hun tok med seg søpla og gikk ut bakveien. Hun skrudde på Bluetooth på de trådløse hodetelefonene, og hørte på Cody Jinks hele veien til puben. Han satt nesten nå. Kristoffer var allerede på plass da hun kom. Hun hilste raskt før hun gikk i baren og bestilte seg en øl. Hun satte seg ned på motsatt side av bordet. Kristoffer satt og leste på mobilen. Han så misfornøyd ut.

«Hva skjer?» spurte Marianne.

«Kevin Smith har visst kommet med en ny film», sa han.

«Er ikke det en god nyhet?» spurte Marianne. Hun mente å huske at Kristoffer var fan av filmene hans.

«Han har sluppet den som en NFT, da», sa Kristoffer med så mye forakt i stemmen at den ble utydelig.

«Som en hva?» spurte Marianne.

«NFT. Sånn non-fungible token. Det er …», begynte Kristoffer, men Marianne avbrøt ham.

«Jeg vet hva det er, jeg bare hørte ikke hva du sa.»

«Jeg skjønner ikke vitsen, da.» Kristoffer slengte mobilen fra seg på bordet for å demonstrere hvor misfornøyd han var. «Jeg ble så glad, og så ble jeg så skuffa.»

«Som å se verdens mest sexy mann sitte på do. Naken. Med bare sokker på?» foreslo Marianne.

«Takk for det bildet», lo Kristoffer i samme øyeblikk som Caroline kom til bordet.

«Hva snakker dere om?» spurte hun. De oppdaterte henne på situasjonen fra Kevin Smiths NTF til Mariannes sokkefyr på toalettet. Hun sa seg enig.

«Men det kommer en Clerks tre», sa hun. «Det er jo gode nyheter.»

«Er det?» spurte Kristoffer. «Toeren var milevis fra den første, da. Hvis det fortsetter slik, må vi finne opp negative terningkast.»

Marianne nikket, tok en slurk øl. Hun så opp og registrerte at Emil og Jade kom inn døra og styrte rett til baren. Hun vinket til dem. De vinket tilbake. Det gjorde også mannen som fulgte rett bak dem. Marianne kjente ham ikke igjen med en gang, men da hun gjorde det, utbrøt hun «Alexander!» Hun reiste seg, han smilte stort og kom gående mot henne, og klemte henne, hardt og lenge. Han var ikledd skinnjakke og dongeribukse. Han var blitt tynnere i håret, hadde et kledelig grått skjegg og antydning til mage, men ellers var han seg selv lik.

«Marianne!» sa han mykt. «Det må være minst tjue år siden.»

«Ja, eller nærmere tjuefem.» Hun husket ikke helt når hun hadde sett Alexander sist, det må ha vært før 2000, da hun flyttet til Oslo. «Kom du med Emil og Jade? Hvor kjenner du dem fra?» spurte hun.

«Hvem?» Han så forvirret ut. «Nei, jeg kom alene. Jeg skal møte Arve – du husker Arve … han som hadde den motorsykkelsjappa?» Han stoppet akkurat lenge nok til at Marianne rakk å nikke. «... I restauranten i nabobygget, men jeg er tidlig ute, og tenkte jeg kunne ta en øl her først.»

«Det begynner en quiz her om fem minutter, laget vårt er fullt, men du kan være med, hvis du vil?» Marianne så fort på de andre, som begge hadde satt opp et «Jada, greit nok for meg»-ansiktsuttrykk. Hvor-mange-kan-vi-være-på-laget-diskusjoner hadde de avgjort for lenge siden. Det var greit å overskride lagbegrensingen en sjelden gang, hvis det var av sosiale årsaker.

«Jeg vet ikke …» Alexander dro på det. «Jeg kan jo ingenting.»

«Tull», sa Marianne. «Alle kan noe. Jeg skal finne en stol. Her, sett deg på min plass.» Hun reiste seg. «Jeg ordner en øl til deg også.»

Da hun kom tilbake til bordet med en krakk i den ene hånda og en halvliter i den andre, var Emil og Jade også kommet med sine øl, og de nærmet seg slutten på hilserunden.

«Hvor kjenner du Marianne fra?» spurte Jade. Hun hadde kledd seg i rødt i dag, og satt opp det lange håret i en stor ball på toppen av hodet. Hun hadde på store, røde øredobber og et bredt, svart belte, som nesten var 90-talls, men likevel virket veldig moderne. Marianne skjønte ikke hvordan Jade klarte det.

«Vi var kjærester for et halvt liv siden», svarte Alexander og tok en slurk av ølen sin.

«Huh, på barneskolen?» spurte Emil med mer overraskelse i stemmen enn Marianne syntes var normalt under omstendighetene.

«Nei, tidlig i 20-årene. På 90-tallet. Jeg studerte, og Marianne jobbet på et sånt tvilsomt massasje-sted.»

«Det var ikke tvilsomt», protesterte Marianne leende, før hun så ansiktsuttrykket til Emil. Han så forvirret og såret ut. Var han sjalu? Men nå så hun at Jade heller ikke helt skjønte hva som foregikk, og Caroline så beint fram skrekkslagen ut.

«Men ...», begynte Emil. Men så startet quizen, og alle måtte være stille for å få med seg instruksene om hva de skulle svare på i første runde, de skulle ha navn på artist, sangtittel og navn på et annet band som også har en sang som het mer eller mindre det samme. Det ble forvirring rundt hvorvidt de måtte føre inn sangtittel som svar også, eller om det holdt med bandene og artistene, men det var visst andre lag som også lurte på det, for kort etter spesifiserte quizmaster at de skulle svare tre ting: band/artist de hørte, sangtittel og band/artist med lignende sangtittel. Første sang ble satt i gang, en bluesgitar og så en raspete stemme som ropte ut «Little white lie`s been around for years», og Emil satte øynene i Marianne, men før hun rakk å tenke over hva det skulle bety, sa Alexander:

«One Direction har en sang som heter Little White Lies.»

Denne kunnskapen kom så ut av det blå for Marianne at hun helt glemte dramaet som tydeligvis foregikk rundt bordet.

«Hvordan i alle dager kunne du det?» spurte hun.

«Datteren min var blodfan, jeg har lært alt det er å kunne om One Direction gjennom osmose. Det første albumet deres het Up All Night og kom ut i 2011 ...»

«Den er grei», avbrøt Emil tvert. «Skriv Little White Lies og One Direction, men vi må også finne ut hva dette er.»

De satt i stillhet noen sekunder.

«Det høres litt ut som han der B-b-b-b-bad to the bone-fyren», sa Caroline.

«Godt forslag», sa Emil. «Hva var det han het nå igjen. George, noe.»

«Thorogood», sa Jade, «men nei, det er ikke ham, stemmen er helt annerledes.»

«Jeg tenkte egentlig mest på at det var litt sånn bluesete», sa Caroline. «Jeg vet ikke.»

«Kan det være Sammy Hagar?» sa Emil.

«Hvem er det?» spurte Marianne.

«Han var i Montrose», sa Emil.

Fem par øyne stirret blankt på henne.

«Åh – og så var han vokalist i Van Halen en stund!»

«Var ikke det David Lee Roth?» spurte Jade.

«Jo, men han tok over etter ham. Han var på den 5150-plata, med den der Why Can't This Be Love.» Han sang den siste biten. «Det er en annen sjanger, så det høres annerledes ut, men jeg tror det er samme stemmen. Hør da, dette kan være en langhåra rocker fra 80-tallet, kan det ikke det, Kristoffer?» Kristoffer nikket.

«Ja, det kan det. Skriv Hagar», konkluderte Emil med. «Sjukt vanskelig åpningssang.»

«Enig», sa Caroline, samtidig med at neste sang satte i gang. Den var mye nyere enn forrige. «Å, dette kan jeg», fortsatte hun. Hun nikket på hodet og mimet med på teksten. «She-she-she lick me like a lollipop.»

«Heter den She lick me like a lollipop?» spurte Kristoffer.

«Nei, jeg tror det bare er Lollipop», sa Caroline. «Det er en av de fæle …» Hun mimet igjen med på «She-she-she lick me like a lollipop. Det er enten Young Thug eller Lil Wayne. Lil Wayne, tror jeg. Eller Young Thug.»

«Tenk litt på det», sa Jade. «Hvem er det som sang Lollipop?»

«Det er Young Thug», sa Caroline.

«Det er jo to», sa Jade. «Det er både Mika og så finnes det en gammel sang … den der som Rune Larsen brukte i programmet sitt. Det er The Shondells eller The Shirelles eller noe.»

«Skal vi ha begge?» spurte Alexander.

«Nei, det kan jeg umulig tenke meg, han pleier å si ifra om sånt», sa Kristoffer.

«Jeg går og sjekker», sa Emil. Han gikk fram til quizmaster og snakket med ham.

«Forresten, jeg har ombestemt meg», sa Caroline. «Skriv Lil Wayne istedenfor.»

Kristoffer strøk ut Young Thug og skrev inn Lil Wayne bak det strøkne svaret.

Emil kom tilbake til bordet.

«Han sa vi kunne velge», sa han mens han satte seg ned.

«Da velger vi Mika», sa Marianne.

«Lurt. Siden det er ham vi kan», sa Emil. Marianne syntes å høre en brodd i stemmen hans, som hun ikke helt skjønte hvor kom fra. Da sangen var over, informerte quizmaster også resten av lokalet om at det var to sanger man kunne velge mellom, en som kom i 2006, og en som kom i 1958.

Neste sang startet med en funky gitar.

«Er dette Sly and the Family Stone, eller Kool & the Gang?» spurte Kristoffer idet de begynte å synge.

«Nei», sa Marianne. «Dette er ikke noen som er kule på ordentlig. Dette er noe ræl som prøver å være kult. Dr. Hook eller Smokie eller noe.»

«Du er så dømmende», sa Jade.

«Ja, men hør på dette, da?» sa Marianne mens refrenget startet og Sexy Eyes ble sunget med stor innlevelse. «Ræl», sa Marianne igjen.

«Sexy Eyes, det er iallfall den andre hiten til Whigfield – hun som hadde Saturday Night på 90-tallet», sa Emil.

«Også ræl», sa Marianne. Jade så skrått på henne, men sa ingenting.

Resten av første runde gikk som vanlig. De fikk til mye, og klarte å komme med noen kvalifiserte gjetninger der de ikke visste helt sikkert hva det var.

«Forresten, jeg tror det var Young Thug. Bytt tilbake», sa Caroline rett før runden var over og de skulle få fasit. Kristoffer streket nok en gang over navnet som sto på arket og byttet det ut med et annet før han ga arket til laget på nabobordet.

Alexander så på klokka. «Oi», sa han. «Nå er jeg seint ute.»

Quizmaster begynte å lese opp fasit; Sammy Hagar og One Direction viste seg å stemme. Alexander jublet, reiste seg og vinket ha det bra til alle sammen, og småjogget ut av lokalet.

«Neste sang var Lollipop med Lil Wayne. Det var også en sang av Mika i 2006 og av The Chordettes i 1958. Ett poeng for Lil Wayne, ett for Lollipop, og ett for enten Mika eller The Chordettes.»

Laget kom med et kollektivt sukk, og Caroline begravet hodet i hendene.

«Beklager», mumlet hun, og resten av laget forsikret henne om at det gikk helt fint. Quizmaster leste videre fra fasit. Sexy Eyes var Dr. Hook og Whigfield. De hadde mye riktig, og det de hadde bommet på var ting de rett og slett ikke kunne, så det var ingen sure tabber. Arkene ble levert inn, og det var en liten pause før resultatene ble lest opp. Det var underlig stille rundt bordet. Like før opplesing av resultatene sa Emil:

«Alexander, var det noen du var sammen med etter Kjetil?»

«Ja …», sa Marianne, og stusset over spørsmålet. Emil hadde jo vært der da hun var sammen med Kjetil, og visste godt at det var før hun hadde begynt å jobbe. Men så kom resultatene fra første omgang, og quizen fortsatte.

Kapittel 5

Hold on – Wilson Phillips
(*Wilson Phillips*, 1990)

Marianne møtte Kjetil på en av de tidlige russekroene. De som var
på høsten, før man egentlig var russ, men når pubene utnyttet det
faktum at ungdommen gledet seg så veldig til å bli russ, at hvis de
satte opp skilt som det sto noe som helst med «russ» på og slo av ti
kroner på halvliteren – som egentlig var en 0,4 – kom de strøm-
mende på, selv om det var en torsdag. Marianne visste allerede da
at hun ikke kom til å studere videre. Hun hadde begynt på allmenn-
fag på grunn av generelt akademisk press hjemmefra, og det var
uaktuelt ikke å fullføre. Det hun ikke visste, var at hun etter
videregående skulle ta et friår, jobbe deltid på en frisørsalong, der
de også drev med manikyr og napping av øyenbryn, noe hun likte
så godt at hun året etter det igjen skulle befinne seg på skolebenken
i tre nye år, på helse- og oppvekstfag og videre på hudpleie, med den
forskjellen at hun faktisk skulle like skolen denne gangen. Men
akkurat nå satt Marianne på en pub, med «halvliteren» sin foran seg,
og en pen ung mann satte seg ned ved siden av henne og spurte om
å få bomme en røyk. Hun hadde vennlig spandert, og de hadde
kommet i snakk. Det viste seg fort at den pene unge mannen – Kjetil
– ikke egentlig røykte, men bare brukte det som unnskyldning for
å begynne å prate med henne, noe hun ble underlig sjarmert av. De
gikk på samme skole, på samme trinn, i forskjellig klasse, og hadde
sett hverandre før, men aldri egentlig snakket sammen. De ble fort

enige om at det var veldig rart, for de gikk veldig godt overens, og selv om det nok til dels skyldtes den antatt rimelige ølen, så møttes de igjen, trøtte og kleine på skolen dagen etter, og hang igjen etter skoletid, og ble fort et par.

I starten var alt ren lykke. Marianne hadde hatt en slags kjæreste siste året på barneskolen. En gutt som bare ville holde hender når ingen så dem, og som en gang ga henne en blomsterbukett han hadde plukket i foreldrenes hage. Dette havnet han i skikkelig trøbbel for, for han hadde ganske hensynsløst revet blomstene opp med røtter og alt, og etterlatt store krater i blomsterbedet. Men Kjetil var det første seriøse – voksne – kjæresteforholdet hennes. Da hun en sein kveld på vei hjem fra byen fortalte om barndomskjæresten og blomsterbuketten, hadde han hoppet over et gjerde og regelrett rasert blomsterbedet til et stakkars eldre ektepar som var så uheldige å ha bosatt seg akkurat der anekdoten endte. Der og da hadde Marianne syntes det var romantisk og spennende, men når hun så tilbake på det i ettertid, framsto det som unødvendig aggressivt. Som voksen person med en egen hage ble hun direkte sur hver gang hun husket hendelsen, selv om det langt fra var det verste Kjetil hadde gjort mens de var sammen. Det første tydelige tegnet på at ikke alt var som det skulle med Kjetil, kom på juleballet. De hadde gått sammen som en stor gjeng, de tre bestevenninnene hennes, kjærestene deres, Emil og kompisen hans, Ruben, og jentene de var sammen med på det tidspunktet, Kjetils to beste venner og damene som var fulgt deres, en underlig fyr som het David, som ingen visste om egentlig gikk på skolen deres i det hele tatt, og noen andre som Marianne hadde glemt. De var en fin miks av faktiske kjærestepar, venner som hadde slått seg sammen for kvelden, og folk som hadde funnet sammen i desperasjon. For følge måtte man ha til juleballet. Jentene hadde leid ballkjoler og hadde fått håret satt opp og blitt sminket hos frisør, og mange av guttene hadde ny dress – fordi de hadde vokst ut av konfirmasjonsdressen, som var den eneste dressen de eide – og russekomiteen hadde leid konferansesalen på byens fineste hotell, der det ble dekket på til treretters middag med påfølgende dans. Det hele var nydelig og veslevoksent, og Kjetil hadde leid limousin som tok dem fra vorspielet hjemme hos Ruben og det korte strekket til hotellet, og jentene hadde høyhælte sko som de nesten ikke kunne gå i, og var litt brisne før middagen, men alle klarte å oppføre seg fint og spise fint, og på et tidspunkt hadde de gjort et hederlig forsøk på å danse vals til An der schönen blauen Donau, noe som viste seg å være overraskende mye vanskeligere enn hva det så ut som på film, før de gikk over til å danse til Bonnie Tylers Bitter Blue, Michael Jacksons Black or White og Salt-n-Pepas Let's Talk About Sex. Det var også leid et bygdehus utenfor sentrum, der de hadde nachspiel hele natta og tok første bussen på morgenen tilbake til skolen, og var der før den åpnet, og sto i klynge sammen og hutret til vaktmesteren kom og låste opp. Noen klarte å komme seg inn på lærerrommet og sette på en cd med gamle juleslagere. På vei inn i bakrusen holdt de hender og danset i lang, lang rekke gjennom hele skolen til Jingle Bell Rock med Hall & Oates, helt til første time startet. Det hadde vært en lykkekveld, med ett lite unntak.

Marianne og Kjetil hadde på dette tidspunktet vært sammen i syv uker, og hun var skikkelig forelsket i ham. Men så var det Emil. Som var en av hennes beste venner, men som aldri kom til å bli noe mer enn det. De hadde vært på dansegulvet sammen da DJ-en hadde satt på Hold on med Wilson Phillips, et rart valg, for den var akkurat for treig til å danse vanlig til, men heller ikke en ballade som man kunne danse klinedans til. Emil hadde likevel lagt armen sin rundt livet til Marianne og hun la armene rundt halsen hans, og de hadde danset tett blant ungdom som prøvde å finne en rytme. Marianne hadde likt det, kanskje bedre enn hun burde. Kjetil likte det ikke.

Før sangen var over, hadde han kommet bort og grepet henne hardt i armen og dratt henne med ut på gangen, og de hadde hatt en skikkelig stygg krangel om hvor tett det var greit å danse med vennene sine. Han hadde ikke slått henne da, men holdt i armen hennes hele krangelen, så hardt at hun hadde blåmerke i mange uker etterpå. Det hele endte med at hun gråt på jentedoen, og han gikk ut i frisk luft for å roe seg ned, og så kom han med en øl og sa unnskyld og de kyssa lenge under trappa, og innen de sto tettpakket utenfor skolen i kulden, var alt bra igjen.

Men det tok ikke lang tid før neste episode kom. På nyttårsaften hadde Marianne visstnok snakket for mye med Emil, og Kjetil dro hjem i protest allerede før midnatt. Marianne dro etter, og det var første gangen han faktisk slo henne. Han sa unnskyld med en gang, og neste dag lovet han dyrt og hellig at det nye året også skulle ha en ny og bedre Kjetil. Januar startet med en periode der Marianne unngikk å ta med seg Kjetil på steder hun visste at Emil kunne dukke opp, og etter hvert sluttet hun å dra dit selv også. Men så fant Kjetil andre ting – andre menn – å irritere seg over, og fordi det hele hadde startet med Emil, som Marianne tenkte at han hadde grunn til å være sjalu på, føltes straffen berettiget. Og selv om hun innerst inne visste det var feil, var hun fortsatt så forelsket at hun ikke helt fikk seg til å gjøre det slutt.

Helt til den dagen da han gikk for langt. De hadde vært i butikken, hun hadde smilt litt for vennlig til ekspeditøren, og da de kom hjem, hadde Kjetil bokset henne i magen og påstått at hun aldri kom til å finne noen som elsket henne sånn som han gjorde, og at hun bare kunne drite i å smile til andre menn. Det var som om dette skrudde på en bryter i henne. Det var ikke selve volden, den var hun blitt vant til nå, men ordene, som vekket henne.

«Selvfølgelig kommer jeg til å finne noen andre som elsker meg», sa hun. «Og selv om jeg ikke gjør det, så foretrekker jeg faktisk å være alene framfor å være sammen med en som deg.» Dette hadde satt ham helt ut, og gitt henne tid til å stikke av. Hun dro hjem til foreldrene, fortalte alt. Det ble mye gråting, et besøk på legevakten og en politianmeldelse som seinere ble henlagt «på grunn av bevisets stilling.» Han hadde vært smart, bortsett fra under krangelen på russeballet – som på det tidspunktet bare lot til å dreie seg om to fulle tenåringer – var det ingen vitner til det han hadde gjort. Slaget i magen hadde gjort vondt, men det var ingen indre skader, og Marianne hadde noen gamle blåmerker som han mente hun måtte ha fått en gang hun falt ned trappa, og nå ville bruke mot ham fordi han hadde gjort det slutt. Han unnlot å si noe om hvorfor hun hadde falt ned trappa. Foreldrene til Marianne sendte henne til psykolog. Hun gikk noen ganger, men satt hele tiden med følelsen av at det hun hadde opplevd, ikke var traumatisk nok. Ja, hun hadde blitt banket opp litt, men hun hadde kommet seg ut av det før det ble ordentlig ille; det fantes folk der ute som hadde levd halve livet i slike forhold. Som fikk barn, og oppdro dem i slike forhold. Marianne hadde bare hatt et kjipt halvår. Hennes smerte var ikke verdt å psykoanalysere. Det var først mange år seinere at hun skjønte at denne følelsen antageligvis var noe hun burde ha snakket med psykologen sin om.

Det nærmet seg mai, og russetiden var ordentlig i gang. Marianne søkte tilbake til den gamle gjengen sin, som hun hadde mistet kontakten med de siste månedene, fordi hun aktivt hadde unngått å være på samme sted som Emil, der også de fleste andre vennene hennes hadde vært til enhver tid. De var sjokkerte, og trøstet, og snakket mye om hvor sterk hun var som hadde klart å gjøre det slutt før Kjetil hadde brutt ned selvtilliten hennes, og at det fantes fine menn der ute også, de fleste av dem, faktisk, og så tok russetiden av og Marianne ble revet med, og var en del av en gjeng hvor hun var elsket og ivaretatt, og hjemme hadde hun en trygg familie. Og selv om det var et kjipt minne, så var det nettopp det, og ikke noe mer. Innen sommeren var over, hadde hun klart å få nok distanse til det hele til å kynisk bruke det i sin forhandling med foreldrene om å innvilge henne et friår fra studiene.

Kapittel 6

Between the Lines – Robyn
(*Honey*, 2018)

Da Emil kom tilbake etter å ha levert arket etter andre runde, begynte han å snakke med en gang han satte seg ned.

«Når ble du sammen med Alexander?» Stemmen hans var streng.

«Det var etter at du hadde flyttet for å studere. Rundt 1997», svarte Marianne forvirret over tonen i stemmen hans.

«Og hvor lenge var dere sammen?»

«Tre år eller noe. Hvorfor er du så sur?»

«Fordi du løy», svarte Emil.

«Hæ? Nei, jeg har vel aldri løyet om Alexander. Jeg tror ikke egentlig jeg har nevnt ham for dere i det hele tatt. Han var fin der og da, men ikke viktig i den store sammenhengen.»

«Jammen», brøt Jade inn, «du sa at du aldri ville ha kjæreste mer på grunn av det som skjedde med Kjetil.»

«Så dette var ikke han du var sammen med, som slo deg?» spurte Caroline, før Marianne rakk å svare.

«Nei, det var ikke han, Caroline, er du gal. Og det var ikke bare på grunn av det.» Marianne slet med å svare for seg mot beskyldningene som haglet inn fra alle kanter. «Men det er en del av det, og det er enklere å gå til den forklaringen. Det er noe folk forstår.»

«Du kan ikke gjøre sånt! Du kan ikke lyve om å bli mishandlet», sa Caroline.

«Jeg løy jo ikke om det. Jeg ble mishandlet. Det skjedde på ekte.» Marianne kunne se at Caroline var genuint opprørt.

«Men du har løyet om traumene dine etterpå.» Caroline var påståelig. Stemmen var sint og såret.

«Men folk tror meg jo ikke hvis jeg bare sier at jeg vil være singel. Og jeg ble traumatisert. Emil. Du var jo der. Du husker det. Det er ikke så lenge siden du sa at jeg hadde vært helt ødelagt.» Øynene hennes søkte mot Emil for støtte. Men han så bare kaldt tilbake.

«Du var tydeligvis ikke mer ødelagt enn at du kunne være sammen med Alexander i tre år.»

«Jeg skjønner ikke helt hvordan det er relevant. Og er det ikke bare bra? Jeg prøvde å være i et sunt og normalt forhold, og det var ikke noe for meg. Burde dere ikke være glade på mine vegne at Kjetil ikke ødela meg for livet, men at jeg bare er annerledes skrudd sammen enn resten av dere?»

«Du kan faktisk ikke gjøre sånt», sa Caroline igjen. «Det er respektløst overfor de som faktisk sliter med livet etter å ha blitt mishandlet.»

«De bryr seg jo ikke om hva jeg driver med. De har sine egne problemer.» Marianne prøvde å spøke, men så på ansiktsuttrykkene at det var en feilvurdering.

«Du skjønner virkelig ikke hva du har gjort galt her?» spurte Emil.

«Akkurat nå er det vel den flåsete kommentaren om at de har andre problemer …»

Herregud, hva var det som skjedde? Hvorfor trodde hun at dette var noe det skulle gå an å vitse bort? Heldigvis startet tredje omgang, og de var igjen nødt til å konsentrere seg om å kjenne igjen sanger, stemmer og generelle lydbilder, og selv om stemningen ble bedre før de dro hjem, gikk Marianne og la seg med en klump i magen den kvelden.

Da hun våknet neste morgen, følte hun seg fortsatt elendig. Selv om hun ikke syntes hun hadde gjort noe galt, hadde hun en følelse som minnet sterkt om dårlig samvittighet. Hun burde ikke trenge å føle det sånn. Så håpløst vanskelig det var å få folk til å tro at man faktisk valgte å leve livet alene, og hun hadde jo opplevd et skikkelig kjipt forhold, men iallfall var det kommet noe nyttig ut av det. Men det var kanskje nettopp det som var problemet? At noe som ødela livet til så mange, ikke skulle være nyttig for henne. Marianne kjente på at hun ikke ville stått fram i et talkshow med «Jeg bruker min fortid i et voldelig forhold til å slippe ut av kjedelige samtaler i middagsselskap», så det var nok litt tonedøvt. Men likevel. Hennes liv. Hennes erfaringer, og hun kunne bruke dem som hun selv ville. Da hun kom på jobb, sendte hun likevel en melding til Emil.

«Er alt ok? Det ble rart i går.»

Hun ble sittende og se på mobilen mens prikkene som tilsa at han skrev en melding dukket opp og forsvant fire ganger, før svaret endelig kom.

«Joda, men jeg skjønner ikke helt hvordan du ikke skjønte at det var problematisk.»

«Skal vi spise lunsj sammen?» Marianne orket ikke at han skulle være sur, det var bedre å ta tyren ved hornene og få pratet om det med en gang.

Denne gangen dukket prikkene opp og forsvant igjen bare en gang, før svaret kom. «Ja, jeg har et lunsjmøte, men kan møtes på kaféen klokka 13.10?»

Det passet Marianne godt. Hun spiste sjelden lunsj før klokka ett, og måtte ellers ofte tilpasse seg Emils kontorlunsjtid om de skulle spise sammen. De hadde funnet en kafé som lå plassert omtrent midt mellom arbeidsstedene deres, og som de begge kunne komme seg til på rundt ti minutter. Hvis de tok en times lunsj, fikk de da rundt førti minutter til å spise sammen. De kunne ikke gjøre det hver uke, men så lenge det bare var en gang innimellom, var det ingen som sa noe på verken hennes eller Emils jobb. Hun sendte en tommel opp tilbake og sa ifra til kollegaen sin, Elisabeth, at hun kom til å ta en lang lunsj. Hun hadde bare en massasje på formiddagen, og hadde satt av tiden mellom klokka tolv og fram til tidlig ettermiddag til diverse administrative oppgaver. Hun var tross alt sjefen. Noen goder måtte hun ha.

Da klokka var ett, spaserte hun bort til kaféen. Den var enkelt innredet, med mørke tremøbler og grønne puter. Bak disken sto en ung dame med ring i nesa og et uinteressert uttrykk i resten av fjeset. Hyller med påsmurt sto og bød seg fram bak en glassvegg. Robyns Between the Lines ble spilt stille over høyttalerne i bakgrunnen. Hun bestilte seg en focaccia med pesto og mozzarella og en kaffe latte, og satte seg ved et bord og ventet på Emil. Hun så ham utenfor vinduet to minutter seinere, på en elektrisk sparkesykkel, han så stressa ut. Han hilste på henne da han kom inn døra, bestilte seg mat og kom og satte seg ned med henne.

«Beklager», sa han, «møtet gikk på overtid.»

«Det går fint», svarte hun, mest av alt letta over at han ikke virket sur lenger.

«Det er så travelt på jobben om dagen. Hun ene på regnskap har slutta, og nå har ledelsen bestemt seg for at vi skal klare oss med bare én regnskapsfører, så nå må vi lage våre egne fakturaer, og det er jo helt håpløst, for opplæring i fakturaprogrammet, det skal vi tydeligvis ikke få, så nå sitter vi alle og kløner med det istedenfor å faktisk gjøre jobben vår ...»

Tiraden til Emil fortsatte, han hadde mye innestengt frustrasjon, og Marianne begynte å tro at de ikke kom til å ta opp gårsdagens episode, og at dette var en alt-er-ok-igjen-samtale, uten at de trengte å rippe opp i noe. Men så stoppet Emil klagetalen og tok en bit av smørbrødet sitt.

«Skal du møte igjen han Alexander, eller?» sa han etter at han hadde tygget og svelget.

«Hæ? Nei, hvorfor skulle jeg det?» Marianne så ikke det spørsmålet komme.

«Så gamle følelser ble ikke vekket til live igjen?» spurte han med et smil.

«Nei», nesten ropte hun, så tok hun seg i det. «Nei. Du har ikke skjønt noen ting.» Hun var genuint skuffa. «Det er jo dette alt dreier seg om. Jeg er ikke interessert i noe forhold, sier jeg jo.»

«Du trenger jo ikke gifte deg med ham. Jeg tenkte bare det var hyggelig å møte igjen en eks», sa han.

«Ja, det var veldig hyggelig …», sa hun. «Bortsett fra … alle greiene rundt. Men nei, jeg føler ikke at jeg hadde kastet bort halve livet og nå vil være sammen med ham igjen.»

«Herre Jesus, nå må du roe cella», sa han. «Det var jo ikke det jeg sa. Jeg lurte bare på om det var noe der.»

«Nei», sa hun igjen. Lavere denne gangen, men minst like bestemt. «Dessuten tror jeg han er gift nå. Han har iallfall en datter.»

«Det trenger ikke bety noe», svarte han. «Ekteskap ryker.» Han var stille noen sekunder før han fortsatte. «Jeg skjønner at du ikke vil ha noe forhold, men synes du ikke det er trist av og til at dette er alt? Vi jobber, quizer, går hjem, ser på tv. Du alene, jeg med Jade og jentene, og det er det. Av og til reiser vi på ferie, og så er vi tilbake der vi var. Og det er livet.»

«Jeg vet akkurat hva du snakker om», sa Marianne. «Jeg trodde det skulle være mer. Jeg mener, du har i det minste ungene og Jade, og det er ikke sånn at jeg angrer på at jeg ikke fikk barn, men det blir veldig mye det samme om igjen og om igjen. Årene glir i hverandre og blir en mølje, og ingenting stikker seg ut.»

«Enig», sa han. «Av og til vil jeg bare ha mer.» Han så intenst på henne. Hva var det han prøvde å fortelle henne? Hun kjente suget i magen et øyeblikk.

«Som hva da?» dristet hun seg til å spørre.

«Nei, jeg vet ikke, jeg», svarte han og ristet på hodet. Øyeblikket var over.

De satt sammen i stillhet en liten stund. Hun rørte rundt i det som var igjen av melkeskum i koppen sin.

«Det er veldig tilfredsstillende å gjette riktig artist når jeg har satt køntrimusikkquizpuggelista mi på tilfeldig avspilling», sa hun.

«Så nå er du blitt en sånn person som uironisk liker køntrimusikk?» spurte han skeptisk.

«Vel, jeg har en egen måte å få utbytte av den på», sa hun.

«Og køntrimusikk er det som gir livet ditt mening?»

«Hva, nei, det skal jeg iallfall ikke ha på meg. Men det er et prosjekt. Jeg liker prosjekter.»

«Prosjekter er fint», sa han. Han slikket seg på pekefingeren og brukte den til å plukke opp noen smuler fra tallerkenen, som han puttet i munnen.

«Du, Marianne?» sa han. Stemmen var nølende.

«Ja, Emil?» svarte hun i samme tonefall.

Noe endret seg i øynene hans.

«Du skjønner hvorfor det er problematisk, den måten du har brukt historien om Kjetil på?»

Marianne satt med en følelse av at det ikke var det han egentlig hadde tenkt å si. Hun lurte på hva det kunne være. Men sånn som det var nå, måtte hun svare på det spørsmålet han faktisk hadde stilt.

«Jeg skjønner hvorfor du synes det», sa hun langsomt, og valgte ordene sine med omhu. «Men jeg er ikke enig.»

«Hvis jeg var deg, ville jeg vært litt mer forsiktig med hvordan du presenterte det», sa Emil.

«Men du er ikke meg», sa Marianne. «Du har ikke i tjue år måttet sitte og forsvare livsvalget ditt på annenhver sosial sammenkomst.»

«Er det virkelig så ofte?» spurte han.

«Nja», svarte hun. «Innimellom føles det sånn, iallfall.»

«Skjønner», sa Emil og så ned på klokka. «Nei, jeg må stikke. Men det var hyggelig å prates.»

«Det var det», svarte Marianne. Hun skjønte at hun var blitt tilgitt for det han følte han måtte tilgi henne for.

«Vi sees på quizen neste uke», sa Emil og forsvant ut døra til sparkesykkelen sin.

Kapittel 7

I'll be there for you – The Rembrandts
(*LP*, 1995)

Da hun kom tilbake på jobb, var det fullt kaos. En kunde hadde avbestilt en time på nett, slik at de hadde fått en åpning i kalenderen, og den ble booket på nett samtidig som det dukket opp en kunde i salongen, som lurte på om de hadde noe ledig i løpet av dagen. Elisabeth hadde registrert timen i nøyaktig samme sekund som nett-kunden hadde registrert den hjemme hos seg, og det hadde blitt krøll i systemet, så databasen godkjente begge bestillingene. To timer seinere dukket begge kundene opp samtidig og insisterte på at de ville ha timen nå og ikke hadde tid til å vente.

«Vi skal fikse dette», sa Marianne. Hun så på de de to damene. En var blond, med oppsatt hår, manikyrerte negler, Michael Kors-veske og en smart liten buksedrakt. Hun andre var kledd i en kjole fra H&M og hadde viltre krøller i en hestehale. Hun gjorde en rask vurdering om at H&M-kjolen kom til å være mindre vanskelig å ha med å gjøre enn buksedrakten.

«Ta deg av henne», sa hun til Elisabeth, og gestikulerte mot den blonde som helt sikkert var gift med en advokat eller tilsvarende. Hun kunne også vært advokat selv, la Marianne til i sitt stille sinn. Det var viktig å være politisk korrekt når man dømte folk etter utseendet.

«Gi meg ett minutt, så kan du bli med meg», sa hun så til hun med krøllene, som sikkert hadde det like travelt, men som hadde tapt fordi hun ikke brukte et beløp tilsvarende et lite lands nasjonalbudsjett på utseendet.

Den blonde fulgte etter Elisabeth, med et selvtilfreds smil. Marianne satte i full fart i stand reserverommet, før hun hentet sin kunde. Hun skulle ha formet og farget brynene, og Marianne jobbet raskt og effektivt. Da hun var ferdig, åpnet hun en skuff og fant fram vareprøver på to dagkremer og et serum, og så hev hun også med en reisetube med håndkrem og noen vitaminampuller for tørr hud. Dette ga hun til kunden sammen med enda en unnskyldning. Hun så minst like fornøyd ut som den blonde gjorde da hun fikk forrang.

Marianne satte seg ned med fakturaene og gjorde det nødvendige administrative arbeidet. På et tidspunkt tikket det inn en melding i gruppechatten hun hadde med Jade og Caroline. «Vi skal på Nasjonalmuseet etter jobb i dag. Bli med?»

«Jeg må jobbe til 18.00, men kan komme rett etter det», svarte hun.

«Ok, vi er der fra 17.00. Send en melding når du er her, så finner vi hverandre.»

tommel opp

Marianne stengte salongen. Elisabeth hadde dratt et kvarter før. Hun spaserte de knappe ti minuttene bort til museet. Hun hørte på en spilleliste med introsanger fra 90-tallets tv-serier mens hun gikk. Det var en skikkelig guilty pleasure-liste, verken for musikkquizpugging eller for generell dannelse, bare deilig, avslappende popmusikk etter en slitsom arbeidsdag. Hun gruet seg også til å møte venninnene igjen. Hun hadde ordnet opp med Emil, men orket ikke enda en diskusjon der hun måtte rettferdiggjøre seg selv, når hun strengt tatt ikke hadde gjort noe galt. Hun var halvveis gjennom Friends-sangen da det begynte å høljregne, og hun måtte løpe de siste par hundre meterne til museet. Hun gledet seg til å se utstillingen. Hun ville egentlig gått i sommer, da den var nyåpnet, men det hadde aldri blitt noe av. Hun gikk inn i museumsbygget, ristet av seg regnet, kjøpte en billett og sendte melding til de andre. De hadde allerede tatt seg en pause og satt i kaféen. Hun gikk opp trappene og fant dem raskt. De hilste, og Marianne gikk til disken og forsynte seg med en vaffel og en kopp kaffe. Hun stilte seg i kø bak en fyr som sto der med et kakestykke. Da han snudde seg for å betale, skvatt hun. Det var noen hun kjente.

«Hei», sa hun.

«Hei ...», svarte han usikkert. I samme øyeblikk skjønte hun at dette likevel ikke var noen hun kjente, men en av disse semiberømte komikerne som var på tv av og til. Hun husket ikke hva han het, men hun hadde sett ham på Latter en gang for sikkert ti år siden.

«Ehm. Glem det. Jeg trodde jeg kjente deg, men jeg ser nå at jeg ikke gjør det. Jeg liker Krisemestring», sa hun, flau over situasjonen, men stolt over at hun hadde husket navnet på programmet hans.

«Øh. Så bra», sa han vennlig. Han var vel vant til det.

Marianne var fortsatt rød i ansiktet da hun kom bort til venninnene.

«Jeg møtte han der komikeren», sa hun lavt mens hun satte seg ned. «Han, vet dere, som var på det programmet, vet dere, med hun som Kristoffer liker så godt.»

«Krisemestring?» spurte Jade.

«Ja», sa Marianne og pekte diskret med hodet i den retningen som komikeren nå satt.

«Det der er ikke han», sa Caroline.

«Er det ikke?» Marianne snudde seg for å se.

«Haha, nei, det ligner ikke engang», stemte Jade i. «Eller kanskje håret, litt, men han der må da være minst tjue år yngre.»

«Komikeren», eller hvem han nå enn var, registrerte at de tre damene så i hans retning. Han bøyde seg fram og sa noe til damen han satt sammen med, og hun så undrende bort på dem.

I panikk vinket Marianne til paret.

«Hva er det du gjør?» sa Caroline med sjokk i stemmen.

«Jeg vet ikke», svarte Marianne og tok ned hånda.

«Avslutt dette nå. Snu dere», sa Jade.

De snudde hodene slik at de så i motsatt retning av det som nå måtte være et veldig forvirret par.

«Hva gjør vi? Herregud, jeg sa til ham at jeg liker Krisemestring, han må tro jeg er gal», spurte Marianne.

«Kan vi prøve å late som om vi er tre voksne damer som er på kunstmuseum, og som har tatt seg en kaffepause?» spurte Caroline.

«Vi kan prøve», sa Jade.

De tre damene fniste.

«Åh, kjøpte du deg vaffel?» spurte Caroline.

«Ja?» sa Marianne, og så fra Caroline ned på vaffelen, som helt tydelig lå der, og opp på Caroline igjen.

«Jeg kjøpte meg en blåbærmuffins, men jeg har ikke lyst på den lenger. Skal vi bytte?» På tallerkenen til Caroline lå en urørt muffins.

Marianne tenkte seg om. For henne var det hipp som happ, så hun trakk på skuldrene.

«Greit for meg», sa hun. De byttet tallerken.

«Jeg møtte forresten Trond på vei hit», sa Jade. «Jeg skulle hilse.»

«Takk, så hyggelig», svarte Marianne. «Hvordan gikk det med bursdagsselskapet?»

«Det hadde ordna seg», sa Jade. «Han fikk plassert alle ungene, og de hadde hatt en hyggelig kveld.»

«Hva er dette for noe?» spurte Caroline, og Jade oppsummerte raskt samtalen fra middagsselskapet.

«Men så veldig trist», sa Caroline.

«Hva mener du?» spurte Marianne.

«Hadde hun familieselskap, og så ville hun ikke ha nieser og nevøer der? Jeg skjønner jo godt at han var irritert. Det er jo ikke bare det praktiske, det er jo noe med at man skal inkludere hele familien på slikt.»

Det var nesten tre år siden Caroline og mannen hadde gått fra hverandre. Ekteskapet hadde vært over en stund, de hadde visst det begge to, men lenge prøvd å få det til å holde på grunn av barna. Litt for lenge, kanskje. Da skilsmissen var endelig, satt de begge igjen med en følelse av å være den tapende parten. Den som hadde rett til å ikke måtte ofre noe mer. Det var ikke det beste utgangspunktet for et fruktbart samarbeid i ettertid. Et år seinere hadde Carolines eks flyttet til Drammen med en ny kjæreste. Selv om Caroline elsket Oslo-livet, hadde hun flyttet etter på grunn av ungene, og dagpendlet nå inn til byen. Hun hadde virkelig gitt opp mye for å holde familien samlet – ikke det at Drammen var dødens pølse, men kunne hun valgt fritt, hadde hun fortsatt bodd i et litt for dyrt rekkehus, sentrumsnært i Oslo. Med så mye som hun hadde gjort for familien, skjønte hun ikke helt hvorfor ikke alle andre gjorde det samme. Marianne vurderte å si noe om at ikke alle synes det er så jævla hyggelig med masse familie hele tiden, men skjønte at dette verken var tid, sted, eller rett person, så hun svarte bare med et uengasjert «Jaa …» Jade, med søndagens hete diskusjon friskt i minne, sendte henne et overrasket blikk, og Marianne løftet hendene opp fra bordplata, som for å si «Jeg lar det gå for denne gang.»

«Hvordan blir det med nyttårsaften?» spurte Marianne.

«Ungene sover borte, så vi har huset for oss selv», svarte Jade. «Det blir bare oss. Kristoffer tar med John. Vil dere ha med noen?» Jade så spørrende på dem. «Julebord-duden, kanskje. Eller Alexander?» Hun henvendte seg direkte til Marianne.

«Haha, definitivt nei på begge», svarte hun, omtrent samtidig med at Caroline spurte: «Hvilken julebord-dude?»

«Bare en fyr jeg møtte ute på byen, som jeg dro med meg hjem.»

«Jeg skjønner ikke det der», sa Caroline.

«Hva da?»

«One night stands. Hvordan du kan ligge med noen du ikke elsker. For ikke å snakke om ikke engang kjenner.»

«Det er ikke så vanskelig», svarte Marianne. «Du må bare være litt full og litt kåt. Mener du å si at du ikke har vært sammen med noen siden separasjonen?»

Ansiktet til Caroline stivnet. «Nei», sa hun lavt. Hun rødmet lett og var tydelig ubekvem.

«Det gjør ingenting, altså», sa Marianne og prøvde å trøste. «Men det har ikke gått så lang tid. Gi det et år til, så skal du se at du også får behov for tilfeldig nærhet, bare fordi det er bedre enn ingenting.»

«Hvorfor tror du at jeg ikke har funnet meg ny kjæreste om et år?» spurte Caroline. Men det glimtet i øynene hennes.

«Ha, ha, selvfølgelig har du fått ny kjæreste før det har gått et år», sa Jade.

Caroline så ned. «Jeg håper det. Det får være nyttårsforsettet mitt. Hva er nyttårsforsettene deres?»

«Det er jo over en uke til nyttårsaften, det er altfor tidlig å tenke på», svarte Jade.

«Jeg vil ha noe med reising å gjøre», sa Marianne. «Dra til Paris, eller et prosjekt. Dra innom alle statene i USA.»

«Oi, det er mye. Det kommer til å ta mer enn en tre ukers sommerferie», sa Caroline.

«Men hvorfor må du til USA? Du kan dra innom alle fylkene i Norge!» foreslo Jade leende.

«Jeg ser for meg at det er mindre givende. Det er ikke like store kulturforskjeller i Norge», sa Marianne.

«Si ikke det. Hvordan vet du det, når du ikke har vært innom alle fylkene?» sa Jade.

«Ja, kanskje det. Skal vi dra på biltur, alle tre? Og bare se hele Norge? Vi kan kjøre rundt Sørlandet, til Bergen. Og så kan vi ta Hurtigruta …»

«Hurtigruten? Er ikke det litt gamlis?» avbrøt Caroline.

«Neida», svarte Marianne. «Hurtigruta er det du gjør den til. En liten Jæger på innerlomma, så er den praktisk talt danskebåten. Og vi nærmer oss jo faktisk den alderen der vi per definisjon er gamliser.»

«Gamlis er en sinnstilstand. Men tror du virkelig vi kan rocke Hurtigruten?» Caroline så vantro på henne.

«Jeg vet ikke», måtte Marianne innrømme. «Men hvis vi drar, alle tre – eller vi kan høre med gutta og – så tror jeg vi kan få det gøy. Vi er uansett snart gamliser, så vi må prøve å finne ut hva vi liker av gamlisting.»

«Æsj, ikke si sånt», sa Jade. «Jeg skal være ung for alltid.»

«Det er ikke noe galt i å være litt voksen», sa Caroline. «Men jeg mener nå fortsatt at det er et spenn mellom å være *litt voksen* og å dra på ferie med Hurtigruten.»

«Ja, men hør på dette», sa Marianne. Hun begynte å like idéen. «Vi kjører til Bergen, tar Hurtigruta derfra til Vardø, eller Vadsø, eller hva som er det nordligste stoppet.»

«Kirkenes, tror jeg er det siste stoppet», sa Jade. «Det er så langt nord at det går rundt kanten av Norge og er litt sør igjen.»

«Ok, vi tar iallfall Hurtigruta så langt som den går», holdt Marianne fram. «Og så har vi med oss bilen fra Bergen. Eller så leier vi bil.» Hun stoppet opp og tenkte seg om etter å ha avbrutt seg selv. «Alt etter hva som er billigst og mest praktisk eller gøyest, det finner vi ut av. Og så kjører vi sørover igjen, gjennom alle innlandsfylkene», fortsatte hun.

«Og så synes jeg vi skal ta med alle de gamle fylkene og. Det er ikke noe å skryte av at vi har vært innom Viken», sa Jade. Marianne kunne se at hun faktisk var på gli nå.

«Du har helt rett», svarte Marianne. «Jeg gjør det offisielt. Nyttårsforsettet mitt for neste år er å være innom alle fylkene.»

«Hva med Svalbard?» spurte Caroline.

«Eh ... hm.» Marianne tenkte seg om. «Vi får se med Svalbard. Det er ikke nødvendigvis en del av pakka. Hvem er med?»

«Jeg er! Jeg må avklare med Emil først, selvfølgelig. Men ungene tror jeg skal på egen ferie neste år, og Emil har det der Birkebeinerstyret han holder på med, og jeg vil også ha en ferie som bare er min.»

«Jeg må finne ut hva Kasper har tenkt med ferien. Men jeg mistenker at det blir vanskelig å få til. Jeg vil jo ha ferie med ungene», sa Caroline. «Men jeg skal prøve», la hun til da hun så hvor skuffa de to andre ble.

«Nei, skal vi se mer på utstillingene?» sa Jade. De andre nikket og sa seg enige, og de gikk tilbake inn mellom kunstverkene. Marianne konkluderte lettet med at hele Kjetil-Alexander-katastrofen var et tilbakelagt kapittel i vennskapet deres.

Før Marianne sovnet den kvelden, spant hun en historie der Emil under lunsjen sa: «Jeg kan være den som gir livet ditt mening.» Og så kysset han henne, og så gikk han fra Jade, og så ble de kjærester, og så hadde de det veldig hyggelig sammen, men så var han der hele tiden, og Marianne slet med å få plass til ham i planene sine, og det ble dårlig stemning da de skulle på Hurtigruten og ikke ville ha ham med, så til slutt ble hun så irritert på ham at hun dumpet ham, og de ble uvenner, og Marianne sovnet irritert både på Emil fordi han var en slik ubrukelig fantasikjæreste, og på seg selv fordi hun ikke engang klarte å dagdrømme riktig.

Kapittel 8

White Wine in the Sun – Tim Minchin
(*Ready for this?*, 2009)

Marianne steg ut av bilen. Hun gikk bak, åpnet bagasjerommet og tok ut to store poser som var fylt til randen med gaver. Kiønete tredde hun håndtakene på begge posene inn på én hånd, slo igjen bagasjelokket med den andre, fordelte så posene tilbake på to hender, og gikk over gårdsplassen til inngangsdøren til storesøsteren. Hun ringte på, og det tok ikke lang tid før den yngste niesa hennes åpnet døra. Hun klemte tanten.

«Tante Marianne!» sa hun begeistret. Hun var heldigvis ferdig med det stadiet der alle voksne var teite, men Marianne var redd for at hun aldri kom til å få tilbake statusen som «kule tante Marianne» som bodde alene, kunne gjøre som hun ville, og som jentene forgudet da de var små.

«Tante Julie», sa hun tilbake, og Julie fniste. Hun hadde fortsatt teken. «Hvordan er det å være tante?» spurte hun så.

«Det er rart», svarte hun, «og gøy. Selv om han ikke gjør så mye enda.» Julies storesøster Mathilde hadde fått en sønn to måneder tidligere. Marianne hadde ikke møtt ham enda, Mathilde bodde i Trondheim, men hun hadde sett bilder av ham. Mange bilder. Julie ventet på Marianne mens hun tok av seg jakke og sko, og så gikk de sammen inn i stua. Der satt Mathilde ved peisen og ammet, mannen hennes Torleif satt i sofaen, og søsteren til Marianne, Nina, var på kjøkkenet og laget mat. Det ble hilst fra alle kanter, Marianne kastet fra seg posene sine, med overdreven iver.

«Jeg må få se babyen!» Det ble for voldsomt, merket hun, men hun var alltid redd for at folk skulle tro at hun ikke ville se babyen deres, bare fordi hun aldri hadde laget en selv. Hun hadde gjort seg til så lenge at hun helt ærlig ikke visste i hvor stor grad hun faktisk var gira på å se babyen, men det var heller ikke så viktig. Det som var viktig, var at de andre trodde hun gledet seg til å se den. Hun bøyde seg over niesa si og så på det lille nurket som lå der, og nikket anerkjennende.

«For et vakkert barn!» sa hun. Selv om den strengt tatt så ut som alle andre babyer hun hadde sett i løpet av livet sitt.

«Ja, vi er fornøyde!» kom det tørt fra Torleif i sofaen.

«Jeg har med gave», sa hun, og dukket ned i den ene gaveposen og fisket ut den ene pakken som ikke hadde juledekor, men små, blå ender på innpakningspapiret, og holdt den med strak arm i retning foreldrene. Torleif reiste seg og tok imot, og holdt den mot kona. Hun på sin side så ned på babyen hun holdt i armene, og sa «Pakk den ut, du», og han pakket ut. Marianne hadde kjøpt tre bodyer, en grå med tre fargerike fugler på, en grønn med froskemønster og en svart, som var en slags pysjamas, med måne og stjerner på.

«Så fine!» sa Mathilde. «Og så fint at du ikke har gått for de veldig guttete fargene og motivene. Som mor synes jeg det er kjempeviktig at vi ikke tvinger barna våre inn i kjønnsroller for tidlig.»

«Det synes jeg også, som et oppegående menneske uten barn», tenkte Marianne, men hun var glad i niesa si, så hun sa ingenting. Hun husket tjuefem år tilbake i tid, da venninnene hennes begynte å få barn og av en eller annen grunn satte «som mor» foran alt de hadde av meninger. Det verste var da en perifer venninne hadde sagt «som mor synes jeg det som skjer med regnskogen i Brasil er helt forferdelig», og da hadde ikke Marianne klart å la være å si noe, og hadde spurt henne om hun virkelig trodde det var sånn at folk som ikke hadde barn syntes det var helt greit med avskoging og generell ødeleggelse av planeten. Det hadde blitt en stygg krangel, og med unntak av at Marianne nå holdt kjeft når hun hørte den forhatte setningen, lærte ingen av dem noe av den.

Hun gikk inn på kjøkkenet. Der hadde søsteren hennes satt tre kjeler på ovnen, og kokte poteter, kålrabi og pinnekjøtt. Mannen til Nina, Arne, kom fra en pinnekjøtt-familie, mens Marianne og Nina var oppvokst med ribbe. Arne og Nina hadde utarbeidet et kompromiss som besto av at de hadde pinnekjøtt på lille julaften, ribbe på julaften og, siden Arne ikke fikk ha julemiddagen sin på faktiske julaften, fikk han også bestemme middag på 1. juledag, og det ble da som oftest en eller annen form for vilt. Hovedsakelig elgstek som kom fra en elg som han selv hadde skutt sammen med søsknene sine i høstferien. Marianne var ikke egentlig så glad i julemat verken den ene eller andre veien, men spiste det hun fikk servert.

«Skal jeg dekke på bordet?» spurte hun. De hadde et digert gårdskjøkken, med et kjøkkenbord som akkurat så vidt hadde plass til hele den utvidede familien.

«Ja, takk», sa søsteren, og Marianne satte tallerkener, glass og bestikk utover bordet.

Etter en stund kom også Arne, sammen med foreldrene til Marianne og Nina. De bodde en ti minutters kjøretur unna og likte ikke å kjøre på vinterføre, så Nina hadde sendt mannen for å hente dem. Alle skviste seg inn rundt kjøkkenbordet. Det var en hyggelig middag, Julie hadde laget en fancy dessert, og da de hadde spist ferdig, takket Marianne fint for maten og sa at nå var det på tide å dra.

«Er du sikker på at du ikke vil overnatte, og feire jul med oss?» spurte Nina.

«Nei, takk», svarte Marianne. «Jeg har takket ja til å feire jul med Emil og Jade i år.»

Marianne pleide å feire jul hos søsteren de årene hun ikke hadde reist utenlands. Og det var absolutt hyggelig, det var bare det at det var MYE, så i år hadde hun sagt at hun hadde andre planer.

«Det er forresten noen brente mandler og en boks med postei blant gavene», sa Marianne. «Posteien er det sikkert lurt å sette kjølig.»

Så klemte de hverandre, alle sammen, og ønsket hverandre god jul. Marianne fikk med seg sin egen pose med gaver, og satte seg i bilen og kjørte de to timene tilbake til Oslo.

Da hun var hjemme igjen, hadde hun fått en melding av Jade.

«Kommer du i morgen?»

Hun tenkte seg om et øyeblikk.

«Nei, jeg dro til søsteren min i dag. Feirer jul her», svarte hun.

Begge setningene var teknisk sett sanne. Hun hadde dratt til søsteren sin i dag, og ville feire jul der hun var akkurat nå. Hun tok posen med gaver med seg inn i stua, og la den under det lille juletreet hun hadde kjøpt og pyntet dagen før. Det var blitt seint på kvelden, så etter det gikk hun og la seg.

Da hun våknet på morgenen på julaften, følte hun en indre ro. I dag skulle det ikke være noe stress. Hun skulle bare gjøre akkurat det hun ville. Hun laget seg en smoothie til frokost, bestående av eple, druer og squash, som hun blendet sammen med litt eplejuice og noen isbiter, og drakk sakte gjennom et sugerør. Hun tok på treningstøy, og dro på en tidlig joggetur. Hun møtte en og annen pyntet person som antageligvis var på vei til familiebesøk eller ute og gjorde et siste ærend, men også et par andre joggere. De nikket hun til, og de nikket tilbake. Det var som om de var i en hemmelig klubb. Gærningene som likte å jogge på selveste julaften. Hun hatet selve joggeturen, men hun likte å være medlem av den klubben.

Da hun kom hjem igjen, tok hun en lang, varm dusj mens hun hørte på en spilleliste med julesanger som hun hadde satt sammen selv. Da hun var ferdig og gikk ut fra badet, kom White Wine in the Sun av Tim Minchin på. Hun la seg ned på sofaen og lukket øynene. Det var en nydelig julesang, og Marianne likte å gi den sin fulle oppmerksomhet minst en gang i løpet av juletiden. Da Tim kom til den biten hvor han sang om at hele familien var samlet, og hans nyfødte, jetlag-pregede datter ble sendt rundt i rommet for å bli beundret, merket Marianne at det formet seg en liten tåre i øyekroken. Det var en fin trygghet i å ha en familie, og hun var veldig glad for at hun hadde søsteren, svogeren, moren og faren, nieser og nå grandnevø. Hun vurderte et lite øyeblikk om hun skulle slenge seg i bilen og dra ut til dem likevel, men så husket hun vinflaska hun hadde i kjøleskapet, filmene hun ville se, og den gode roen hun kjente da hun hadde våknet, og tok til vettet igjen.

Hun fant fram boksen med julekaker, plukket seg ut den fineste, la den på en liten tallerken, åpnet vinflaska og tok seg dagens første glass. Klokka var knapt tolv, og det føltes som om hun brøt en lov. Hun satte seg ned i sofaen og ga seg i kast med dagens nitten sider av *Store forventninger*. Da hun var ferdig med både lesing og mat, gikk hun ut på kjøkkenet og tømte alle kjøkkenskapene og rengjorde dem grundig. Det var noe hun hadde tenkt på å gjøre lenge, men hun hadde aldri tid eller overskudd. Først tok hun skapene med tallerkener, glass, kopper og annet service. Det gikk fort, så gikk hun løs på skapene med matvarer og kastet alt som hadde gått ut på dato, fant en boks med andeconfit som hun hadde glemt at hun hadde, men som heldigvis ikke gikk ut før et stykke ut i det neste året. Den kunne hun ha til middag i romjula! Kanskje til og med invitere noen gjester. Da det var gjort, tok hun for seg søppelskapet. Hun hadde spart det verste til slutt. Hun skurte og kloret, og så var alt skinnende rent. Med skapdørene lukket så ikke kjøkkenet det minste annerledes ut enn før økta, men Marianne visste at det nå var full orden i hvert eneste skap, og det gjorde henne genuint lykkelig. Hun skjenket seg et glass vin til og laget seg lunsj. Hun hadde kjøpt inn fancy ost, kjøttpålegg og rømmesild og satte det på bordet. Hun kokte seg en kopp kaffe og varmet et rundstykke. Hun delte rundstykket i fire, for å kunne ha størst mulig variasjon i pålegg.

Etter lunsj skjenket hun seg enda et glass vin og satte seg ned foran tv-en for å se en av disse juleklassikerne hun aldri hadde sett. It's a Wonderful Life viste seg å være alt annet enn wonderful. En platt historie om en mann som hadde et helt greit liv, men som manglet penger og derfor bestemte seg for å ta livet av seg. Tulling! Han gjorde det ikke likevel, for en engel viste ham alle grunnene han hadde til å leve, Marianne var ikke imponert, men det var greit å ha sett den, sånn at hun kunne krysse den av på lista over filmklassikere alle måtte se. Etterpå satte hun i gang med julemiddagen. Hun hadde prøvd å finne et ribbestykke til bare én person, men hadde ikke lykkes, og hun nektet å spise ferdigmatalternativene. Men siden hun uansett ikke var så glad i julemat, hadde hun like gjerne kjøpt seg et nydelig stykke indrefilet, som hun nå skulle tilberede sammen med noen poteter og grønnsaker og en god saus.

Hun danderte alt fint på en tallerken. Vinflaska fra tidligere på dagen var nå tom, så hun åpnet en ny, en rød en, denne gangen. Hun fant fram det største vinglasset hun hadde og helte hele flaska oppi. Det ble fullt. Hun lot det stå på bordet, og bøyde seg fram og supte i seg et par slurker inntil det var nok klaring mellom vinen og toppen av glasset til at hun kunne bære det ut i stua uten å søle. Hun gikk tilbake på kjøkkenet og hentet middagstallerkenen sin.

Nå skulle hun se den julefilmen hun virkelig hadde gledet seg til. Det var en fransk film fra seint 80-tall som hun hadde snublet over ved en tilfeldighet da hun hadde vært på ferie i Frankrike. Den ble beskrevet som Alene hjemme møter Die Hard. Hun hadde lett etter den lenge, den fantes ikke på noen strømmetjenester, men i fjor hadde hun klart å finne dvd-en i en fransk nettbutikk. Hun hadde ikke rukket å se den i jula året før, og så veldig fram til å gjøre det nå. Hun la dvd-en i den gamle spilleren, som hun av en eller annen grunn fortsatt hadde, og trykket på play. Hun var nervøs for at filmen ikke hadde holdt seg, at hun skulle ha glorifisert den i minnet sitt gjennom de siste tretti årene, men hun hadde ingenting å bekymre seg for. Den var akkurat like skummel, morsom og hjerteskjærende som hun husket. Hun hadde drukket opp nesten hele det store vinglasset da filmen var ferdig. Hun hentet hele kakeboksen med julekaker inn i stua, og spiste nå kaker rett fra boksen. Hun var mett og full og avsluttet kvelden med å se musikkvideoer fra 1980-tallet på YouTube. Det var først da hun skulle legge seg, at hun oppdaget at hun hadde glemt å åpne gavene, og at hun hadde tre ubesvarte anrop og til slutt en tekstmelding fra søsteren som ønsket henne god jul.

Kapittel 9

The Climb – Miley Cyrus
(*Hannah Montana The Movie*, 2009)

Klokka var ti over tre på nyttårsaften da Marianne låste døra etter den siste kunden. De hadde hatt lange diskusjoner om hvorvidt salongen burde være stengt i romjula, men til slutt landet de på at det var såpass stort behov for manikyr, restylane, vippeforming og andre former for skjønnhetsbehandlinger før nyttårsaften at det rett og slett var dårlig økonomi å ikke holde åpent. Elisabeth kommenterte at det var rart at folk ikke ville være ferdigstyla til jula, men Simona, den yngste ansatte i salongen, mente at i jula var man jo uansett bare hjemme med familien, som var programforpliktet til å elske en uavhengig av hvordan man så ut, og at det var på nyttårsaften, eventuelt i romjula hvis man dro ut en tur, det var viktig å være på sitt vakreste. Det var dessuten mange i kundemassen deres som ikke hadde anledning til å komme på dagtid resten av året, eller som ønsket muligheten til å bruke gavekortet de hadde fått av ektemannen eller søsteren til en formiddagsmassasje. Marianne hadde forsikret seg om at både Elisabeth, Simona og Malee, den fjerde ansatte, var positivt innstilt til å jobbe, før hun fortalte at hun ville betale dem hundre prosent overtidstillegg for hver time de jobbet mellom jul og nyttår. Denne opplysningen ble møtt med jubel, og Simona erklærte at Marianne var den beste sjefen i hele verden. Tre dager seinere spurte hun om hun kunne få fri nyttårsaften likevel. Marianne måtte jobbe veldig hardt med seg selv for ikke å bli gretten,

men de hadde gjort noen omrokeringer på noen av de faste kundene
– de som de kjente og var på fornavn med – og hadde dermed fått
det til å gå rundt. Malee hadde dratt hjem idet siste kunde forlot
salongen, men Elisabeth og Marianne satt utslitte i hver sin kundestol
etter det som må ha vært årets mest slitsomme dag. De to damene
hadde jobbet sammen i nesten tjue år. De hadde møttes i den forrige
jobben til Marianne, som var på en av de finere salongene på Majorstuen.
Den var styrt med jernhånd av en eldre kvinne som alltid hadde det
grå håret sitt i en stram knute i nakken, og som aldri smilte. Marianne
og Elisabeth ble fort venner, og Elisabeth fulgte mer enn villig med
da Marianne etter noen år bestemte seg for å åpne sin egen salong.

«Jeg vet ikke hvordan jeg skal orke å feste i kveld», sa Elisabeth.
Hun fiklet med mobilen og skrudde av zen-spillelista de alltid hadde
stående på i bakgrunnen, og satte på en plate med Miley Cyrus over
høyttaleranlegget istedenfor.

«Enig», sa Marianne. «Jeg vil bare hjem og legge meg på sofaen,
under et pledd, og se på tv i kveld.»

«Det er ikke bare det», sa Elisabeth. Hun nølte før hun fortsatte.
«Magnus fikk en julegave av hun ene dama i klatregruppa hans.»

«Ok ...?» sa Marianne.

«Det var bare en flaske vin. Men den var liksom litt for dyr, og
litt for fint innpakket til å bare være en vennegave, om du skjønner
hva jeg mener?»

«Tror du at ...» Marianne turte ikke å stille spørsmålet ferdig, i
tilfelle hun fullstendig hadde feiltolket situasjonen og at Elisabeth
ikke mistenkte mannen sin for å være utro.

«Jeg vet ikke.» Elisabeth fikk tårer i øynene. «Det er ikke sånn at
jeg har gått og følt på at noe har vært galt eller noe, men når tanken
først har satt seg, og jeg tenker tilbake på de siste månedene, så har
det vært mer kjølig enn hva det pleier å være. Vi har på en måte ikke
kost oss så mye sammen.»

«Mener du sex?» spurte Marianne.

«Nei, ja, jo, nei. Eller det også. Men egentlig mest bare den tiden etter at ungene har lagt seg. Når vi har vært alene sammen, i den grad vi har vært alene sammen, fordi han har jo vært på klatring hele føkkings tiden. Og de kveldene han har vært hjemme, har vi bare sittet der og sett på tv. Det er jo det vi alltid har gjort, men før så satt vi og småpratet og hygget oss samtidig, men nå i høst har det bare vært fullt fokus på skjermen. Og jeg har tenkt at han har vært sliten, og jeg har tenkt at jeg har vært sliten, eller så har jeg bare ikke tenkt, men bare vært sliten, og det har vært greit, men nå ser jeg jo alle disse små tegnene, og igjen, jeg vet at det bare var en gave, men når jeg først har tenkt at noe kan være galt, så klarer jeg ikke å slutte å tenke på det.» Stemmen hennes sprakk på slutten. Marianne reiste seg, gikk bort til Elisabeth og ga henne en klem. Den var keitete, Elisabeth satt fortsatt i stolen sin, og Marianne sto i 90 graders vinkel, inn fra siden. Men det var en ektefølt, varm klem mellom to venninner.

«Takk, det trengte jeg, men nå har vi ikke tid til meg. Vi må få ordna neglene våre, så må jeg dra hjem og dusje, og så må jeg dra på den der jævla klatrefesten.»

«Vent. Skal du på fest med henne i kveld?» Marianne stoppet midt i bevegelsen, der hun hadde hentet fram neglelakk i fire forskjellige farger.

«Ja. Første nyttårsaften siden ungene ble født, hvor vi faktisk har klart å skaffe oss barnevakt og skal ut av huset på en ordentlig voksenfest, så har jeg klart å ende opp med å dra på en fest med en gjeng klatrere jeg knapt kjenner, inkludert ei som muligens driver og ligger med mannen min.» De hadde flyttet seg bort til manikyrstasjonen, og Elisabeth trakk ut kundestolen for Marianne, og satte seg selv på krakken Malee pleide å bruke.

«Jammen, det er jo et godt tegn», sa Marianne litt for opprømt. «Hvis han faktisk har noe på gang med henne, så vil han jo ikke at dere skal møtes. Jeg må innrømme at jeg var bekymret en stund her, men dette tyder jo på at du bare ser ting som ikke er der. Kanskje du bare kan bruke det som en vekker, og ta tak i ting, og gjøre hverdagen koseligere igjen?» Hun var oppriktig nå. Fyren måtte jo være spik spenna gal for å ta med seg kona på en fest hvor elskerinna var.

«Tror du det?» Elisabeths ansikt myknet, og Marianne kunne se håp i øynene hennes. For mye håp. Marianne kjente et stikk i magen. Hun ante jo ikke hva hun snakket om, for alt hun visste kunne mannen til Elisabeth være hos klatredama og ha seg nå i dette øyeblikk. Likevel sa hun: «Dette kommer til å ordne seg, vet du.»

Hun holdt fram de fire fargene, Elisabeth pekte på en dyp rød, mens Marianne valgte seg en perlemorsfarget lakk med skimmer i. De satt overfor hverandre og lakket sin egen venstre hånd først, så lakket Marianne Elisabeths høyre hånd, før Elisabeth gjorde det samme for Marianne. Slik slapp de å bruke venstrehånda til å påføre lakk på egne negler.

«Hva skal du i kveld?» spurte Elisabeth mens de ventet på at det første strøket tørket.

«Quizlaget», sa hun.

«Så koselig», sa Elisabeth. Marianne merket at Elisabeth ikke var engasjert i samtalen. Tankene hennes kvernet nok fortsatt rundt klatrekvinnen. Marianne prøvde desperat å komme på noe hun kunne snakke om mens de la på det neste strøket, men hjernen var med ett helt tom for tema. Hva snakket egentlig folk om? Været? Hun kunne ikke kommentere været. Film? Tv-serier? Nei, Elisabeth hadde jo akkurat fortalt at tv-kveldene hadde gått fra å være koselige til å bli ikke-koselige, så det var ikke veien å gå. Jobben hadde vært ellevilt hektisk med den ene kunden etter den andre, men det hadde likevel ikke skjedd noe utenom det vanlige. Marianne vred hjernen for å finne på noe å snakke om mens hun påførte neste strøk med neglelakk. Skulle hun fortelle det som hadde skjedd med Alexander? Hun slo det fra seg. Selv om hun fortsatt mente at hun ikke hadde gjort noe galt, visste hun ikke hvordan hun skulle fortelle det uten å framstå som i det minste mildt emosjonelt avstumpet, og hun hadde ikke egentlig fortalt om Kjetil på jobben heller, så det var hele den greia som måtte eksponeres, og det orket hun ikke nå. Hun så ut av vinduet og kunne se et par snøfnugg dale ned utenfor.

«Se. Det begynner å snø!» sa hun.

«Ja, jammen meg», svarte Elisabeth. «Det var synd vi ikke fikk en hvit jul, men det er fint at vi kan starte neste år med snø overalt.»

«Som blanke ark», sa Marianne. «Veldig symbolsk.» Hun så på klokka.

«Oi. Vi er seine.» Damene sjekket at neglene var tørre. Det var de. De var likevel forsiktige og bevisste på negleplassering mens de ryddet opp etter seg, tok på seg jakker og sko og plukket opp håndveskene.

«Du får prøve å ha en fin kveld. Lykke til, håper at det bare var en vennegave og at klatrefolka viser seg å være riktig hyggelige, og ingenting mer.»

«Det er klatrefolk. Det er begrenset hvor hyggelig det kan bli», sa Elisabeth tørt. De lo begge to, klemte, igjen litt keitete, men denne gangen fordi de begge sprikte med fingrene mens de gjorde det.

«Vi sees til neste år!» sa Marianne mens hun låste og Elisabeth gikk mot bussen.

Kapittel 10

Den du veit – Marius Müller
(*Den du veit*, 1981)

Marianne sto utenfor døra til Jade og Emil tre minutter etter avtalt tid. Hun kunne vært presis, men hadde bare fem sider igjen av *Store forventninger*, som hun ikke hadde rukket å lese før hun dro på jobb på morgenen, og av en eller annen grunn var det blitt essensielt at boka ble avsluttet før nyttår.

Det var Emil som åpnet døra, bare sekunder etter at hun ringte på. Han så bra ut i svart dress.

«Så fin du er», kommenterte hun. «Hvis jeg ikke hadde kjent deg, så ville jeg definitivt ha ligget med deg.»

«Hvis du ikke hadde kjent meg?» spurte han og spilte fornærmet.

«Du vet hva jeg mener.» Marianne leverte fra seg den medbrakte waldorfsalaten og en flaske prosecco, hengte fra seg yttertøyet og skiftet til pensko. Hun hadde på seg en enkel, svart kjole med sølvtråder vevd inn i stoffet, slik at den glitret når hun beveget seg. Håret var rettet med rettetang og dannet en liten vipp utover helt nederst. Hun hadde små diamanter i ørene og en enkel diamant i et gullkjede rundt halsen. Hun følte seg fjong. Hun kom inn i stua, som var dekorert med ballonger og serpentiner i sort og gull, og det hang gullbokstaver med «HAPPY NEW YEAR» på veggen bak spisebordet. Det var allerede dekket, med hvit duk, løper i gull, svart service, flere serpentiner i svart og gull, en oppskåret kalkun, et utvalg tilbehør, inkludert Mariannes waldorfsalat, og Jade hadde til og med fått tak i en champagnebøtte i gull. Marianne var sikker på at alt ene og alene var Jades verk. Emil hadde tydeligvis lest tankene hennes, for han smilte lett oppgitt og slo ut med armene, som for å si «Ja, jeg vet det er mye.» Men så strøk han nesten kjærlig over båndet som hang ned fra en av ballongene som var festet til taket.

Jade kom inn i rommet ikledd en gullkjole som rakk til midt på låret, med lange trompetermer og mandarinkrage. Fra ørene hang det spiraler i gull, og hun hadde satt opp håret med en kam i gull pyntet med diamanter og perler.

«Det er fascinerende hvor nært du kan bevege deg tacky, men fortsatt være gjennomført elegant», sa Marianne. Og la så til «Det er ment som en kompliment», i tilfelle det ikke ble oppfattet på den måten.

«Takk, tror jeg», lo Jade mens hun rakte Marianne et fylt champagneglass. Caroline, Kristoffer og John kom fnisende ut av kjøkkenet, også med hvert sitt champagneglass i hånda, og satte seg ned rundt spisebordet.

«Velkommen», sa Jade. «Forsyn dere.»

Gjestene og vertskapet forsynte seg raust av den overdådige maten, og etter en runde hvor alle skrøt av hvor godt alt smakte, sa John at han ville sette en utfordring: Han ville vite hvor mange av sangene til The Beatles som hadde navnet til en amerikansk førstekone i tittelen. Michelle og Eleanor kom fort på banen. Etter hvert huska Marianne også Martha, men så spora samtalen av da Jade kom på at det finnes en Beatles-sang som heter Dizzy Miss Lizzy, og de begynte å diskutere om noen av Elizaene eller Elizabethene gikk under kallenavnet Lizzie. Da de hadde spist både middag og dessert, satte de på Store Norske Hits fra 80-tallet-spillelista og ryddet bordet til tonene av Åge Alexandersens Levva Livet. John og Kristoffer meldte seg frivillig til å ta kjøkkenet, Jade og Caroline satte seg i sofaen, og Marianne sa:

«Jeg går ut og tar meg en røyk, jeg. Vil noen være med?»

De andre så rart på henne, ingen av dem røykte, og de var heller ikke vant til at hun gjorde det.

«Kollegaen min, Elisabeth, kjøpte en tjuepakning til julebordet vårt», forklarte Marianne. «Det var fortsatt halvparten igjen da vi var ferdige, og hun ga den til meg på jobben mandagen etter, for hun ville ikke bli frista til å røyke opp resten alene.»

«Vet du hva?» sa Emil. «Jeg blir med ut og tar en med deg. Hva er det verste som kan skje? Jeg blir avhengig?» De lo.

Marianne gikk ut på gangen, hentet ytterjakka si og tok med en fleecejakke som hang der til Emil. Hun ga den til ham, og de gikk sammen ut på balkongen.

«Har du lighter?» spurte Marianne.

Emil så dumt på henne.

«Øh. Nei.» Han gikk inn igjen og kom tilbake med en eske fyrstikker.

«Jeg røyker så sjelden nå at jeg helt har glemt hvordan man gjør det», spøkte Marianne.

«Jeg vet», sa Emil. «Husker du i gamle dager? Da vi sto bak busskuret? Livredde for å bli oppdaget av foreldrene våre.»

«Ja», lo Marianne. «De visste det jo garantert. Man lukter det jo med en gang noen har røyka.»

«Jeg tror det var annerledes på 80-tallet», sa Emil. «Alle røyka, og røyklukta var i lufta hele tida. Nå er man jo skikkelig utskudd om man røyker, og lukta skiller seg ut. Da var den bare en del av atmosfæren.»

«Ja, fortsett å tro det, du.» Marianne ristet på hodet slik at noe av håret falt ned i ansiktet hennes. Emil tok tak i det og flyttet det ut av veien. Det var mer intimt enn Marianne var forberedt på, og det gamle suget i magen dukket opp i en brøkdel av et sekund, men forsvant like fort.

«Du, Marianne», sa Emil. «Vi er venner, ikke sant? Jeg kan stole på deg?» Han var blank i øynene og rød i kinnene. Han hadde drukket flere øl i løpet av middagen i tillegg til den musserende vinen fra felles-poolen med flasker som de alle hadde tatt med.

«Det er klart du kan», sa Marianne, usikker på hvor dette bar hen.

«Du kommer ikke til å forsvinne for meg? Du kommer til å være her?»

«Du vet hvordan det er med meg», sa Marianne. «Du trenger bare knipse og si hei, så kommer jeg løpende til deg», parafraserte hun Marius Müller.

Emil så henne inn i øynene, tok et drag av sigaretten sin, løftet hånda si og knipset, og sa et stille: «Hei.»

Hva var det som skjedde? Suget i magen var så sterkt at det nesten slo henne over ende. Emil kunne ikke holde på sånn, da kom hun til å bli forelsket i ham på ordentlig!

Men så stumpet han røyken, lo og gikk inn igjen uten å si noe mer. Marianne ble stående på balkongen i noen sekunder for å summe seg, før også hun stumpet røyken og la den fra seg i en tom terrakottablomsterpotte og fulgte etter ham inn. Hun skulle være forsiktig med alkoholen i kveld, kjente hun, slik at disse ikke-følelsene tøt ut ved et uhell.

Inne satt de andre og skrålte med til Dance With a Strangers Everyone Needs a Friend. De satt klemt sammen i hjørnesofaen, alle sammen, Emil hadde satt seg ytterst mot kjøkkenet, så Marianne plasserte seg helt i andre enden. Som også var det eneste stedet det var plass til henne. Jade satt ved siden av Emil, så Caroline, John og Kristoffer, som Marianne praktisk talt satt i fanget til nå. De hadde alle armene rundt skuldrene på hverandre, vugget fram og tilbake – nesten i takt med musikken – og sang med etter beste evne. Marianne lo og stemte i. Det var fortsatt halvannen time til midnatt, dette kom til å bli en strålende kveld.

Da sangen var over, måtte Caroline på do, og John gikk ut på kjøkkenet for å hente mer øl. Marianne flyttet seg bort fra Kristoffer sitt fang og over i en lenestol, og da Caroline kom tilbake fra toalettet, satte hun seg på en puff ved Emils ende av sofaen, slik at det nå var god plass i sofaen til Emil, Jade, John og Kristoffer. DeLillos surret i bakgrunnen, men de hadde skrudd ned lyden, slik at det gikk an å snakke sammen.

«Vi fikk billetter til en ballettforestilling i julegave av foreldrene til John», sa Kristoffer.

«Hihi, billett til ballett», sa Caroline. Hun begynte å bli bra brisen.

«Det er i februar, den andre helga, og da er vi bortreist», fortsatte Kristoffer uanfektet.

«Hvor skal dere?» spurte Jade.

«Stå på ski i Alpene», sa John.

«Det er dumt å la billettene gå til spille.» Kristoffer var målrettet, på tross av alle avbrytelsene. «Vi tenkte vi skulle legge dem ut på nettet, men vi ville høre om noen av dere ville ha dem først.»

«Nei takk», sa Caroline. «Jeg synes ballett er litt kjedelig.»

«Alle synes vel ballett er kjedelig», sa Marianne. «Det er ikke derfor man går på ballett. Man lider seg gjennom det for å få kulturelt påfyll, og så av og til så gjør de et kult hopp eller løft.»

«Og kroppene!» stemte Jade i. «Kroppene er så bra! Stramme!»

Det ble stille. Tøff i Pysjamas tonet ut, og det tok et par sekunder før Trond-Viggo Torgersens Hjalmar startet, noe som virkelig understreket hvor stille det var.

«Jeg er kvinne», sa Jade. «Jeg har lov til å si sånt, uten å være ekkel.»

«Det får være en diskusjon for en annen gang», sa John. «Jeg vil ta tak i det med at alle synes ballett er kjedelig. Jeg synes ikke ballett er kjedelig. Jeg synes det er rørende, vakkert og ofte veldig fine, triste historier.»

«Hva mener du med historier?» sa Caroline. «De danser jo bare rundt. Ja, jeg vet at det finnes en libretto, eller hva faen det heter, men den leser man jo på forhånd. Det er jo umulig å forstå hva det handler om bare ved å se på dansen.»

«Selvfølgelig kan man det», protesterte Kristoffer.

«Nå må du gi deg», sa Marianne. «Du liker jo ikke musikaler engang, hvordan kan du like ballett!?»

«Du skjønner vel at ballett er noe helt annet enn en tullete musikal?» utbrøt Kristoffer.

«Musikal er ikke tullete!» Jade hevet stemmen. Så tenkte hun seg om. «Eller jo, det er litt tullete, men der er det iallfall en historie man kan få med seg uten å ha gjort lekser på forhånd.»

«Men du mener altså», begynte Marianne. «Du sitter der i fullt alvor og mener at du ikke kjeder deg når du er på ballett?»

«Ikke det minste», sa Kristoffer, samtidig som John sa: «Det er riktig.» De så på hverandre, og John gjorde en liten håndbevegelse, som for å si *fortsett, du.*

«Hvorfor i alle dager skulle jeg gått på en ballettforestilling hvis det kjedet meg?»

«Fordi det er det voksne folk gjør? Berike det indre sjeleliv med høykulturelle opplevelser?» Marianne merket hun ble usikker. «Jeg har aldri tenkt over det før. Jeg har bare gått ut fra at alle andre har kjedet seg like mye som jeg gjør, og løyet om det for å framstå som sofistikerte voksne.»

«For en arrogant innstilling», sa John.

Marianne rykket tilbake.

«Unnskyld meg?»

«Bare fordi du ikke får utbytte av noe, så går du ut ifra at det ikke finnes noen som har en mer velutviklet sans for kultur?» sa John.

«Sier du at jeg har en underutviklet sans for kultur?» Marianne prøvde å høres spøkefull ut, men var såpass såret av kommentaren at det skinte igjennom i toneleiet hennes.

Det så ikke ut som om John bet seg merke i det, men Kristoffer hadde helt tydelig fanget det opp, for han sa jovialt:

«Selvfølgelig er du kulturelt utviklet, Marianne. Du er så kulturelt utviklet! Har ikke du akkurat fullført en Dickens-bok?»

«Det har jeg», sa Marianne, og klarte ikke helt å skjule den barnslige stoltheten sin.

«Dickens var sin tids Dan Brown», sa John.

«Hva!?» Marianne kjente hun ble sjokkert. Hun følte seg lurt. Nå hadde hun siden i høst slitt seg gjennom den langtekkelige historien, og så kunne hun like gjerne lest *Da Vinci-koden*? Noe hun selvfølgelig ikke hadde gjort.

«Ikke at det er noe galt med Dan Brown», sa Kristoffer. Han hadde tydeligvis bestemt seg for å redde henne fra sin åndssnobbete kjæreste.

«Nei, nei, jeg likte den *Digitale Festning*-boka hans», sa John, til Mariannes frustrasjon. Det var ikke det at han var åndssnobbete engang, han bare visste mer enn henne. Hun hadde egentlig visst det hele tiden. Han likte Eurovision. Da kan man ikke heve seg over noen.

«Det ER noe galt med Dan Brown», sa Caroline.

«Hva da?» spurte Kristoffer.

«Nei, altså», sa Caroline. «Jeg liker ikke bøkene hans. Språket hans er fullt av klisjeer, og det er masse faktafeil i dem.»

«Det er en roman, en oppdiktet historie, og da du leste *Da Vinci-koden*, så gjorde du det på under en uke, fordi du var så revet med av fortellingen? Og du var underholdt gjennom hele?» sa Kristoffer.

«Ja, jeg gjorde jo det», sa Caroline og lo.

Emil forholdt seg rolig under diskusjonen. Nå reiste han seg, plukket med seg noen tomme ølbokser fra bordet og ryddet dem ut på kjøkkenet. Da han kom tilbake med en håndfull nye, uåpnede øl, fanget Marianne blikket hans.

«Jeg har lyst på en røyk til, jeg», sa hun. «Blir du med ut?»

«Nei takk», svarte han. «Jeg tror jeg står over denne.»

Marianne så på klokka. Det var ikke så lenge til midnatt.

«Da venter jeg også til klokka tolv, til vi går ut alle sammen.»

Sannheten var at Marianne ikke egentlig ville ha en røyk til, men bare likte å være alene med Emil. Kanskje spesielt etter en sånn vilter diskusjon. Den var hele tiden holdt i en lett tone, med glimt i øyet. De små stikkene til John stakk ikke dypere enn at hun allerede hadde tilgitt ham. Og han hadde jo på en måte rett også. Bare fordi hun ikke forsto noe, så kunne hun ikke anta at ingen andre forsto det heller. Hun hadde bare ikke tenkt på det på det viset før. Men en liten timinutters med Emil på tomannshånd ville vært fint for sjelen nå. I tillegg til at det var noe med ham for tiden. Han var mer flørtete enn han pleide å være før. Hun var nesten helt sikker på det. De hadde spøkt vennlig seg imellom i alle år, men nå var det annerledes. Den der knipsinga og hei-et. Marianne ble varm inni seg da hun tenkte tilbake på det. Hva hadde det vært for noe? Hva om det faktisk var noe? Var Emil den ene som hun var villig til å bryte ut av alenetilværelsen sin for? Han var definitivt den personen som hun var mest komfortabel sammen med. Og kjemien var der. Hun hadde undertrykt forelskelsen i så mange år slik at de kunne være venner, så å sette døra på gløtt for den var overveldende. Hun tvilte ikke på at de kunne få det fint sammen. Men ville hun egentlig ha ham der hele tiden? Og så var det Jade, da. Skulle hun gjøre dette mot henne, skulle hun være hundre prosent sikker. Det ville antageligvis være døden for quizlaget også. Var hun villig til å sette det på spill, for noe som ganske sikkert bare var rester av tenåringsdrømmer som aldri ble innfridd?

Marianne tilbrakte resten av kvelden inne i hodet sitt. De andre diskuterte hvilke bøker man kunne skryte av å ha lest, og hvilke bøker det var flaut å like. Så diskuterte de om den forrige diskusjonen var elitisk og idiotisk, og så snakket de om nyttårstradisjoner i andre land, og deres egne beste og dårligste nyttårsaftener. Marianne bidro litt her og der. Hun ble med ut og så på rakettene, glemte helt å røyke, ble med inn igjen, drakk mer musserende vin, hjalp til med å rydde, og dro hjem ikke så altfor lenge etter midnatt.

Kapittel 11

If I – Machine Birds
(*Save Yourself*, 2012)

Marianne hadde ikke satt på vekkerklokka, og våknet av seg selv den
1. januar. Den første dagen i det året hun skulle fylle femti. Hun sto
opp, tok på seg treningstøy og gikk ned på kjøkkenet. Satte på kaffen,
spiste en banan og drakk et glass vann, tok så kaffekoppen og satte
seg ned ved kjøkkenbordet med mobilen og laget en ny løpespille-
liste for det nye året. Hun la til Foo Fighters, Rage Against the
Machine, Beyonce, ispedd noen guilty pleasures fra countryspillelista,
og avsluttet med Machine Birds sin If I. Hun likte å ha en rolig sang
helt til slutt, som hun kunne spasere og trappe ned til og bare nyte.
Da hun hadde tømt kaffen, tok hun på seg hodetelefonene, lue,
votter, en ytterjakke og løpesko, og gikk ut i vintersola. Det hadde
snødd en god del i løpet av natta, og morgenen var stille og hvit.
Marianne satte på musikken og begynte å løpe til Monkey Wrench.
Hun pustet inn kald, klar luft, og ut små skyer av frostrøyk. Hun
lot beina gå i takt med musikken. Hun hadde avsluttet kvelden i
forveien med et par glass vann, og var i fin form. Husene dekket av
hvit snø fløy forbi. Det gikk lettere enn det hadde gjort på en stund,
det var en skikkelig god løpeøkt, en av dem der alt klaffet, hun klarte
å presse seg så mye at hun var sliten, men det var ikke så tungt som
det av og til kunne være. Kroppen føltes lett, som om den gikk
forover av seg selv, og det eneste hun trengte å gjøre, var å bevege
beina. Hun lot tankene fly mens hun tenkte på Emils væremåte i

går: Knipset. Hei-et. At han hadde flyttet håret hennes. Selv på det vanskelige føret perset hun på runden sin, og If I hadde så vidt satt i gang da hun var tilbake i oppkjørselen. Hun tok fram kosten som sto ved siden av trappa, og feide trinnene rene for snø, før hun gikk inn. Hun tok av sko og yttertøy i gangen, gikk inn på kjøkkenet og rørte sammen en deig til grove scones og satte dem i ovnen før hun gikk i dusjen.

Ute av dusjen igjen kledde hun på seg en stor, gul hettegenser med lomme på magen – som hun aldri brukte ute blant folk, fordi hun så ut som en Pokemon i den – og et par ullstillongs. Hun gikk ut på kjøkkenet og tok sconesene ut av ovnen, lot dem kjøle seg ned på benken mens hun satte på en ny kopp kaffe og ordnet seg frokost som hun tok med ut i stua. Hun plasserte maten på stuebordet og gikk til bokhylla. Hun valgte seg *Tilværelsens uutholdelige letthet* som årets første bok. Den måtte tilfredsstille selv John, tenkte hun, samtidig som hun innerst inne visste at John ikke kom til å tenke verken mer eller mindre om henne, uavhengig av hva hun leste. Hun tok en titt på den siste siden i boka: tre hundre og tjue sider. Hvis hun leste elleve sider hver dag, ville hun bli ferdig på under en måned. Det virket overkommelig. Hun tok en bit av sconesen og begynte å lese. Halvveis nede på første side oppfattet sidesynet hennes at det kom en melding inn på mobilen. Hun tvang seg selv til å lese resten av siden og nesten en hel side til før hun plukket opp mobilen og sjekket den. Ingen kunne ha forberedt henne på det som sto der. Den var fra Kristoffer:

«Bare en liten heads up. Etter at du dro i går, kom det fram at Emil og Caroline har drevet og hatt seg siden i sommer.»

Marianne kjente alt blodet forlate ansiktet. Hun ble sittende og stirre på meldingen uten å vite hva hun skulle svare. Hun la fra seg mobilen og så tomt ut i luften en stund, før hun plukket den opp igjen og leste meldingen en gang til. Emil og Caroline? Når hadde dette skjedd? Hvorfor hadde dette skjedd? Marianne følte seg dum. Dum fordi hun trodde det kunne være noe på gang mellom henne og Emil, og enda dummere fordi hun hadde utelukket det på grunn av Jade. Jade! Marianne fikk dårlig samvittighet fordi hun ikke hadde tenkt på henne først. Stakkars Jade! Og hva faen var det Emil drev med? Han var ikke sånn. Hvis det skulle vise seg at han hadde vært interessert i henne, Marianne, så ville de neiggu ikke sneket seg rundt bak ryggen til alle i et halvt år. Det var iallfall sikkert. De ville ha snakket med Jade, sammen, bare de tre, og ikke latt det komme ut på en fest. Men det var ikke henne han hadde valgt. Han hadde gått for Caroline. Eller det var sikkert Caroline som hadde gått for ham. Hvis Marianne hadde visst det var en mulighet, ville jo hun også gjort det. Eller ville hun det? Jade var tross alt en av hennes beste venninner, og sånt gjør man ikke mot vennene sine.

Marianne plukket opp mobiltelefonen igjen. Hun måtte skrive et svar til Kristoffer. Hun begynte å formulere noe et par ganger, men ga til slutt opp og sendte bare fire utropstegn. Det fantes ikke ord. Så gikk hun inn på samtaletråden hun hadde med Emil og skrev: «Jeg hørte fra Kristoffer. Hva er det du driver med?» Men så slettet hun det, og skrev istedenfor: «Hva faen!?» og lot fingeren sveve over send-knappen et par sekunder, før hun slettet det og. Emil fikk vente. I stedet hentet hun fram tråden med Jade, og skrev: «Kristoffer fortalte hva som skjedde i går. Kan jeg gjøre noe? Trenger du noen å snakke med?» Hun trykket på send. Hun la fra seg mobilen igjen og plukket opp boka. Hun leste fire sider til, uten å få med seg noe, la boka fra seg igjen og sjekket mobilen. Ikke noe svar fra Jade. Kristoffer hadde sendt en knust hjerte- og en gråte-emoji. Han hadde tydeligvis heller ikke ord.

Marianne reiste seg og ble stående en liten stund. Hun visste ikke helt hva hun skulle gjøre. Til slutt gikk hun ut på kjøkkenet, hvor hun pakket ned resten av sconesene i en pose som hun la i fryseren,

og så sjekket hun kjøleskapet om hun hadde ingredienser til å lage
en pai. Det var ikke veldig mye å velge i, men hun hadde fått en fin
pancetta i julegave. Og så hadde hun noen løk og grønne epler. Det
kunne funke. Hun laget deigen først, og satte den til å hvile mens
hun stekte løken. Hun krydret med oregano, salt og pepper, og
hadde i en hvitvinsrest som sto i kjøleskapet. Hun skar opp to epler
i tynne båter. Matlagingen sentrerte henne. Hun fylte en skål med
vann og hadde i noen dråper sitronsaft og la epleskivene oppi, for
at de ikke skulle bli brune. Hun skar opp pancettaen i store terninger
og la den sammen med løken. Så kjevlet hun ut paideigen, la den i
en form, prikket den og dekket den med et bakepapir for deretter
å forsteke den. Så sjekket hun mobilen igjen. Hun hadde fått et svar
fra Jade. Marianne kjente hun gruet seg til å lese det, uten at hun
helt visste hvorfor.

«Ja. Jeg trenger en pause. Kan jeg komme bort en tur?»

«Selvsagt», svarte Marianne.

Hun løp opp på soverommet og skiftet. Den gule genseren ble
byttet ut med en burgunderrød strikket kjole, som heller ikke var
superelegant, men den fikk ullstillongsen til å se ut som en del av et
antrekk. Hun la raskt på mascara og dro en børste gjennom håret.
Varseluret fra stekeovnen ringte, hun løp ned igjen, tok ut paibun-
nen, fylte den med løk og pancetta-blandingen, la epleskiver på
toppen og satte den i ovnen på ny.

Det ringte på døra akkurat da paien var ferdig. Marianne tok den
raskt ut, før hun gikk og åpnet. Hun skvatt da hun så Jade. Hun
hadde aldri sett henne uten sminke før, og hun så sjuk og bleik ut.
Hun hadde på seg en lys rosa velurdress og håret var satt opp i en
rotete knute. Øynene var rødkantede, hun så ut som om hun hadde
grått mye. Marianne strakte ut armene og tok henne inn i en klem.
De to holdt rundt hverandre i gode ti sekunder.

«Jeg har bakt pai», sa Marianne.

Jade smilte svakt. «Selvfølgelig har du bakt pai», sa hun.

«Jeg kan ikke noe for det», sa Marianne. «Å lage mat roer meg ned.»

«Ja. Jeg kunne og trengt noe sånt», sa Jade mens de gikk ut på kjøkkenet.

«Kaffe?» spurte Marianne. «Eller trenger vi vin, kanskje?»

«Egentlig trenger vi sprit», sa Jade. «Men jeg kjører, så det får bli kaffe.»

«Ok.» Marianne fant fram to kopper og satte den ene i kaffemaskinen.

Hun fant fram en bordskåner og satte den fortsatt varme paiforma på kjøkkenbordet. Så hentet hun to tallerkener, bestikk, to glass, og satte fram en mugge med vann. Hun ga Jade den fulle kaffekoppen, og laget en ny til seg selv. De satte seg ned ved kjøkkenbordet. Marianne rakte en kakespade til Jade, som forsynte seg med et stykke pai.

«Er det epler på toppen der?» spurte hun.

«Ja», svarte Marianne.

«Er det middags- og dessertpai i ett?» Jade hørtes skeptisk ut.

«Nei, den er ikke søt», svarte Marianne. «Eplene bare tilfører syrlighet. Smak!»

Jade tok en bit og nikket anerkjennende. Marianne forsynte seg med bare et lite stykke selv, da hun egentlig fortsatt var mett etter sconesen.

«Vil du fortelle hva som skjedde?» spurte Marianne.

«Ikke egentlig», sa Jade. «Men jeg tror jeg må, for å få det til å slutte å kverne i hodet mitt.»

Marianne nikket. Ventet. Og tok en slurk til av kaffen.

«Jeg vet ikke om du la merke til det», begynte Jade. «Men Caroline ble ganske full i går.»

Marianne nikket.

«Og hun var liksom *på* Emil hele kvelden.»

Marianne sluttet å nikke. Det hadde hun ikke registrert.

«Jeg har for så vidt sett det før også», sa Jade, «men jeg har ikke tenkt så mye over det. Eller jeg har tenkt at hun sikkert har vært ensom etter skilsmissen, og at Emil har vært et slags substitutt for mannlig oppmerksomhet frem til hun var klar for å dra ut på sjekke-markedet på ordentlig. Han er jo ganske pen å se på.»

Marianne nikket og håpet at hun ikke rødmet. Om hun gjorde det, virket det ikke som om Jade la merke til det.

«Og dum som jeg er, så har jeg jo vært trygg på forholdet til meg og Emil, og tenkt at det ikke er noe å bekymre seg for», fortsatte Jade. «Men i går, så … jeg husker ikke helt hvordan vi kom dit, men på et tidspunkt satt Caroline på fanget til Emil. Han var jo heller ikke helt edru. Kristoffer og John hadde mer eller mindre slokna i sofaen, og jeg skulle ut av rommet for å gå på do eller hente mer drikke eller noe. Jeg husker helt ærlig ikke hva det var jeg skulle, men av en eller annen grunn gikk jeg inn i stua igjen rett etter at jeg hadde forlatt den, jeg skulle sikkert hente mobiltelefonen min, og der satt Caroline og klinte med mannen min.»

Marianne måpte. Sånn ordentlig tegnefilm-måp, hvor haka falt ned og øyne sperret seg opp. Hun hadde ikke ment å reagere så parodisk, og hun visste ikke helt hva hun hadde forventet at skulle ha skjedd, men ikke dette. Dette var jo god gammeldags bak ryggen-utroskap. Så utrolig ustilig. Det sa hun også høyt. «Så utrolig ustilig!»

Jade nikket. «Først var det sånn at jeg så det skjedde, men hjernen klarte ikke helt å prosessere det. Du vet sånne bilder som er to for-skjellige ting, for eksempel en hare og en and, og først ser du det ene, og så må du liksom blunke eller stille om hjernen eller noe for å se det andre. Først så jeg bare en uformelig masse med to men-nesker, og så var det som noe falt på plass i hjernen min, og så var det ektemannen min og bestevenninna mi.» Jade begynte å gråte da hun kom til slutten av den setningen. Marianne strakte ut en hånd og strøk henne over armen.

«Jeg ble bare stående der, som et annet naut, og stirre. Og så våknet John i sofaen, tenk det; John og Kristoffer var der hele tiden, og han kom med et skikkelig britisk Hugh Grant-utbrudd, *gosh* eller *blimey* eller noe, og det vekket Kristoffer, og Caroline spratt opp fra fanget til Emil og veltet glass og flasker ned fra bordet, og så reiste Emil seg, og jeg bare sto der fortsatt, og Kristoffer bare 'Hva faen er det som skjer?' Jeg tror ikke han rakk å se kysset, han våknet bare til fullt kaos, og jeg husker at jeg sa 'De klinte' og at jeg pekte på Caroline og Emil. Caroline var så full at hun mistet balansen og falt ned i sofaen, Emil kom mot meg, og jeg så han var lei seg, men det skulle bare mangle. Jeg ble bare stående der og var forvirra, øl og vin ble sølt ut på teppet, og jeg husker at jeg tenkte at det kom til å bli umulig å få vekk flekkene, men at det ikke gjorde så mye, for vi hadde fått det til bryllupet av søsteren til Emil, og nå var ekteskapet uansett ødelagt.» Jade tok en liten pause i snakkinga og tok en slurk av kaffen sin. Tårene rant nedover kinnene hennes nå. Marianne reiste seg og fant fram en pakke med papirlommetørklær, som hun åpnet og rakte til Jade. Hun tok ut et og tørket seg under øynene, så tok hun ut enda et og snøt seg, og la begge på bordet rett ved siden av paifatet. Marianne syntes det var ekkelt nærme maten, men skjønte at det ikke var øyeblikket for å si noe om det.

«Jeg fikk så vidt med meg at John og Kristoffer tok med seg Caroline og dro», fortsatte Jade. «Og så satte Emil og jeg oss for å snakke ved kjøkkenbordet, men vi var for fulle og trøtte til at vi klarte å ha en fornuftig samtale. Men jeg gråt, og Emil gråt, og til slutt ga vi opp, og Emil gikk og la seg på gjesterommet, som vi jo hadde gjort i stand slik at føkkings Caroline skulle slippe å dra tilbake til føkkings Drammen, og hvor hun gjorde av seg, vet jeg ikke. Ikke at jeg bryr meg. Eller hun overnattet sikkert hos John og Kristoffer, men samma det.» Jade tok tre nye papirlommetørklær ut av pakken og tørket snørr og tårer, og kastet dem skjødesløst fra seg på bordet med maten. «Jeg sov jo ikke akkurat noe særlig i natt, så jeg sto opp grytidlig og ryddet og vasket. Teppet har ligget og marinert i alkohol i flere timer, så det er nok ødelagt for alltid, som jo er deilig symbolsk.» Jade tok en ny slurk av kaffen. Hun hadde sluttet å gråte nå. «Da Emil endelig sto opp, så hadde han vett nok til å se skikkelig skamfull ut. Det viser seg at de har holdt på siden den der sommerfesten vi var på. Da jeg fikk matforgiftning og måtte dra hjem tidlig.» Marianne husket den festen. Hun husket at Jade hadde dratt hjem tidlig, og at hun på et tidspunkt hadde lurt på hvor Emil var. Men hun hadde ikke registrert at Caroline også forsvant samtidig.

«Vi dreiv og krangla en del på den tiden», fortsatte Jade, «fordi vi holdt på med den der oppussinga, og da krangler jo alle, men jeg skjønner ikke hva han tenkte på.»

«Ja, det er rart», sa Marianne etter en liten pause. «Det der er jo drittsekkoppførsel, og Emil er jo ikke en drittsekk.»

«For ikke å snakke om Caroline», nikket Jade enig. «Det er jo egentlig bra mennesker dette her, jeg skjønner ikke hvorfor de gjør sånt mot meg.»

Eller meg, tenkte Marianne. Men dyttet tanken rett ned i den boksen som hadde vært der i alle år, hvor alle forbudte tanker og følelser når det kom til Emil hadde blitt oppbevart, og som hun av en eller annen grunn hadde tillatt seg å åpne på gløtt akkurat nå, de siste ukene.

«Hva skjer nå?» spurte hun. «Hva gjør dere videre?»

«Nei, vi må jo i parterapi, da», sa Jade. «Men jeg ser ikke for meg at vi kommer til å klare å fikse dette. Jeg vet ikke …» Hun begynte å gråte igjen. «Jeg vet ikke egentlig om Emil er interessert i å fikse det. Jeg tror han kommer til å fortsette å være sammen med Caroline.»

Marianne visste ikke helt hva hun skulle si til det.
«Dust», landet hun til slutt på.
«Ja, dust», sa Jade.

Kapittel 12

Saints & Sinners – Paddy Casey
(*Living*, 2003)

Da Marianne gikk og la seg den kvelden, hadde hun fortsatt ikke sendt melding til Emil, og hun hadde heller ikke hørt fra ham. Jade var blitt en stund til. Hun sa at Emil hadde tatt inn på hotell for natten, men at de ikke hadde sagt noe til ungene enda, bare at pappa plutselig måtte på en konferanse med jobben. Det virket ikke som om de stusset over at han liksom skulle ha blitt innkalt til haste-konferanse over nyttårshelga. Da Marianne våknet neste morgen, var det med en sorg som gjorde nesten fysisk vondt. Oppi alt hadde hun ikke hatt tid til å kjenne hva dette betydde for henne. Emil hadde ikke flørtet med henne. Han var ikke hemmelig forelsket i henne heller, og kom aldri til å bli det. Hun tillot seg å gråte litt i dusjen, for den tapte kjærligheten som aldri var, og så tok hun et endelig valg. Det var over nå. Den tullete lille forelskelsen skulle avsluttes. Hvis hun skulle ha emosjonell kapasitet til å være en god venn for Jade, kunne hun ikke holde på å ha egne følelser for Emil. Det var hun for gammel for. Å løpe rundt som om hun fortsatt var fjorten. Hele tiden ha litt oppmerksomhet rettet mot ham. Det eskalerte riktignok over de siste ukene, da Emil hadde begynt å oppføre seg så merkelig, antageligvis for å dekke over eventuell ekstra-oppmerksomhet han ga Caroline, men det hadde alltid ligget under der og stille forsuret tilværelsen hennes. Men nå var det over. Ferdig. Dessuten kjente Marianne på at hun var betydelig mindre interessert i Emil nå som hun visste at han kunne gjøre noe sånt. Men hun ville fortsatt være venner med ham. Trodde hun. Hun skyldte ham iallfall å høre hans versjon av historien, selv om hun ikke helt skjønte hvordan han skulle klare å framstille hendelsesforløpet på en måte som stilte ham i et fordelaktig lys. Men han fikk ta kontakt selv. Hun hadde ikke tenkt å gjøre det enklere for ham enn det trengte å være.

Marianne kom på jobben og låste seg inn. Elisabeth hadde sendt en melding om at hun var blitt sjuk og tok en egenmeldingsdag, så det første hun gjorde, var å omfordele kundene hennes til seg selv, Simona og Malee. Det kom til å bli travelt, men etter bare to telefonsamtaler med kunder som var villige til å flytte timen sin (og en som ikke var det), hadde Marianne klart å ordne det. Hun ryddet reserverommet, slik at det var kundevennlig, og var så klar for dagen. Malee og Simona var på plass og inne med kundene sine, mens hun selv fortsatt hadde noen minutter før sin første time. Hun fant fram mobilen og gikk inn på quizplanleggingstråden. «Caroline har forlatt gruppen», sto det med liten blå skrift under den siste meldingen der Kristoffer bekreftet at han skulle komme på den siste quizen før jul. Ja vel. Det fikk man ta tak i på et seinere tidspunkt. Marianne var usikker på om hun skulle si noe om de siste dagers hendelser, eller om hun skulle late som ingenting og bare ta en vanlig opptelling på hvorvidt folk kunne komme. Hun gikk for en mellomting og skrev: «Så ... ehh ... hvem er med på quiz i morgen?» for å anerkjenne den kleine stemningen uten å adressere den direkte. Det tok ikke lang tid før Kristoffer svarte: «Jeg.» Han hadde slengt på et smilefjes. Hun så at Jade begynte å skrive et svar, men da kom kunden hennes, og hun måtte legge fra seg mobilen.

Det gikk noen timer før hun rakk å se på mobilen igjen. Da hadde Emil bekreftet at han kom, Jade meldte at hun «ikke kunne», som om ikke alle i tråden skjønte at hun ikke var interessert i å være på en quiz med Emil nå, Kristoffer sa han kunne ta med seg John som vikar, og Emil fulgte opp med at Trond hadde vist interesse for quiz, og at han kunne høre med ham om den siste ledige plassen, noe Kristoffer hadde tomla opp, og Emil bekreftet så at det kom til å skje. Marianne hadde også mottatt en melding til kun henne fra Emil, med spørsmål «Lunsj i dag?» og en apekattemoji som skjulte ansiktet i hendene. Han hadde i det minste vett til å skamme seg, men Marianne kjente hvor ekstremt usexy hun syntes det var at den voksne mannen brukte en så barnslig emoji. Hun var definitivt over ham nå. Hun svarte fort, uten å tenke for mye over det. «Kan ikke. Travelt på jobb», og la fra seg mobilen. Så tenkte hun seg om, plukket den opp igjen. «Det er sant altså. Fullt kaos her i dag. Men vil gjerne snakke. Møtes i kveld?» Og så la hun ned mobilen igjen og fortsatte med arbeidsdagen sin. Hun hadde det virkelig travelt og tok seg knapt tid til lunsj. Hun endte opp med å spise en havregrynsscone smulende over vasken, og resten av dagen gikk i ett. Da arbeidsdagen var over, og hun sjekket mobilen igjen, hadde Emil hjertet oppfølgingsmeldingen hennes og foreslått at han skulle komme hjem til henne. Hun bekreftet at det passet bra, sa fra om at hun dro fra jobb nå, og sa at hun kunne ha middag klar til dem om halvannen times tid. Hun trengte å lage mat nå. Han sendte en tommel opp tilbake.

Da hun kom hjem, satte hun på Living-albumet til Paddy Casey og fant fram to kyllingfileter og banket dem flate med en kjevle. De ble flatere enn de trengte å være, men det var deilig å bare slå løs på det lyserosa kjøttet en stund. Hun laget kyllingruller fylt med smøreost og spinat, og så dampet hun couscous og hadde i finhakket løk, gulrot og paprika. Det var nesten mediterende å kutte opp grønnsakene. Da det ringte på døra, var bordet dekket, couscous- og grønnsaksblandingen sto i en skål, og forma med kyllingrullene hvilte under aluminiumsfolie.

Hun åpnet døra, og en fårete Emil sto utenfor. Hun nølte bare et øyeblikk, før hun rakte ut armene og tok ham inn i en like varm klem som det som nå skulle bli hans ekskone hadde fått dagen før. Han lot seg villig omfavne.

«Å, Marianne», sa han. «Jeg har rota det til så veldig.»

«Det har du.» Marianne kunne ikke annet enn å bekrefte. «Kom inn», sa hun så med et vennligere tonefall. Han tok av seg sko og jakke, som han hengte fra seg i gangen, og fulgte etter Marianne inn på kjøkkenet.

«Det har visst gått inn på deg og, dette her», sa han da han så hvor finhakket grønnsakene i couscousen var.

«Vel, ja!» sa Marianne. Helt uten skam. Helt uten forvirring. Dette gikk inn på henne. Fordi en av hennes aller beste venninner nå hadde kjærlighetssorg. Fordi en av hennes aller beste venner hadde oppført seg skikkelig dårlig. Fordi quizlaget hennes muligens var i ferd med å gå i oppløsning. Men ikke fordi han fyren hun hadde vært ikke-for-elsket i de ti siste årene nok en gang ikke valgte henne. Det var befriende å kjenne på den følelsen, og Marianne badet i friheten et lite øyeblikk, før hun vendte tilbake til virkeligheten. Hun hadde egentlig bestemt seg for at hun ikke ville hjelpe Emil på vei, men stillheten ble for klein.

«Hva i alle dager er det du driver med?» sa hun mens hun skjøv forma mot ham for å få ham til å forsyne seg.

Han fjernet aluminiumsfolien, forsynte seg med en kyllingrull og lesset rikelig på med couscous og grønnsaker.

«Jeg vet ikke», svarte han. Marianne kunne se fortvilelsen i øynene hans. Et lite øyeblikk syntes hun nesten synd på ham. Men følelsen forsvant igjen mens hun forsynte seg av maten og husket hva han hadde gjort.

«Ok. Men er det sånn at du er sammen med Caroline nå?» spurte Marianne.

«Nei. Ja. Nei. Jeg vet ikke», sa Emil.

«Vil du være sammen med Caroline?» Hun glemte alle intensjoner om ikke å hjelpe Emil med å fortelle sin side av historien. Marianne trengte svar, og hun kom ikke til å få dem hvis hun skulle vente på at Emil fortalte på eget initiativ.

«Jeg vet ikke», sukket Emil. Marianne fikk visst ikke svar selv om hun stilte spørsmålene. Det hindret henne ikke fra å fortsette.

«Men hva med Jade?»

Emil så ulykkelig på henne.

«La meg gjette. Du vet ikke», sa hun, mer sarkastisk enn hun egentlig hadde ment.

Han nikket, og det formet seg en tåre i det ene øyet hans.

«Hva var planen her?» Marianne ga seg ikke. Hun tok en bit av kyllingen.

«Vi hadde ikke noen plan», sa Emil. «Det skulle ikke vare. Det var en feil vi gjorde en gang. Og så klarte vi ikke å la være å gjenta den. Altfor mange ganger.»

Marianne tygget fortsatt, og så avventende på ham.

«Jade og jeg hadde det litt tøft i sommer», sa han. «Det er selvfølgelig ingen unnskyldning», la han fort til. «Ingenting av dette er en unnskyldning. Men kanskje det kan være en slags forklaring. Jeg føler at jeg har sviktet alle.»

«Det har du», sa Marianne tørt. Hun kunne se på ansiktet hans hvordan ordene sved. Hun hadde ikke ment å være slem, men når det først hadde skjedd, fortjente han det.

«Det skulle ikke bli sånn. Vi planla hele tiden å avslutte det, men så bare gikk det ikke.»

«Å stakkars dere.» Marianne klarte ikke å stoppe seg selv. Men så tok hun seg i det. «Unnskyld. Jeg vet tydeligvis ikke helt hvordan jeg skal håndtere dette.»

«Du trenger ikke si unnskyld», sa Emil. «Jeg fortjener det. Jeg har rota det til så veldig mye. Men greia er at selv om jeg angrer, så angrer jeg ikke likevel. Og så har jeg dårlig samvittighet for at jeg ikke angrer mer. Og jeg innser at utførelsen var så klønete som den kunne blitt, og at det helt klart burde vært håndtert mindre …»

«Drittsekk?» foreslo Marianne, mens han stoppet opp og lette etter ord.

«Rotete, hadde jeg tenkt å si», sa han. «Men ja, drittsekk funker også.» Han tok en bit av maten, tygget og svelget. «Men sannheten er at jeg sluttet å være forelsket i Jade for en stund siden. Altså før i fjor sommer. Lenge før i fjor sommer. Jeg likte henne fortsatt, men det var mest som venn. Vi hadde fortsatt sex, fordi … hallo … mann, og hun er fortsatt den peneste dama jeg vet om. Men det var liksom ikke like pirrende som før. Den innvendige skjelvingen når hun så på meg, var borte. Du vet hvordan man føler det i begynnelsen? Når alt vibrerer når man er sammen?» Det virket som om han oppriktig lurte på om hun visste hvordan det var å være forelsket. Marianne bestemte seg for at det ikke var plass i samtalen til å bli sur for det nå, så hun nikket bare bekreftende.

«Og så alt det surret med oppussingen», fortsatte han. «Og på den sommerfesten ble jeg sittende og snakke med Caroline. Hun var jo fortsatt ganske deppa på grunn av bruddet med Kasper, men det var bare så deilig å snakke med noen som ikke kjeftet på meg hele tiden. Og vi var begge enige om at det var en tabbe, og at det ikke skulle gjenta seg …»

«Men så gjentok det seg», sa Marianne.

«Det gjentok seg», sa Emil. «Og nå er jeg egentlig der at jeg ikke vil at det skal slutte å gjenta seg. På et tidspunkt, med all snikingen, den dårlige samvittigheten, den lunka stemningen hjemme, og den delte deppinga med Caroline, falt jeg for henne. Hun er jo en kul dame!»

Marianne kunne ikke annet enn å si seg enig i det. Hun hadde ikke hatt anledning til å rydde opp i hva hun mente om Caroline i kaoset som rådet de siste dagene. Hun hadde vært sjokkert og indignert på vegne av Jade, og hatt en komprimert kjærlighetssorg som hun egentlig ikke hadde noen rett på for seg selv. Det var ikke plass til å tenke på Caroline i den suppa av følelser.

«Jeg håper dere finner ut av det», sa Marianne, usikker selv på om hun mente det. «Og hva med quizlaget?» Hun kjente at det var det hun virkelig lurte på, og hadde nå ventet lenge nok med å spørre, selv om hun så på ansiktsuttrykket til Emil at han syntes det var for tidlig.

«Jeg håper vi kan holde det gående», sa Emil. «Jeg håper jo at Jade og Caroline kan fortsette å være venner.»

Marianne slapp ut en kort latter. «Kødder du? Jeg vet ikke om jeg kan fortsette å være venner med Caroline», sa hun. «Jeg ville ikke hatt for høye forhåpninger til Jade. Eller Caroline. Hun må jo føle seg bra dust nå. Jeg så hun hadde forlatt gruppen.»

«Hva da, forlatt gruppen?» spurte Emil.

«Gruppechatten», svarte Marianne. «Caroline har gått ut av den. Uten å si noe.»

«Det har jeg ikke lagt merke til», sa Emil.

«Nei, du har vel ikke det.»

Kapittel 13

Starting Over – Chris Stapleton
(*Starting Over*, 2020)

Elisabeth var tilbake på jobb igjen på tirsdagen. Hun utdypet i første omgang ikke hvorfor hun hadde tatt en egenmelding dagen før, noe som fikk Marianne til å tro at det mest av alt skyldes at det hadde vært en *sånn* nyttårsaften. Men Elisabeth pleide ikke å ha spesielt mye fravær, så Marianne hadde ingen grunn til å tro at hun misbrukte ordningen. Men hun var nysgjerrig på hvordan det hadde gått med klatredama. Elisabeth lo da hun spurte.

«Jo, nå skal du høre», sa hun. «Det viser seg at dama er over seksti, og hun er ...» Hun gjorde en dramatisk pause. «... eller vent, du skal få det kronologisk, som jeg gjorde. Vi skulle jo feire nyttårsaften med klatregruppa til Magnus. Trodde jeg. Og det trodde for så vidt han også.

Men da vi kom fram til der festen skulle være, hos Victoria, hun dama med vinflaska, så viste det seg at det bare var Magnus fra klatregruppa som var invitert.»

«Var ikke du invitert?» spurte Marianne.

«Jo, jeg var også invitert, men jeg er jo ikke medlem i klatregruppa. Jeg var bare følge. De andre som var der, var mannen til Victoria, søsteren hennes med partner og noen andre venner som ikke er relevante.»

«Men søsteren er relevant?» spurte Marianne.

«Vent», svarte Elisabeth. «Så det første som slår meg, er at Victoria er typ tjue år eldre enn Magnus, som jeg jo føler er noe han kunne ha nevnt. Og hun var ikke noen ung sekstiåring heller, om du skjønner. Jeg mener, ja, hun driver med klatring, og hun er garantert sprekere enn meg.» Elisabeth så nedover den lubne kroppen sin. Hun hatet trening, og var helt komfortabel med å bare ikke gjøre det. «Men hun hadde kortklipt, grått hår og hadde på seg en cardigan med en stor fugl laget av paljetter. Jeg skjønte med en gang jeg så henne at dette ikke var noen som Magnus ville sause bort ekteskapet for å ha tilfeldig sex med. Da vi kom, var det dekket til middag, og vi satte oss til å spise med en gang. Det var en hyggelig gjeng med mennesker, det var det, men Magnus og jeg var skikkelig forvirra over hvorfor vi var der. Alle de andre kjente hverandre tydeligvis fra før av, bare vi var nye. Men så, etter at vi hadde spist middag og dessert i noe som virket som ni timer, trakk Victoria Magnus til side, og jeg vet ikke helt akkurat hvordan samtalen forløp, men det viser seg da at Victoria er halvsøstera til Magnus.»

«Du tuller!» sa Marianne.

«Nei», fortsatte Elisabeth. «Faren til Magnus satte barn på ei som sekstenåring tidlig på 60-tallet. Hun ble sendt av gårde til et sånt Hjem for unge mødre-type ting, og han dro til sjøs. Han var sjømann i en tiårs tid, før han fant seg jobb på land, og etter hvert fikk seg kone – moren til Magnus – og barn – Magnus og brødrene hans. Og så har han bare aldri fortalt familien at han hadde et barn fra før av. Det er helt tilfeldig at Victoria var i samme klatregruppe som Magnus. Hun vokste opp sammen med moren og hadde hatt en relativt fin barndom. Moren fant en mann som ville gifte seg med henne på tross av at hun hadde en bastard-unge.» Elisabeth gjorde hermetegn med fingrene og fordreide stemmen sin, for å understreke at hun var uenig i den gammeldagse tankegangen, før hun fortsatte: «Og denne nye mannen adopterte Victoria og behandlet henne som sin egen, da hun fortsatt var så ung at hun ikke hadde noe minne om tiden uten en far. Men da moren til Victoria døde nå i høst, oppdaget Victoria at mannen hun hele sitt liv trodde var faren hennes, ikke var det. Hun fant navnet til sin biologiske far blant morens papirer, og stusset over at etternavnet hans var det samme som det til en fyr i klatregruppa. Hun gjorde noen flere undersøkelser, trakk noen konklusjoner og voilà, her er vi i dag. Faren til Magnus døde jo også for noen år siden, så vi får ikke bekreftet det hundre prosent, men navnene og resten av historien stemmer jo, så det er ingen grunn til å tvile på det.»

«Så morsomt», sa Marianne. «Eller er det morsomt? Det er ikke trist?»

«Jo, det er ordentlig gøy. Både Magnus og brødrene synes det er riktig så artig at de har fått en storesøster.»

Det ringte i bjella som fortalte dem at det kom kunder, og Marianne reiste seg for å ta imot dem.

«Det er mer», sa Elisabeth. «Det kan jeg fortelle etterpå.»

«Mer?» sa Marianne overrasket mens hun åpnet døra ut mot salongen.

Elisabeth nikket og viftet henne av gårde, og Marianne gikk ut for å møte sin neste timeavtale.

Seinere på dagen, da det var rolig igjen, tok Marianne opp tråden. Malee og Simona var også der, og var blitt oppdatert på historien fram til den store avsløringen.

«Men så», sa Elisabeth. «Da vi kom hjem igjen – vi var hjemme ganske tidlig – satte vi oss og tok et glass vin og bare snakket om det som hadde skjedd. Og da fortalte jeg at jeg hadde vært redd for at han var utro.» Elisabeth stoppet opp og så mot Simona og Malee. «Dette vet dere ikke, men det har vært kjipt i det siste. Uspennende.» Malee nikket gjenkjennende, mens Simona så skremt ut.

«Men iallfall», fortsatte Elisabeth. «Han hadde også kjent på det, og var redd for at det var jeg som var gått lei, så nå har vi bestemt oss for å få gnisten tilbake i forholdet, og siden vi jo begge er listepersoner, så fant vi en artikkel på nett: Cosmos 50 tips for å få gnisten tilbake i forholdet, og har bestemt oss for å prøve ALLE. Det er litt vanskelig, for det er ikke alle som er sånn *gjør en ting – kryss av – ferdig*, det er flere vi må jobbe med, men Magnus har laget et regneark, for sånn er han, og vi har begynt på tretten av dem, og fikk fullført fem bare i går.» Elisabeth lukket munnen brått og så bort på Marianne, fordi hun tydeligvis kom på at hun ikke bare satt og snakket med venninner, men også med sjefen sin, og at hun egentlig hadde vært borte fra jobben og sjuk dagen før. Men Marianne bare lo.

«Haha, det går greit. Vi får si det var en mental health-dag. Jeg er glad dere har funnet ut av det, både som venn og som arbeidsgiver. En skilsmisse ville nok ført til mer fravær og mindre produktivitet», spøkte hun.

Da Marianne seinere på dagen hadde spist mikrobølgeovnsmiddagen sin og skulle dra på quiz, var hun i godt humør. Elisabeth hadde, etter en del overtalelse fra de andre, vist fram regnearket sitt, og både Malee og Simona valgte seg ut noen punkter de også ville prøve med sine respektive partnere. Det hadde vært en veldig bra dag på jobben. Nå kjente hun at hun gruet seg til quizen. Hun hadde sendt en melding til Jade og sagt fra at hun kom til å dra, og at hun hadde snakket med Emil, men det føltes fortsatt som et svik mot venninna. Samtidig ville det føles som et svik mot Emil å ikke møte, så Marianne visste ikke helt hva som var den riktige tingen å gjøre. Caroline hadde hun fortsatt ikke snakket med. Hun tenkte på om hun befant seg i misogynistfella – når det jo faktisk var Emil som oppførte seg som en dust og hadde vært utro – men konkluderte med at dette hadde med hvor nære venner de var å gjøre, og ikke kjønn. Hun syntes Caroline var kul, og de hadde gjort mye gøy sammen, men de gjorde aldri noe på tomannshånd bare de to, og hadde ikke det samme nære vennskapet som Marianne hadde med Emil, og etter hvert også med Jade.

Da hun kom inn på puben, satt Kristoffer og John der allerede. Marianne svingte innom baren og tok med seg en øl og satte seg ned sammen med dem.

«Dette blir rart», sa Marianne. Bare for å adressere elefanten i rommet.

«Det trenger ikke det, da», sa Kristoffer. «Jeg tror dette kommer til å gå seg til.»

Marianne så skeptisk ut. «Jeg vet ikke. Så dere at Caroline har forlatt chatgruppa?»

«Stakkars Caroline», sa Kristoffer.

Marianne rykket til.

«Hva mener du med stakkars Caroline?» sa hun.

«Hun har jo ikke gjort annet enn å forelske seg i mannen til venninna si, og nå risikerer hun å miste hele vennekretsen», sa Kristoffer.

«Hun har gjort litt mer enn å bare forelske seg i mannen til venninna si», sa Marianne.

«Ja, du har for så vidt rett i det», sa Kristoffer. «Men hva skal man gjøre, da? Hjertet vil det hjertet vil.»

«Ok, et par ting her», sa Marianne. «Jeg er ikke enig i det premisset at bare fordi man forelsker seg i noen, så må man absolutt legge seg etter dem.» Kristoffer så ut som om han ville si noe, men Marianne holdt en finger i været og lot ham ikke slippe til. «Og når man først gjør det, så finnes det bedre måter å håndtere det på enn hvordan det ble gjort her.» Hun gjorde fingeren sin om til en åpen hånd som hun beveget i retning Kristoffer.

«Du har definitivt rett i det siste der», sa han. «Men man blir jo idiot når man er forelsket ...» Han lot setningen henge i lufta.

«Det er en gyldig unnskyldning for at man tar teite valg på vegne av seg selv», sa Marianne. «Men det holder ikke når det du gjør i så stor grad går ut over andre også.»

Kristoffer nikket, men det glimtet av irritasjon i øynene hans. Marianne skjønte også at det ikke var verdt å diskutere videre, og ga seg der. Lojaliteten hennes lå fortsatt hos Jade, og for så vidt hos Emil, men hun trengte ikke å kutte Caroline helt ut av livet sitt av den grunn. Hun skulle sende en melding når hun kom hjem i kveld, og høre hvordan det gikk med henne. Emil kom, og han hadde med seg Trond. Emil hadde flyttet inn på «Høyloftet» hos foreldrene til svogeren hans som en midlertidig løsning. Så de var fullt lag, men det kunne merkes at to av de faste manglet. De kom langt bak Hipp Hurra, kølle! som var det laget som pleide å vinne, og Mariannes høydepunkt for kvelden var da hun klarte å kjenne igjen en Chris Stapleton-sang fra køntripuggespillelista si.

DEL 2

VÅR

Kapittel 14

Greatest Love of All – Whitney Houston
(*Whitney Houston*, 1985)

Det var lørdag før påske, den siste kunden var gått, og de fire damene ryddet i salongen før de skulle stenge. Mobilen til Elisabeth durte, og hun så på den.

«Å nei», sa hun.

«Hva skjer?» spurte Malee.

«Barnevakta avlyste», sa Elisabeth. «Magnus og jeg skulle egentlig ut og ta badstue i kveld.» Skuffelsen i stemmen var tydelig. «Nummer femtisju på regnearket», la hun stille til.

«Femtisju?» spurte Simona. «Var det ikke bare femti?»

Regnearket til Elisabeth og mannen hadde vært den store snakkisen i salongen de siste fire månedene. Elisabeth fortalte villig. Ikke i detalj, men i grove trekk. Ingen av de andre fikk se regnearket etter den første gangen, men etter sigende hadde det vokst seg stort med et intrikat poengsystem for hver aktivitet, med både poeng, stjerner og hjerter for hvor romantisk den var. Flere av de faste kundene var innviet i systemet, og noen av dem prøvde det ut hjemme med sine partnere. Simona og Malee synes det var for mye administrasjon, men dersom en aktivitet var særdeles vellykket, hendte det at de prøvde den ut og ga tilbakemeldinger som – så vidt Marianne hadde forstått – også ble lagt inn i regnearket.

«Jo, men vi har lagt til flere selv», sa Elisabeth. «Ting vi har hatt lyst til å gjøre lenge. Og nye ting. Lista begynner å bli lang nå. Det regnearket er det beste som har skjedd forholdet vårt.»

«Det regnearket er det beste som har skjedd salongen!» stemte Simona i med begeistring.

«Det kan du umulig mene seriøst.» Elisabeth rynket på nesa.

«Joda», sa Simona. «Ikke bare er du i vesentlig bedre humør, men det trekker kunder også.»

«Hvordan da?» spurte Elisabeth. Hun lot seg ikke merke med humør-kommentaren.

«Jo, hun dama som var inne her om dagen. Da vi snakket om det alle sammen, hun har bestilt en ny time neste uke. Jeg er sikker på at det har minst like mye å gjøre med at hun vil høre mer om regnearket, som at hun trenger en fotpleie», sa Simona.

«Ja, det tror du vel. Nå blir det uansett en pause, fordi barnevakta er blitt sjuk.»

«Jeg kan være barnevakt», sa Marianne.

De tre andre snudde seg mot henne og ble stående og stirre. Som når det kommer en fremmed inn i saloonen i en western. Hvis noen av dem hadde spilt piano, ville musikken definitivt opphørt i dette øyeblikket, men siden den kom fra høyttalerne og ikke var menneskedrevet, fortsatte Whitney Houston ufortrødent med «... is happening to meeeee.»

«Men du hater jo barn», sa Simona. Og slo hånda over munnen, for hun skjønte tydeligvis at det var en i overkant freidig påstand å komme med.

«Jeg hater jo ikke barn», sa Marianne. «I den grad jeg hater noe, så er det forventningene om at jeg skal ville ha egne. Unger i seg selv er helt ok. Jeg har to nieser, som jeg synes er riktig så hyggelige. Du kan få telefonnummeret til søstera mi, om du trenger referanser.»

«Nei, det går bra», sa Elisabeth sakte. «Hvis det funker for deg, så ville det vært supert. Du kan komme til oss rundt klokka seks.» Hun begynte å trykke på telefonen og sende meldinger, antageligvis til Magnus, for å fortelle at ting ordna seg.

«Det funker», sa Marianne, litt snurt over hvor seriøst Elisabeth tok tilbudet om referanser.

«Ok, da sees vi i kveld. Du får middag hos oss, så du trenger ikke spise først.» Elisabeth gjorde noen siste trykk på telefonen før hun så opp og sa: «Tusen takk.»

«Bare hyggelig. Det er en ære å få bidra til at regnearket blir fylt ut.» Denne gangen lo de andre damene av spøken hennes.

Marianne var den siste som forlot salongen. Gata utenfor var nesten tom, bare en dame kledd ton-i-ton i fargen rød gikk forbi idet hun låste. Hun dro hjemom og tok en rask løpetur før hun måtte ut på barnevaktoppdraget. Hun pakket med seg første bind av *På sporet av den tapte tid*, som hun allerede lå på etterskudd med, selv om hun hadde tatt antall sider lest per dag ned til ni for å komme seg gjennom det kompakte verket. Planen var å lese alle syv bøkene før utgangen av året og pause med en mer lettlest bok mellom hver av dem. Kanskje dette var det året hun skulle lese *Da Vinci-koden*, nå som hun faktisk hadde en slags unnskyldning? Det var en avgjørelse for seinere. Først måtte hun gjennom bind 1: *Veien til Swann*. Hun lurte på om hun trengte å ta med seg noe for å være barnevakt. Det var mer enn ti år siden sist hun hadde sittet barnevakt for niesene, men hun mente å huske at det ikke krevdes noe utstyr.

Det tok knappe ti minutter å kjøre til Elisabeth og Magnus. Hun ble ønsket velkommen av kollegaen og to hoppende små prinsesser, den minste i en lyseblå kjole som Marianne kjente igjen fra disse Frost-filmene som var så populære, og den noe større i en mer generisk rosa tyllkjole, som så vidt Marianne visste ikke hørte til verken Disney eller en annen franchise. De hadde begge to på seg tiaraer i plast, og veivet med tryllestaver pyntet med «edelsteiner» og silkebånd i duse farger. Så kanskje de ikke var prinsesser, men feer eller trylledamer? Hva nå den kvinnelige versjonen av trollmenn var. Marianne noterte seg bak øret at dette var noe hun kunne snakke med disse små menneskene om, etter at foreldrene var dratt.

Elisabeth guidet henne inn på kjøkkenet, hvor en ustekt, hjemmelaget pizza sto framme på ovnen.

«Du kan sette den i ovnen når vi drar», sa hun, «så er den klar til å spises klokka halv sju. Du kan starte legging i sjutiden, når dere er ferdige med å spise. Begynn med Olivia.» Hun pekte på den minste i lyseblått. «Emilie», hun pekte på det større barnet, «klarer seg selv i stua hvis du setter på tv-en for henne.»

«Jeg får lov til å lese på senga», sa hun som het Emilie.

«Ok», sa Marianne.

«Ja, du kan», svarte Elisabeth datteren, før hun henvendte seg til Marianne igjen og fortsatte. «Du kan lese for Olivia i ti minutter på senga. Hun kommer til å sutre når du er ferdig, men gir seg fort og pleier å sovne nesten med en gang etter det. Emilie leser selv på senga. Til henne må du gå og si ifra om at hun må skru av lyset klokka åtte, men ofte har hun sovnet på egen hånd før det, så da går du bare inn og legger bort boka og skrur av lyset. De er veldig snille jenter. Ikke sant dere er?» sa hun og henvendte seg direkte til barna igjen.

«Ja!» ropte de begge i kor og hoppet opp og ned.

«Ok», sa Marianne igjen, noe overveldet.

Magnus kom ned trappa med en stor bag over skulderen, og hilste raskt på Marianne.

«Vi må dra nå.» Han henvendte seg til Elisabeth.

«Det må vi», sa Elisabeth. «Nå må dere oppføre dere fint, og husk at det er Marianne som er voksen, og det er hun som bestemmer.» De to jentene nikket så energisk med hodet at tiaraene havnet på snei. Elisabeth benyttet seg av kaoset til å hviske lavt til Marianne: «Det er også brus og snacks til deg til etter at jentene har lagt seg.»

Foreldrene klemte barna, sa ha det til Marianne, og var så ute av døra.

«Ok, da setter vi pizzaen i ovnen», sa Marianne.

«Du sier ok mye», observerte Emilie.

«Ja, jeg gjør kanskje det», sa Marianne. Hun hadde aldri tenkt over det før, men barnet hadde et poeng. Hun brukte det mye som et anker når hun ikke visste helt hva hun skulle si.

De gikk inn på kjøkkenet alle tre, og Marianne satte pizzaen i ovnen.

«Hva vil dere gjøre nå?» spurte hun barna.

«Vi vil leke tryllerinner», sa Olivia. Det var altså den korrekte termen, tenkte Marianne. Da var det samtaleemnet brukt opp.

«Hvordan leker man tryllerinner?» spurte hun.

«Vi tryller deg til noe, og så blir du til det», sa Emilie.

«Ok», sa Marianne.

«Ok», hermet Emilie.

Marianne kjente hun ble irritert, men bet det i seg.

«La oss gå ut i stua.»

Marianne satte alarmen på mobilen, sånn at de ikke skulle glemme pizzaen, og så gikk de ut i stua i samlet flokk. Marianne ble plassert midt på stuegulvet, mens de to jentene satte seg i hver sin stressless og dro i spaken slik at fotstøttene spratt ut. De så virkelig ut som små kongelige på hver sin trone.

«Trylleri, tryllera, du er en frosk!» sa Emilie.

«Kvekk?» sa Marianne usikkert.

«Nei!» sa Olivia. «Du må gjøre det ordentlig.»

«Hvordan da, ordentlig?» spurte Marianne.

«Du må ned på huk og hoppe og sånn.»

«Ok», sa Marianne og sendte Emilie et advarende blikk.

«Ok», sa Emilie med tilgjort stemme. Marianne måtte minne seg selv på at Emilie var sju år gammel og ikke kunne tolke ansiktsuttrykk eller lese sosiale koder enda, for ikke å bli sur.

Hun satte seg på huk, hoppet to ganger og sa *kvekk, kvekk, kvekk.*

De to jentene klappet og lo.

«Trylleri, tryllera, du er en ku!» sa Olivia.

Marianne gikk ned på alle fire og rautet et langt *møøøøø!* og lot så kjevene jobbe som om hun tygget drøv.

Jentene hvinte av fryd, og Marianne kjente en underlig stolthet over å ha klart å innfri ønsket deres så tilfredsstillende.

«Trylleri, tryllera, du er en hund», sa Emilie.

Marianne bjeffet.

Hun merket at hun genuint hadde det moro, og det ble fort viktig for henne å overgå jentenes forventninger, ikke bare ved å stå på alle fire og lage dyrelyder, men i tillegg legge på et lite ekstra element. Da hun ble tryllet til en katt, mjauet hun og prøvde å klatre opp i fanget til Olivia, noe som ble møtt med stor begeistring. De gikk gjennom de fleste norske vanlige husdyr og de standard jungeldyrene. Noen var vanskeligere enn andre. (Hvilken lyd lager en flodhest? Og hva gjør den, annet enn å ligge i vannflaten?) Marianne løste dette ved å krype bak stuebordet, stikke hodet så vidt over det, og så gape stort. Dommerpanelet var fornøyd.

På et tidspunkt klatret Emilie ned fra stolen sin og gikk bort til Olivia og hvisket henne noe i øret. Begge jentene brøt ut i hysterisk latter, og Marianne kvidde seg til hva som kom til å skje. Og ganske riktig: «Trylleri, tryllera, du er en bæsj!» Olivia lo så hardt at hun så vidt klarte å få ut ordene.

Marianne tenkte seg om et øyeblikk, krøllet seg sammen til en ball midt på gulvet, stakk tunga ut og laget en fiselyd med munnen. Hun ble varm om hjertet av den utemmede latteren dette resulterte i, og hun måtte le litt selv også. Hun var lettet da alarmen på mobilen ringte like etterpå, for hun tvilte på om hun ville kunne overgå dette.

Jentene dekket på bordet, mens Marianne tok pizzaen ut av ovnen og skar den opp i små firkanter med et pizzahjul. Uten å tenke seg om tok hun en brusflaske ut av kjøleskapet og satte den på kjøkkenbordet.

«Får vi brus til middag?» sa Emilie storøyd.

Oops.

«Ja, dere gjør visst det», sa Marianne. Det var helt uaktuelt å ta vekk brusen igjen og risikere at de ble sure.

Olivia insisterte på å helle i selv, og helte brus over halve bordet. Marianne klarte heldigvis å tørke opp alt før det rant på gulvet, men ikke før Emilie trakk ut en halv tørkerull for å «hjelpe til». Marianne brukte den lange remsen med tørkerull til å lage skuldersjal til jentene og seg selv, så satt de der, som fornemme damer, med papirsjal drapert over skuldrene mens de spiste pizza og drakk brus.

Da de var ferdige med å spise, ville ikke Olivia legge seg. Hun ville se på tv sammen med Emilie. Marianne insisterte, og tok til slutt jentungen over skuldra og bar henne sprellende ut på badet. Da hun satte henne ned, løp hun leende tilbake til stua.

Marianne måtte gjøre stemmen alvorligere enn hun var komfortabel med da hun truet Olivia tilbake til badet. Det hjalp lite. Til slutt bestakk hun henne med fem minutter ekstra lesing, noe som virket. Olivia løp fnisende ut på badet og pusset tennene, og Marianne husket den gamle sangen til Trond-Viggo, og sang «Puss, puss, så får du en suss», og laget trutmunn og bøyde seg fram for å kysse henne på toppen av hodet. Olivia strittet imot, men ville øyeblikkelig at Marianne skulle gjøre det igjen, så hun sang neste verselinje, som var nesten den samme som den første, og bøyde seg igjen framover med leppene dyttet utover og ble igjen både avvist og oppfordret til å gjenta det. Marianne ble redd for at hun ga en forvirrende leksjon i samtykke, så hun sang seg raskt gjennom resten av sangen, slang til slutt et slengkyss og skyndte seg ut av badet.

De gikk sammen inn på rommet til Olivia, der hun proklamerte at hun hadde glemt å gå på do, og Marianne sendte henne tilbake på badet på egen hånd. Det var en tabbe, for da hun ikke var kommet tilbake etter fem minutter, og Marianne gikk for å se etter henne, satt hun i stua og så på barne-tv sammen med storesøsteren. Nå mistet Marianne tålmodigheten og sendte Olivia rett i seng uten lesing. Sjokket over sviket sto tydelig skrevet i øynene til barnet, Marianne fikk dårlig samvittighet og leste et halvt kapittel for henne likevel. Jentungen var trøtt, og øynene gled igjen, og i det øyeblikket hun sovnet, sa hun: «Du er den beste barnevakten i hele verden.» Marianne følte seg som Grinchen, og hun kunne nesten merke at hjertet hennes vokste tre størrelser.

Så var det Emilies tur. Hun prøvde først å forhandle seg til mer tv-tid, men nå hadde Marianne fått nok, og Emilie merket det, for hun gikk på badet uten å mukke, og hermet ikke etter Marianne da hun nok en gang sa «Ok», og la seg furtent med boka si.

Marianne satte seg ned ved senga og prøvde å mildne stemninga ved å spørre om hun hadde hatt en fin dag, men Emilie løftet bare opp boka og sa veslevoksent: «Ikke forstyrr meg mens jeg leser.» Marianne forlot derfor rommet og gikk ut i stua for å rydde bort tryllestaver og tiaraer. Da hun syntes at stua var ryddig nok, gikk hun ut på kjøkkenet og satte jentenes tallerkener og glass i oppvaskmaskinen. Hun tok et pizzastykke og la på sin egen tallerken, hun hadde ikke rukket å faktisk spise så mye under middagen, og fylte opp glasset sitt med brus før hun satte flaska tilbake i kjøleskapet. Så åpnet hun snacksskapet som Elisabeth hadde pekt ut, hvor det sto en pose med sjokolade, som hun helte i en skål. Hun satte skåla på tallerkenen, ved siden av pizzastykket, og tok med seg den og brusglasset ut i stua foran tv-en. Hun kastet et blikk på boka som lå klar på stuebordet, før hun grep fjernkontrollen og satte på tv-en på en tilfeldig sitcom-episode. I et lite glimt gled hun inn i et parallelt univers. Et annet liv hvor hun hadde valgt å stifte familie. Hun så seg selv, utslitt foran tv-en, med pizzarester og en hel pose sjokolade, og hun tenkte: «Er det dette som liksom skulle gi livet mitt mening?» Og hun hadde et øyeblikk der alt sto klart foran henne; om hun skulle levd livet på nytt ville hun valgt det samme igjen. Fra soverommet lød en barnestemme: «Jeg er tørst! Kan jeg få et glass vann?»

Kapittel 15

It's Easy for You – Elvis Presley
(*Moody Blue*, 1977)

Marianne satte fra seg bilen på beboerparkeringen i gata. Hun la inn tre timer i appen, selv om det var gratis, siden det var søndag. Det var Elisabeth som hadde lært henne dette. Det var viktig å ha rutinen inne, at man registrerte parkeringen, uavhengig av om man måtte betale for den eller ikke, for ellers kunne man ende opp som Elisabeth, som for en tid tilbake hadde fått parkeringsbot tre uker på rad fordi hun rett og slett hadde glemt å betale. Hun åpnet bildøra og plukket opp håndveska og boksen med madeleinekaker som hun hadde bakt om morgenen, og gikk det lille stykket til oppgangen til den nye leiligheten til Emil. Han hadde hatt overtagelse tidligere i uka, flyttebilen hadde vært der med tingene hans på fredag, han hadde vært på IKEA på lørdag for å supplere, og Marianne hadde tilbudt seg å hjelpe med å pakke ut, skru møbler og rydde ting på plass. Kristoffer skulle også komme, og kanskje John. Marianne visste ikke om Caroline kom til å være der. Ting hadde gått seg til litt siden nyttår, men det var fortsatt en snodig stemning når de var samlet alle sammen. Jade kom ikke til å være der. Hun og Marianne hadde holdt kontakten, men hun hadde sluttet på quizlaget, og plassen hennes ble nå delt mellom John og Trond og Elisabeth, samt en og annen mer tilfeldig vikar.

Marianne var kommet fram til det som nå var blokka til Emil, hun trykket på ringeklokka, som fortsatt hadde meglerklistermerket på seg. Hun rev det av, og navneskiltet til de forrige eierne kom til syne. Hun var usikker på om det var så mye bedre, så hun klistret meglermerket på igjen. Det hang sånn noenlunde, men var nå litt krøllete i det ene hjørnet. Jaja, det ville gi Emil insentiv til å ordne sitt eget navn på ringeklokka fortest mulig. Stemmen hans sprakte i høyttaleren.

«Hallo?»

«Hei, det er Marianne», sa Marianne, og det kom en klikkelyd fra døra før den gikk opp automatisk. Marianne gikk inn og opp i andre etasje, der døra inn til leiligheten til Emil sto på vidt gap.

Marianne gikk inn i gangen.

«Halloo!» ropte hun.

«Hei, vi er i stua», hørte hun Kristoffer rope.

Marianne hadde vært med Emil på visning, så hun hadde sett leiligheten før, men da var den stilfullt meglermøblert. Nå sto det pappesker i hele gangen, med unntak av i et hjørne, hvor noen hadde plassert en stol som tjente som oppbevaring for ytterjakker. Marianne draperte sin egen jakke over haugen, satte skoene ved siden av tårnet av yttertøy, og tok med seg boksen med madeleinekaker inn i stua. Der sto John og Kristoffer og klødde seg i hodet over en halvveis sammenskrudd Kallax-hylle. Emil satt på huk i et hjørne og jobbet med spisestuestoler. Han hadde allerede gjort ferdig fem, og holdt nå på med den sjette.

«Så bra du kom», sa Emil. «Jeg skal snart i gang med spisebordet, og da trenger jeg hjelp!»

«Jeg har med meg småkaker», sa Marianne. «Jeg setter dem på kjøkkenet så lenge, og så er jeg klar for litt skruing.»

Hun gikk ut på kjøkkenet, som var lite, men veldig smart innredet, slik at det var overraskende mye skapplass, samtidig som det var plass til en liten frokostbar med to høye barkrakker, som var veldig stilige, men Marianne kunne ikke forestille seg at det var særlig behagelig å vagle seg til som en annen høne på en krakk tidlig på morgenen før balansenerven i det hele tatt hadde våknet. Men det kunne være at Emil hadde et annet syn på saken. Kjøkkenet var relativt innflyttet. På kjøkkenbenken sto et sånt knivstativ som forestilte en mann som hadde blitt gjennomboret av fem kniver av ulik art og størrelse. Den hadde vært en julegave fra Caroline til Jade og Emil for noen år siden, og den var ment humoristisk, men de hadde begge blitt oppriktig glad i den, Jade mer enn Emil, hun mente det minnet om voodoobestemora hennes. Marianne hadde aldri helt skjønt i hvilken grad det var en spøk, og det føltes rasistisk å spørre. Men det ga mening at det var Emil som hadde den nå. Han hadde også fått med seg kaffemaskinen, som sto på benken sammen med en skål med forskjellige typer kapsler. Marianne satte fra seg boksen med madeleinekaker ved siden av den, før hun åpnet den ene skapdøra og så at det allerede var fylt opp med kopper, glass og tallerkener. Hun tok en kopp, la en kapsel i maskinen og laget seg en kopp kaffe mens hun studerte resten av kjøkkenet. Emil hadde hengt opp gardiner, og hadde tydeligvis kjøpt seg nye kjøkkenhåndklær som matchet gardinene i fargen. Marianne var imponert. Det sto fortsatt en uutpakket eske på gulvet i et hjørne, og take away-emballasje fra de siste tre dagene, men ellers så det ut som kjøkkenet til en person som hadde bodd i leiligheten i en måned, minst.

Hun tok med seg den fulle kaffekoppen ut i stua, som med sine nå seks ferdigmonterte spisestuestoler, en halvferdig Kallax-hylle, tv-bord med tv, to saccosekker i mangel av sofa og et utall av uåpnede pappesker så langt mindre bebodd ut.

Marianne snuste på kaffen sin, den var for varm til å drikkes, så hun satte koppen fra seg på tv-bordet og henvendte seg til Emil, som nå satt på kne og var i gang med å åpne spisestuebordeska med en tapetkniv.

«Forsiktig, så du ikke skjærer for dypt», sa Marianne.

Emil så overbærende på henne. Hun satte seg på huk ved enden av eska og brettet til side pappen, og sammen tok de ut bordplata og la den varsomt ned på gulvet. Den var i mørkt tre, og stor og tung. Så tok de ut de fire beina, åtte stålvinkler, en pose med skruer og diverse, og bruksanvisningen. Marianne bar pappen ut på gangen, mens Emil gjorde klar de forskjellige delene til montering.

Kristoffer og John hadde hele tiden jobbet jevnt og trutt med bokhylla, og satte den nå mot veggen ved siden av døra inn til soverommet.

«Hvor skal du ha sofaen?» spurte Marianne.

«Jeg vet ikke om jeg skal ha sofa», svarte Emil.

«Skal du ikke ha sofa? Klart du må ha sofa», sa Marianne.

«Hvorfor det?» spurte Emil.

«Hvor skal folk sitte?» Marianne besvarte spørsmålet med et nytt spørsmål.

«Rundt spisebordet», sa Emil. «Eller i saccosekkene.»

Marianne løftet håndflatene mot Emil: «Det er ditt hjem.»

Det var bare flyttinga av bordplata Emil strengt tatt måtte ha hjelp til, men Marianne tok et av bordbeina og begynte å skru det fast, mens Emil gjorde det samme i motsatt hjørne. De jobbet sammen i stillhet en stund, før Emil spurte: «Hvor skal denne dingsen hen?» Han holdt opp en liten brun plastbit.

«Du må putte den i hullet der», pekte Marianne.

«SA BRURA», sa Emil nesten triumferende.

Marianne himlet med øynene, men han høstet latter fra bokhylle-patruljen.

«Gir du meg den lange der borte?» spurte Marianne litt seinere.

Emil strakte seg etter delen hun pekte på, samtidig som han igjen utbrøt:

«Sa brura!»

«Hva? Det gir ikke mening engang», sa Marianne.

«Ja, skjerp deg!» sa Kristoffer.

«Man må ha noen dårlige innimellom, for da sitter de gode så mye bedre», svarte Emil.

«Sa brura!» ropte John og Kristoffer begeistret i kor.

«Ok, det er sånn det skal være nå?» sa Marianne resignert.

«Sa brura?» foreslo Emil, men da ristet til og med de to andre på hodet.

De monterte ferdig spisebordet og satte på plass stolene rundt det, omtrent samtidig som John og Kristoffer skrudde inn den siste skruen i veggfestet på bokhylla.

«Kakepause?» spurte Marianne.

«Ja, takk!» svarte Emil.

Han fulgte etter Marianne ut på kjøkkenet og laget ny kaffe til alle, mens Marianne åpnet boksen med småkaker.

«Trenger vi tallerkener?» spurte hun.

«Neida», svarte Emil, og plukket opp en rull med kjøkkenpapir fra pappeska på gulvet. Han plasserte kjøkkenrullen under armen, og klarte på et vis å få med seg tre kaffekopper ut på stua igjen. Marianne tok sin egen kaffekopp og kakeboksen.

«Kommer Caroline i dag?» spurte Marianne med det hun håpet var et uanstrengt tonefall.

«Nei», sa Emil. Men det var noe med måten han sa det på som virket alt annet enn uanstrengt. Marianne kunne se at Kristoffer og John også reagerte på det.

«Har det skjedd noe?» spurte hun forsiktig.

«Hun …» Emil tok en pause. «… har funnet en annen.»

«Salicath!?» «Hun har hva!?» «Fucking hell!» De tre utbruddene kom simultant.

Kristoffer hadde en madeleinekake i hånda, halvveis opp mot munnen, og satte den nå fra seg på bordet. Emil rev løs et ark fra tørkerullen og sendte det over til Kristoffer, som la det under kaken.

Marianne var den første som summet seg.

«Hva skjedde? Og hvorfor har du ikke sagt noe før nå?»

«Jeg synes det er flaut», innrømmet Emil. «Og jeg skjønner ikke helt selv hva som skjedde. Jeg ga opp alt for henne, og hun går bare hen og forelsker seg i en annen.»

Marianne slapp ut en tørr latter.

«Unnskyld», sa hun oppriktig. «Jeg mener ikke å le. Men … Herregud.» Hun hadde ikke noen avslutning på setningen. «Det er som den Elvis-sangen.»

«Går det greit med deg?» spurte Kristoffer. Han så også forvirret ut når det gjaldt hva han skulle føle rundt dette. Marianne var glad hun ikke var den eneste. John hadde lent seg tilbake og gomlet på kaka si. Hele holdningen hans utstrålte en «Dette har ikke jeg tenkt å blande meg i, men jeg vil gjerne høre hva som skjer videre»-vibb.

«Jeg vet ikke», sa Emil. «Jeg hadde kone og barn, og nå sitter jeg alene i en treroms.»

«Nå bare siterer du direkte fra sangen», sa Marianne, og hentet fram mobilen for å sette den på. «Jeg mener, du er ikke alene, vi er jo her for deg», fortsatte hun idet musikken begynte å spille, og Elvis sang You may not mind that it's over … Marianne skjønte ikke helt hvorfor hun godtet seg litt i dette øyeblikket, men hun håpet at hun klarte å skjule det. Det føltes som karma, men hun visste at det var smålig å tenke sånn. Da Elvis kom til den biten der han synger I should go back to them, What do you think, what on earth do you think I should say, så Emil såret fra mobilen, til Marianne, og tilbake til mobilen igjen, hun tok hintet og skrudde av sangen, men klarte ikke å stoppe seg selv fra å si: «Du må innrømme at det er litt morsomt.»

«Det er ikke morsomt», svarte Emil. «Det er vondt og det er dritt, og jeg skjønner ikke hvorfor du tar så lett på det. Du var jo skikkelig streng, da …» Han stoppet opp, da han tydeligvis innså at de neste ordene ville være *jeg var utro*, og sa i stedet: «Det skjedde. Jeg skjønner ikke hvorfor du nå plutselig behandler det som en vits.»

«Fordi du såret Jade så veldig. Du har laget så mye trøbbel og dritt, og ja, jeg skjønner at jeg ikke er verdens beste menneske nå, men jeg koser meg litt med at du er selve skoleeksempelet på ´som man reder, ligger man`.»

I sitt stille sinn, et sted langt inni seg, et sted hun aldri ville vise til noen, la Marianne til et «og meg» etter «Jade». For selv om han ikke visste det, hadde jo Emil på en måte avvist henne. Og nå var det han som var avvist. Så hah! Ta den! Men Marianne var bevisst på at dette ikke var tanker som tålte dagens lys. Av den beklemte stillheten rundt bordet skjønte hun at også de tingene hun hadde sagt var noe i overkant, så hun modererte seg:

«Ok, koser meg blir en overdrivelse, men for å være helt ærlig så synes jeg du fortjener det litt. Selv om jeg selvfølgelig synes det er trist at du er lei deg. Jeg vil at ting skal gå bra for deg. Du er min beste venn.» Hun sa det siste med barne-tv-stemme, slik at det ikke skulle bli for heftig.

«Takk», sa han. «Du er min beste venn!»

«Ikke bry dere om meg», sa Kristoffer.

«Kristoffer! Du er også min beste venn», sa Marianne. Denne gangen mente hun det ikke helt, men det var heller ikke så viktig. Kristoffer var en god venn, og han fortjente å bli inkludert.

«Takk», sa Kristoffer, og tørket en liksomtåre, før han dreide hodet dramatisk mot Emil og stirret intenst på ham.

«Ja. Ja», sa Emil. «Du er også min beste venn.» Og så snudde han seg mot John og sa: «Du og!»

«Dere trenger ikke inkludere meg i denne rare gruppegreia deres», sa John. «Men du må få styr på damene dine, Emil. Jeg har ikke tenkt å være reserve på quizlaget deres for alltid. Jeg har bedre ting å ta meg til.»

«Kan ikke du slutte med sølibatet ditt og få deg en kjæreste, sånn at vi i det minste har en fast fjerdeperson?» Emil henvendte seg til Marianne.

«Jeg har vel aldri vært i sølibat», sa Marianne, tilgjort fornærmet.

«Ok, da. Ligge med noen mange nok ganger til at det går an å ta ham med på quiz», korrigerte Emil seg.

«Jeg har ikke tenkt å prostituere meg for å fylle opp quizlaget du har sprengt i filler!» lo Marianne. Tonen var en helt annen enn for bare noen minutter siden. Nå var alle med på spøken, og det føltes som i gamle dager.

«Kanskje vi skal ta inn en person til i forholdet vårt?» sa Kristoffer til John.

«Nei takk», sa John. «Da skal jeg heller ofre meg og gå på quiz. Jeg vil ha deg helt for meg selv.»

«Åå», sa Marianne og la hodet på skakke. Kristoffer bøyde seg fram og kysset John på munnen.

«Heng inne der.» John henvendte seg til Emil. «Ting kan bare gå bedre. Det kommer til å ordne seg med quizlaget og, skal du se.» Emil nikket og så ned i kaffekoppen sin.

Kapittel 16

Rip Her to Shreds – Blondie
(*Blondie*, 1976)

Det var mandag formiddag, og Marianne låste opp salongen. Simona kom to minutter seinere.

«Jeg så en dame utkledd som en påskekylling på vei hit!» sa hun.

«Hva?» sa Marianne bare delvis engasjert.

«Ja. Hun var helt gul. Gul kjole, gul strømpebukse, gul hatt – hvem bruker hatt nå til dags?» avbrøt hun seg selv. «Gul veske», fortsatte hun så. «Hun må jo ha vært på vei til et påskekylling-treff eller noe.»

«Hva er et påskekylling-treff?» spurte Marianne.

«Jeg vet vel ikke jeg, vel», sa Simona, «men jeg ser ikke noen grunn til å være kledd sånn, med mindre man er dronningen av England, og hun er jo død.»

«Jeg er ganske sikker på at du ikke møtte på avdøde dronning Elizabeth utenfor salongen vår», sa Marianne. Motvillig kjente hun at denne samtalen begynte å more henne.

«Men hvorfor ellers har hun kledd seg i helt gult?» spurte Simona. «Også gult, da», la hun til stille for seg selv.

Marianne kom på noe.

«Før helga så jeg en dame som var kledd helt i rødt», sa hun.

«Rødt er mer vanlig, i det minste», sa Simona.

«Ja, men det var så veldig rødt», sa Marianne. «Tror du de skulle til samme sted?»

«Ja. Men da kan det ikke ha vært et påskekylling-treff», sa Simona.

«Hehe, vi får følge med om det dukker opp flere», sa Marianne.

Simona nikket enig samtidig som dagens første kunde kom inn døra. Simona tok henne med bak for en behandling, mens Marianne ble sittende i resepsjonsområdet litt til. Hun fant fram mobiltelefonen og sendte en melding til Jade. Hun trengte å snakke om gårsdagens hendelser. Men ikke på melding. «Har du lyst på besøk i kveld?» tekstet hun.

Det gikk ikke lang tid før hun fikk en tommel opp som svar. Og så «19.00?» Marianne tomlet tilbake.

Det pleide å være rolig i påskeuka, og det var også tilfelle den dagen. De hadde en dag med få kunder, og praktisk talt ingen drop-ins. De som kom, ville bare kjøpe en ansiktskrem, titte litt eller bestille time til en annen dag. Ingen ønsket å benytte seg av de ledige timene de hadde til disposisjon, så Simona og Marianne hadde flere små pauser, både sammen og alene. Det var bare de to i salongen. Malee hadde påskeferie, og Elisabeth hadde ringt på morgenen og spurt om hun kunne ta seg fri, siden de hadde så lite å gjøre. De stengte salongen tidlig, og idet de låste døra, klare for å dra hjem, kom damen i gult rundt hjørnet og krysset fortauet over til den andre siden av gata. Simona dultet begeistret Marianne i siden.

«Der er hun!» hvisket hun. «Se, så gul hun er!»

Marianne, som var opptatt med å låse, snudde seg, og fikk bare med seg ryggen til dama, som ganske riktig var kledd i gult fra topp til tå.

De to damene sa ha det til hverandre, og skilte lag.

Da Marianne kom hjem, tok hun på seg treningstøy og dro ut på en rask løpetur. Hun hadde laget seg ny løpeliste, og satte av gårde til tonene av Blondies Rip Her to Shreds. Det var varmt i været til å være tidlig i april, og Marianne løp i bare løpeskjørt og t-skjorte.

Da hun kom til den bratte bakken ved parken, satte hun timeren på mobilen på tretti sekunder og spurtet til toppen så fort hun kunne, helt til alarmen ringte. Hun merket seg lyktestolpen hun var kommet til, snudde så og gikk rolig ned bakken igjen. Da hun kom til bunnen, snudde hun, stålsatte seg og spurtet så opp til lyktestolpen hun hadde sett seg ut som sin. Da hun nådde den, stoppet hun opp, snudde og gikk ned igjen. Dette skulle hun repetere åtte ganger til. Hun hatet det mer og mer for hver runde, og da hun kom til den syvende spurten, kjente hun at det var virkelig vanskelig å holde tempoet oppe helt fram til lyktestolpen. Selv om hun tok seg riktig god tid i hvileminuttet ned bakken, var den åttende gangen enda verre, og på den niende måtte hun gi tapt og gå ned i joggetempo da hun var kommet litt over halvveis. Men hun fullførte alle de ni repetisjonene hun hadde satt seg fore, og dro så hjem i en veldig rolig jogg.

Hjemme hoppet hun i dusjen, så spiste hun en rask middag før hun pakket ned resten av madeleinekakene og en flaske vin, og spaserte til busstoppet for å ta bussen til Jade. Vel framme ringte hun på, men gikk rett inn uten å vente på at det ble åpnet.

«Halloo», ropte hun mens hun kippet av seg skoene. Jade dukket opp noen få øyeblikk seinere.

«Åh! Vin! Det er akkurat det jeg trenger i dag», sa Jade.

«Ja, det kan jeg garantere deg», sa Marianne, ivrig etter å fortelle den saftigste biten med sladder som hun hadde kommet over, antageligvis i løpet av hele sitt liv. «Du kommer så veldig til å trenge vin. Har du ferie nå?» spurte hun. Marianne var sikker på at de kom til å tømme minst en flaske, om ikke to, den kvelden.

«Det har jeg», sa Jade, og tok med seg vin og kaker ut på kjøkkenet. Hun rotet rundt litt, lette etter vinåpner. Kjøkkenet så ribbet ut. Som om noen hadde fjernet halvparten av tingene. Hun fant bare en liten rød plastmann med korketrekkerbiten strategisk plassert i skrittområdet, trakk på skuldrene og sa «Den funker», og brukte den til å åpne vinen med.

Så fant hun fram to store vinglass av typen som kunne romme halvannen flaske vin om man fylte dem til randen, delte hele vinflasken mellom de to, rakte det ene til Marianne og tok det andre selv.

«Cin cin», sa hun og hevet glasset før hun førte det til leppene.

«Skål», svarte Marianne og speilet bevegelsene.

De gikk ut i stua sammen, og nå klarte ikke Marianne å holde seg lenger.

«Du gjetter aldri hva som har skjedd», sa hun.

«Hva da?» sa Jade.

«Det er slutt mellom Caroline og Emil!» Hun klarte ikke å legge lokk på begeistringen over den saftige nyheten.

Til hennes store overraskelse reagerte ikke Jade med skadefryden Marianne hadde håpet på. Hun så overrasket ut, ja, men også trist, og kanskje litt sint?

«Hvorfor tror du at dette er en nyhet som vil glede meg?» spurte hun, undrende og anklagende.

«Fordi han fortjener det!» Marianne snakket nå bare med utropstegn, selv om hun merket at stemningen ikke helt var der.

«Hm», sa Jade.

«Hva!? Synes du ikke han fortjener det!? Du har ikke tilgitt ham, har du!?»

Jade var stille en liten stund, før hun sa noe. Det var tydelig at hun valgte ordene med omhu.

«Jeg har ikke tilgitt ham. Jeg er fortsatt sint og såret, og det kommer jeg til å være en stund til. Men. Om det hadde vært sånn at han hadde funnet kjærligheten et annet sted, tror jeg jo at jeg kunne akseptert det etter hvert. Jeg ville fortsatt synes det var bedritent håndtert, men greit, han elsket ikke meg lenger, men noen andre, det skjer, og jeg liker å tro at jeg er et raust nok menneske til at jeg en gang ville unne ham lykke.»

Marianne skjønte fortsatt ikke helt hva Jade mente, men hun innså at hun hadde feilvurdert situasjonen grovt.

«Ok», sa hun, for hun visste ikke hva annet hun kunne si. Selv om hun grudde seg til fortsettelsen, lot hun Jade snakke videre.

«Men nå», sa Jade, og fikk tårer i øynene. «Nå har han kastet bort alt vi hadde, for hva? Å ligge med en snasen blondine i ni måneder?»

«Hvis det er en trøst, så var det hun som gjorde det slutt. Han er skikkelig lei seg.» Det var som å tilby et plaster til noen med et banesår, og selv om Marianne hadde justert seg inn, merket hun at hun fortsatt ikke helt hadde klart å finne tonen denne samtalen egentlig skulle ha.

«Hvordan skal det at han har kjærlighetssorg over en annen kvinne være noen som helst form for trøst?» spurte Jade hånlig.

«Du trenger ikke bli sur på meg. Jeg har ikke gjort noe galt», sa Marianne. Det var ikke sånn at hun bevisst hadde gått for at angrep var det beste forsvar, men hun klarte ikke å være den eneste som hadde sagt noe dumt, så da ble det slik. Jade så på henne med forakt.

«Du har ikke gjort så mye riktig heller», sa hun.

«Jeg vet. Unnskyld.» Marianne kastet inn håndkleet. Hun hadde misforstått situasjonen skikkelig og håndtert den helt feil. «Jeg trodde virkelig at dette var ... om ikke gode nyheter, så iallfall litt morsomt. Jeg innser nå at det ikke stemmer.»

Blikket til Jade mildnet noe, hun nikket ettertenksomt.

«Jeg er så langt fra å kunne se humoren i dette», sa hun.

«Det skjønner jeg godt», sa Marianne. Fra nå av skulle hun være støttende og forståelsesfull. En gjennomført god venninne.

«Du har vært så sterk gjennom dette ...» Hun stoppet opp. Nå gikk hun ut for hardt, det var ikke slik de snakket sammen. Men jaja, det var like greit å fullføre. «Jeg beundrer hvordan du har håndtert situasjonen. Med ungene og alt. Du har vært en amasone.»

Jade smilte. Hun hadde skjønt hva Marianne prøvde på, selv om det var kiønete gjennomført.

«Betyr det at jeg må kutte av meg en pupp nå?»

«Hæ? Nei? Hvorfor det?» Marianne var forvirret.

«Dette var jo det de sa at de gjorde. Amasonene», sa Jade. «Kuttet av seg en pupp. Selv om jeg tror ikke egentlig det stemmer.»

«De kuttet av seg en pupp?» Marianne var sjokkert. Men også lettet over å ha fått samtalen over på rett kjøl igjen. Man kunne alltid stole på at Jade ble i godt humør av klassisk historie, så Marianne var veldig fornøyd med sitt eget grep.

«Ja, eller det dreier seg mer om at de som barn fikk svidd av det ene brystet, og at det aldri vokste ut. Men som sagt, dette er antage- ligvis også bare en myte.»

«Du slipper iallfall å kutte av deg brystet», sa Marianne. «Du må bare fortsette å være ditt fantastiske selv for at jeg skal se på deg som en amasone.» Hun var bekymret for at hun hadde smurt for tykt på igjen, men Jade bare smilte lykkelig over komplimenten. Av og til kan for mye av det gode være akkurat det man trenger.

Marianne tok en slurk vin til av glasset sitt. Og våget seg tilbake på det hun egentlig ville snakke om. Mer neddempet denne gangen.

«Men hva med Caroline, da?»

«Hva med henne?»

«Ser du for deg at det vennskapet kan reddes?» spurte Marianne.

Jade rynket på nesen og tenkte seg om.

«Jeg tror ikke det», sa hun. «Jeg tror ikke det er verdt det. Rent bortsett fra at jeg fortsatt er så sur at jeg ikke tror det er mulig for meg å føre en høflig samtale med henne, så er det så mye annet som har irritert meg at jeg ikke vet om jeg gidder. All den der vinglinga. 'Øø, jeg vil til Syden, eller nei, forresten til Paris, eller kanskje jeg drar til Syden likevel.' Det er så håpløst å dra på ferie med den dama.»

«Ja», stemte Marianne i, nå var de i gang: «Og på quizen og. `Det er Puff Daddy. Nei, Snoop Dogg! Nei, Warren G! Nei, forresten det er Puff Daddy, jeg er helt sikker.'»

«Haha, jeg tror ikke de rapperne ligner litt på hverandre engang, hun ville aldri blandet dem sammen, men jeg skjønner hva du sikter til, hun er alltid *helt sikker* til slutt, men så, hvis det viser seg å ha vært en av de andre alternativene hun kom med, så er hun helt sånn `det var det jeg sa!` Nei, gud, det er bare greit å bli kvitt henne.» Jade drakk mer av vinen sin før hun fortsatte: «Og etter at hun flyttet til Drammen, ble det så mye mer arbeid å holde kontakten.»

Marianne nikket, men følte at Jade overkompenserte, og skiftet tema.

«Savner du quizen? Har du lyst til å være med igjen?» spurte hun.

«Ja, litt, kanskje», svarte Jade. «Men quizen har alltid først og fremst vært Emils greie, og jeg orker ikke han heller helt enda, så det får vente.»

«Men han er opptatt med leiligheten denne uka», sa Marianne. «Jeg tror ikke han rekker quiz. Har du lyst til å være med hvis han ikke er der?»

Jade nikket sakte.

«Ja, det hadde vært gøy. Jeg ser jo nesten aldri Kristoffer lenger», sa hun.

Marianne dro fram mobilen og sendte en melding i Den Nye Quiz-tråden, bestående av henne selv, Caroline, Elisabeth, Kristoffer, John, Emil og Trond.

«Var det sånn at du ikke skulle være med i morgen, Emil? Er det ok om jeg hører om Jade blir med?» Hun var ganske sikker på at Emil allerede hadde bestemt seg for å stå over, men om han skulle ha ombestemt seg igjen, håpet hun at han hadde skamvett nok til å kjenne sin besøkelsestid og la Jade få plassen denne ene gangen.

Og ganske riktig. Ikke lenge etterpå kom det en tommel opp fra både ham og Kristoffer. Ikke lenge etter dukket den lille blå skriften med «Caroline har forlatt gruppen» opp for andre gang på under et år. Marianne ristet på hodet, men valgte å ikke nevne det for Jade.

«Hvem andre blir med?» spurte Marianne i tråden før hun så opp fra mobilen og sa: «Ja, Emil er definitivt ute i morgen, så det er bare å bli med.»

«Da gjør jeg det», sa Jade. «Hvem andre kommer?»

Marianne så ned på mobilen igjen. Kristoffer hadde skrevet at han og John var med, og Trond hadde skrevet at han var på påske-fjellet og ikke kunne komme. Hun formidlet dette videre til Jade, som smilte. «Selvfølgelig er Trond på påskefjellet», svarte hun. «Han er jo den mest kvikklunsj-og-appelsinspisende friskusen jeg kjenner.»

Marianne lo og stemte i: «Nei, det overrasket ikke meg noe særlig heller.» Det durte i mobilen hennes igjen, og hun sjekket meldingen.

«Elisabeth kommer ikke, men har ikke utdypet noe videre om hvorfor», sa Marianne.

«Synd», sa Jade. «Hun er gøyal, jeg liker Elisabeth.» De hadde møttes noen ganger i bursdagsselskap og andre festlige tilstelninger hos Marianne og kommet godt overens.

«Ja, det er hun», svarte Marianne.

«Vi klarer oss kanskje som en firerbande?» spurte Jade.

«Ja, det pleier å være labert oppmøte i påskeuka uansett, så det kommer sikkert til å gå fint», sa Marianne. «Og hvis ikke, så blir det sikkert veldig hyggelig å bare henge sammen også.»

Kapittel 17

She's a Rainbow – The Rolling Stones
(*Their Satanic Majesties Request*, 1967)

«Jeg så henne igjen!» sa Simona da hun åpnet døren inn til salongen. «Påskekyllingen!»

«Hvem er påskekyllingen?» spurte Elisabeth, som sto ved kassa og så over dagens kundemengde.

«Gjorde du?» spurte Marianne og ignorerte Elisabeths spørsmål.

«Ja! Bare at i dag var hun kledd helt i lilla. Lilla tights, lilla mini-skjørt!» Simona tok en kort pause for å skape en dramatisk effekt. «Ordentlig kort, rett under rumpa, lilla bluse, lilla dressjakke og lilla pannebånd!» avsluttet hun triumferende.

«Så ingen hatt i dag?» spurte Marianne.

«Ingen hatt i dag», bekreftet Simona.

«Hvem er påskekyllingen?» spurte Elisabeth på nytt.

«Det er en dame som var kledd helt i gult her om dagen. Men i dag var hun lilla», sa Simona ivrig.

«Hun går forbi her hver dag, cirka når vi åpner», fortsatte hun.

«Simona har sett henne to ganger», korrigerte Marianne.

«Ja, og Marianne én.» Simona lot ikke Marianne dempe stemninga. «Det må jo ha vært hun samme du så, hun som var i rødt.»

«Ja, men det var på ettermiddagen», sa Marianne.

«Flisespikkeri. Dette kommer til å bli en greie, jeg lover deg», sa Simona. «Alle klærne hun har på seg, er i samme farge. Sist var de gule. I dag lilla. Og forrige uke, helt rødt.»

«Så artig», sa Elisabeth.

«Men også rart, synes du ikke?» spurte Simona.

«Kanskje hun bare har en stil? Eller er litt eksentrisk?» undret Elisabeth.

«Du har ikke sett henne», sa Simona. «Det virker som om det er en mening bak det hun gjør. Ikke sant?» Hun henvendte seg til Marianne.

«Jeg så henne jo bare én gang», sa Marianne. «Og det var før jeg visste at vi skulle følge med på henne.» Hun så hvor skuffet Simona ble, så hun fortsatte med: «Men jo, hun var veldig gjennomført rød den gangen. Det var noe ekstra ved henne», og Simona så mer fornøyd ut. Dagens første kunde kom inn døra, og Marianne tok henne med til et behandlingsrom.

Det var fortsatt lav aktivitet, Marianne hadde flere rolige perioder mellom kundene, men hun var ute av synk med pausene til kollegaene sine. Når hun hadde fri, jobbet de, og når hun hadde kunder, hadde de pauser, derfor så hun dem ikke igjen før til lunsj. Vanligvis pleide det ikke å gå opp sånn at de kunne spise sammen, men i stillere perioder hendte det at de prøvde å koordinere lunsjene sine. Så også denne dagen. Da Marianne hadde gjort seg ferdig med den siste kunden før lunsjpausen og gikk inn på det lille pauserommet deres, satt Elisabeth og Simona der og spiste allerede. Marianne hentet fram plastboksen med den greske salaten hun hadde laget seg den morgenen før hun dro på jobb. Hun helte over den hjemmelagede dressingen og fylte gaffelen med biter av så mange forskjellige ingredienser som hun klarte.

«Du, Marianne», sa Elisabeth. «Nå må du love å ikke bli sint.»

«Hva har du gjort nå, da?» svarte Marianne tilgjort oppgitt. Hun regnet med at siden Elisabeth spurte på den måten, ville det ikke være noe alvorlig som hun kom til å bli sinna for på ordentlig.

«Vi var i middagsselskap hos Victoria i helga», begynte Elisabeth.

«Igjen?» spurte Simona. «Dere er jo der hele tiden.»

«Ja, vi går skikkelig godt overens. Nå møtes vi jo uten Magnus, rett som det er. Svigersøsteren jeg aldri hadde.»

«Det der er en så nydelig historie», sa Marianne. «Husker du hvor skeptisk og sjalu du var?» Elisabeth nikket med et smil.

«Foreløpig er jeg ikke sint», la Marianne til, for å få fortgang.

«Men …» Elisabeth nølte. «Jeg møtte en fyr der. Og han ville vært perfekt for deg, Marianne! Det kan være at jeg har fortalt ham om deg.» Marianne hadde aldri før sett noen se så skyldbetynget og så selvtilfreds ut samtidig.

«Jeg er fortsatt ikke sint», sa Marianne. «Litt forvirret, bare.»

«Ja, jeg vet at du ikke er interessert i en kjæreste. Men det betyr jo ikke at du ikke kan gå på en deit engang. Og hvem vet, kanskje det er han du har ventet på.»

Marianne hadde lyst til å si: «Jeg er ikke sint, bare veldig, veldig skuffa.» Elisabeth skjønte ikke noen ting.

«Jeg venter ikke på noen», sa hun istedenfor.

«Ja, jeg vet jo egentlig det også», avfeide Elisabeth. «Men tenk om du bare ikke har møtt den rette. Og det kan virkelig være han her. Han liker sånne ting som du gjør. Quiz og musikk, og lange bøker fra gamledager. Og så er han sånn som du er.»

«Hvordan da 'sånn som jeg er'?» Marianne fryktet det verste.

«Du vet. Sånn … voksen uten barn.» Elisabeth var tydelig misfornøyd med egen formulering, og Marianne satt igjen med følelsen av at hun ikke sa det hun egentlig mente.

«Ok?»

«Ok, du vil møte ham?» spurte Elisabeth håpefullt. Det var ikke det Marianne mente i det hele tatt, men samtalen var nå blitt så ukomfortabel at hun var villig til å si hva som helst for å komme seg ut av den.

«Ok, da, gi ham nummeret mitt», sa hun.

«Yay!» Både Elisabeth og Simona jublet.

«Men si at han kan sende en melding. Han trenger ikke å ringe. Jeg har ikke tid til å drive og snakke med folk.»

«Haha, den er grei», lo Elisabeth. Simona satt fortsatt og klappet stille av begeistring.

Marianne var igjen alene i salongen og spiste restene av den greske salaten. Da hun dro, fikk hun akkurat så vidt et glimt av fargedama i sin lilla mundur. Hun kunne ikke være helt sikker på at det var den samme dama som hun hadde sett i rødt uka før, men på dette tidspunktet var det rarere at det skulle være forskjellige damer enn at det skulle være den samme. Rett før dama forsvant ut av synsfeltet til Marianne, fisket hun fram mobilen og tok et uklart bilde på avstand av ryggen hennes. Hun sendte bildet til fellestråden de hadde på jobb, med teksten «Jeg så henne også», og så en oppfølging «@Malee, du blir oppdatert når du kommer tilbake på jobb. Vi har et mysterium!»

I samme øyeblikk tikket det inn en tekstmelding fra han som Elisabeth ville spleise henne med. Han presenterte seg, og lurte på om Marianne ville spise middag med ham på torsdag. Noe Marianne takket ja til, før hun stakk mobilen i lomma og la i vei mot quizen.

De var midt i andre omgang og de diskuterte heftig. I bakgrunnen gikk Rolling Stones' She's a Rainbow, som de hadde gjenkjent og fått ned på arket for lenge siden, de jobbet nå med teorispørsmålene. De hadde klart å svare noe på de fire første, og sleit nå med hvilken gitarist som hadde konsert med Johnny Depp i Oslo i fjor sommer.

«Jeg husker jo dette», sa Kristoffer. «Det var en av de klassiske rockerne. Ikke Jimmy Page, men av den typen. Man har hørt navnet, man vet at de gjorde store ting, men ikke akkurat hva, men man kjenner igjen navnet. En av de som var i The Who eller The Animals eller noe.»

«Nei, men jeg leste en artikkel om det. Det var Beck!» sa Marianne.

«Hæ, nei? Det stemmer ikke. Det var en av de der oldisene», sa Kristoffer.

«Pete Townshend eller Hilton Valentine, kanskje?» spurte Jade.

«Jeg sier jo at det er Beck!» Marianne begynte å bli frustrert.

«Nei, jeg tror ikke det var noen av dem», sa Kristoffer, og ignorerte Marianne helt.

«Eric Clapton?» foreslo Jade.

«Jeg vet jo hvem Eric Clapton er, da!» sa Kristoffer irritert.

«Så det er noen du ikke vet hvem er?» spurte Jade. «Da blir det vanskelig.»

«Ja, altså, jeg har hørt navnet før, men jeg kan ikke plassere ham.»

John, som hadde ansvaret for innføringen, så fra den ene til den andre.

«Så, hva vil dere at jeg skal skrive her?» spurte han.

«Vi får vente litt med den. Nå kommer det ny sang», sa Jade.

Rask gitarspilling kom over høyttaleren og etter hvert en stemme som ba tilhørerne om å holde kjeft og danse med ham.

«Dette er Walk the Moon!» ropte Marianne.

De andre hysjet på henne.

«Kan det ha vært Keith Moon?» spurte John.

Jade så overbærende på ham.

«Han var trommeslager», sa hun. «Og døde på 70-tallet.»

«Åh. Ok.» sa John.

«Men det er akkurat den type artist jeg er ute etter, da», sa Kristoffer oppmuntrende. «Så kom gjerne med flere forslag.»

Marianne kunne se at John hadde mistet selvtilliten, der han noterte ned Walk the Moon på arket.

«Men!» sa han triumferende. «Forrige sang var She's a Rainbow, så det kan være et 'ting som er på himmelen'-tema på tingene han spiller.»

«Det stemmer nok», sa Jade.

«Da var sangen før det av Bill Haley og kometene hans, og ikke Eddie Cochran, som vi har skrevet», sa Kristoffer. «Veldig bra observert.»

«Det passer også bra med det han sa om backingbandet, som vi ikke fikk helt til å stemme med Eddie», stemte Marianne i.

John endret svaret på det første spørsmålet fra Eddie Cochran til Bill Haley and His Comets.

Neste sang var OneRepublic med Counting Stars, og nå var de helt sikre på at de var inne på riktig spor. Den neste sangen hadde ingen av dem hørt før. Det var en nedtonet stemme med fingerspill-gitar. Veldig singersongwriter-indierock. Jade lanserte en vag ide om at det fantes et band som het Cloud Cult som kunne høres sånn ut, og de ble enige om å bare satse på det. Så fikk de i rask rekkefølge Blind Melon med No rain, norske Rainbow med Bye Bye Baby Goodbye, som fikk alle over førti til å bryte ut i allsang, noe halvhardrock med en kvinnelig vokalist som Kristoffer kjente igjen som Halestorm, som de alle var enige om at var en stretch med tanke på stavingen og himmeltemaet, men siden temaene aldri ble offentlig anerkjent, og det var opp til lagene å plukke dem opp, konkluderte de med at quizmaster kunne slippe unna med det.

Etter det var runden over, og de måtte bytte svarark med et annet lag. De hadde fortsatt ikke skrevet noe på gitaristen som hadde spilt med Johnny Depp, og John spurte Kristoffer: «Hva vil du jeg skal skrive?»

«Jeg vet ikke», sa Kristoffer «Jeg tror ikke det er noen av de vi har snakket om.»

«Skriv Beck», sa Marianne. «Det er Beck!»

John rablet det ned før han sendte fra seg arket til Kristoffers milde protester.

Fasit kom. Quizmaster startet med sangene han hadde spilt. De hadde mye riktig. Cloud Cult stemte, til lagets store begeistring, men de bommet på en obskur Empire of the Sun-låt som var blitt spilt før de hadde sett hvilket tema det var.

Og så kom de til teorispørsmålene. Det var fem av dem, hvorav Johnny Depp-spørsmålet var det siste. De hadde riktig svar på tre av de fire første spørsmålene og ventet spent på svaret på spørsmål fem.

«Svaret på det siste spørsmålet er Jeff Beck», sa quizmaster.

«Hva!?» sa Marianne.

«Jeff Beck!» sa Jade. «Det er noen!»

«Han var det!» stemte Kristoffer i.

«Hvem er det?» spurte John.

«Han var i The Yardbirds», sa Jade. «Og ja, jeg er helt enig med deg, Kristoffer, det er akkurat den typen gitarist du beskrev.»

«Men vi får jo poenget», sa Marianne. «Vi skrev jo Beck, og etternavn holder.»

«Haha, ja, det gjør vi jo!» lo Jade. «Snakker om flaks!»

«Yes!» sa John.

«Det føles litt urettferdig», sa Marianne. «Vi hadde jo ikke peiling.»

«Det har ingenting å si. Rett svar er rett svar», sa Kristoffer. «Vi får poenget!»

Han holdt opp neven til en high five, og Marianne klasket til.

De havnet til slutt på en finfin åttendeplass, som de var veldig fornøyd med. Siden det var påske, og alle bortsett fra Marianne hadde ferie, ble de sittende og ta nok en øl. Det var riktig hyggelig.

«Hvordan er det?» spurte Kristoffer Jade. «Tror du at du kommer tilbake til laget når Emil er her også?»

«Ja, jeg tror det», sa Jade. «Vi nærmer oss et punkt hvor vi kan være venner nå.»

«Så bra», sa Marianne. Hun var oppriktig lettet.

«Hva med Caroline?» spurte John. «Har du snakket med henne i det hele tatt?»

«Nei», sa Jade. «Jeg har ikke sett henne siden nyttårsaften. Hun sendte noen meldinger da det akkurat hadde skjedd, men nå har jeg ikke hørt fra henne på lenge. Og jeg er nok fortsatt et stykke unna at jeg kan tilgi henne.»

«Det er løye med det der», sa Kristoffer. «At det er lettere å tilgi Emil enn Caroline.»

«Hvem har sagt at jeg har tilgitt Emil?» sa Jade. «Men jeg må forholde meg til ham, på grunn av ungene. Og dere. Det er bare lettere å ikke være sint hele tiden.»

De tre andre nikket.

«Og hvem vet, kanskje jeg en dag vil klare å være venner med Caroline igjen og, men akkurat nå klarer jeg meg fint uten.»

«Vi får se hvor mye vi ser til henne, nå som hun har gjort det slutt med Emil», sa Marianne.

«Ja, det skjedde», sa John.

«Det skjedde. Caroline har det nok ikke så lett for tiden. Får håpe hun har andre venner og», sa Kristoffer.

Jade så rart på ham.

«Hun klarer seg. Hun har jo ny kjæreste også nå», sa hun.

«Apropos kjæreste», sa Marianne, for å få samtalen over på noe annet før den surnet. «Jeg skal på date på torsdag.»

«Du skal hva for noe!?» sa Jade.

«Ja, din venninne Elisabeth har ordnet en blinddeit til meg med en venn av den nye svigerfamilien sin.» Marianne hadde ved en tidligere anledning fortalt om søsteren som dukket opp fra intet.

«Og det gikk du med på?» spurte Kristoffer.

«Ja, av og til er det lettest å gjøre som folk vil, for å få dem til å slutte å mase», sa Marianne likegyldig.

«Hvor moro», sa John. «Hvem er dette, da?»

«Jeg aner ikke», sa Marianne. «Jeg leita ham opp på Facebook. Han ser ålreit ut, og har ingen offentlige poster med ranter om diverse politiske, sosiale eller klimarelaterte greier, så jeg velger å tro at han er en normal fyr som det går an å ha en hyggelig kveld med og som kan brukes som en unnskyldning for å spise ute på restaurant en kveld.»

«Til å spise på restaurant!» sa John og hevet glasset til en skål som de andre lett var med på.

Kapittel 18

Don't Get me Wrong – Pretenders
(*Get Close*, 1986)

Skjærtorsdag tillot Marianne seg å sove helt til hun våknet uten å ha satt på alarm. De hadde hatt halv dag i salongen dagen før. Elisabeth hadde observert fargedamen. Hun hadde vært blå. Denne gangen hadde hun verken hatt eller pannebånd, men hadde rett og slett farget hele håret blått. Eller det kunne ha vært en parykk. Elisabeth hadde, på samme måte som Marianne dagen før, lykkes med å ta et paparazzi-bilde fra avstand. Damene var over seg av begeistring av hvor gjennomført det hele var. De gikk ut for å ta noen glass vin etter jobben, men noen glass ble fort til noen flasker, og selv om Marianne var hjemme og i seng i god tid før midnatt, kunne hun nå merke at hun hadde drukket tett i nesten åtte timer. Hun ble liggende i senga en stund før hun sto opp, og skrollet nyheter på mobilen. Hun hadde egentlig tenkt å ta en løpetur på morgenen, men kjente at det ikke kom til å bli noe av. Kanskje utpå ettermiddagen, før hun skulle på date. Hun fisket fram *Veien til Swann* fra under brilleetuiet på nattbordet, og begynte å lese i den, men ga opp etter to sider. Hun lå foran skjema og hadde en langhelg uten særlige planer foran seg, så om hun ikke leste i dag, ville hun klare å bli ajour før hun måtte tilbake på jobb igjen. Så lenge hun var det til andre påskedag, kunne hun tillate seg litt slakk. På et tidspunkt sto hun opp og tasset ut på badet for å ta en dusj. Da hun hadde gjort det, gikk hun tilbake til soverommet og fant fram en gammel pysjamasbukse og tok på seg den og en konsert-skjorte fra 90-tallet. Hun kunne kle på seg ordentlig seinere på dagen. Hun gikk ned på kjøkkenet og åpnet kjøleskapet. Hun så ingenting hun hadde lyst på. Hun satte på en kopp kaffe og åpnet skapet og fant en pose potetgull, og helte innholdet i en skål. Hun tok potetgull og kaffekoppen med seg inn på stua. Hun satte seg i sofaen og skrudde på tv-en. Hun ble sittende og se på en gammel episode av Masterchef Australia som gikk i reprise. Hun drakk kaffe og spiste potetgull og følte seg som et søppelmenneske. Etter en time ga hun opp og gikk og la seg igjen. Hun sov i to timer til. Da hun våknet, hadde hun fått en melding fra kveldens deit, som foreslo en restaurant og et tidspunkt for når de skulle møtes. Hun sendte en tommel opp. Og så, for ikke å virke for kjølig, supplerte hun med et «Gleder meg», noe han satte et hjerte på. Hun likte at han ikke brukte så mange ord. Så langt kommuniserte han bare det absolutt nødvendige for at kveldens møte skulle finne sted. Den mest overflødige delen av samtalen var faktisk hennes eget «Gleder meg». Et godt tegn. Hun følte seg bedre etter å ha sovet mer. Fortsatt litt groggy, men nå øynet hun håp om at hun ville være et oppegående menneske når de møttes. Det var fortsatt ikke aktuelt å jogge, men hun kunne ut og gå en tur, det kunne hun. Hun skiftet fra pysjamasbukse til en løstsittende linbukse, men beholdt konsert-skjorta på, og trakk bare en grå cardigan over den. Hun tok på seg løpeskoene og følte seg som en bedrager, men det fikk gå for denne gangen. Det hadde vært væromslag, nå var det kjølig igjen, så hun tok på seg en fleecejakke, lue og hansker, satte på seg hodetelefoner, slo på musikk og la i vei. Da hun kom hjem, plantet hun seg i sofaen foran tv-en et par timer til og koste seg med Masterchef Australia-maratonen de tydeligvis sendte den dagen, før hun gikk i dusjen en gang til og gjorde seg klar til kveldens date.

Da hun kom til restauranten fem minutter før avtalt tid, var han allerede der og ventet på henne utenfor. De håndhilste og gikk inn, og ble vist til bordet han hadde bestilt.

«Så, du er en venn av Victoria?» sa Marianne. «Det er så rart det med henne og Magnus.»

«Ja, utrolig at sånt fortsatt kan skje. Det er som fra en Dickens-roman», svarte han. «Spesielt om det viser seg at en av dem er grise-rik.»

«Haha, ja, det stemmer», svarte Marianne.

«Visste du at Dickens ble sett på som en slags Dan Brown i sin tid?» spurte hun.

«Nei, jeg vet ikke om jeg vil si Dan Brown», sa han. «Mer Stephen King eller John Grisham. Et hakk opp på kredibilitets-stigen.»

«Haha, ja, det stemmer nok bedre», sa hun. Hun likte at han rangerte forfattere slik hun gjorde. Hun hadde aldri satt ord på det på den måten før, men kjente at hun var helt enig med ham.

«Leser du mye?» spurte hun.

«Ikke så mye som jeg skulle ønske», svarte han. «Jeg leste mye som barn. Pløyde meg gjennom alle klassikerne. Leste gjerne flere bøker i løpet av en uke, men nå har jeg ikke tid til det lenger.»

«Jeg vet», sa hun. «Hva leser du nå?» spurte hun så.

«*Tilværelsens utholdelige letthet*», svarte han.

«Den leste jeg i januar!» sa hun. «Hva synes du?»

«Den er veldig intens», sa han. «Og innovativ. Jeg likte den. Den sier så mye om kjærlighet og livet.»

Marianne nikket. Hun vurderte å innrømme at hun syntes den var ganske kjedelig og hadde virkelig måttet jobbe seg gjennom den, men bestemte seg for ikke å gjøre det, sånn at han ikke skulle tro at hun var grunn.

«Den er litt pretensiøs, kanskje», sa han.

Pretensiøs! Det er den eneste kritikken man kan komme med uten å virke som om man ikke har forstått verket, tenkte Marianne. Hun burde ha tenkt på det.

«Men det er vanskelig å skrive store ting om livet og kjærligheten uten å bli pretensiøs», sa hun. Fornøyd med sin egen analyse. Det hørtes ut som om hun hadde peiling.

«Enig!» Han nikket ivrig. Som om hun hadde sagt noe dypt, og hun merket at hun likte ham på grunn av det. «Hva leser du for tiden?» spurte han.

Hun himlet med øynene for å anerkjenne hvor ambisiøst prosjektet hennes var.

«*På sporet av den tapte tid*», sa hun.

«Hjelpes», sa han. «Du har virkelig tatt på deg en oppgave.»

«Det har jeg. Jeg er bare et stykke ut i den første boka», sa hun. «Vi får se hvordan det går, dette her.»

«Ja, lykke til», sa han. «Jeg begynte på den for lenge siden en gang, men det ble aldri til at jeg fullførte. Ikke fordi jeg ikke likte den, men det ble bare for mye. Det rant ut i sanden. Det dukket opp mer interessante bøker jeg heller ville lese, så jeg tok en pause og kom aldri i gang igjen.»

«Jeg kjenner til fenomenet», sa Marianne. «Det er det samme med tv-serier. Hvis de ikke fenger med en gang, så er det så fort gjort å gå over til andre.»

«Det er enda verre med tv-serier», sa han. «Jeg har så mange påbegynte serier, men så ender jeg bare opp med å se Band of Brothers om igjen og om igjen.»

«Jeg har ikke sett Band of Brothers», sa Marianne.

«Har du ikke?» sa han, nesten sjokkert. «Det er det beste som har gått på tv noensinne. Det er så intenst. Så tight. Og skuespillet er av en annen verden. Du kjenner virkelig krigens jævelskap på kroppen når du ser den.»

«Ok, jeg får gi den en sjanse», sa Marianne, mer på grunn av hans entusiasme, enn selve innsalget.

«Det synes jeg så absolutt at du skal», sa han.

Kelneren kom bort og lurte på om de var klare til å bestille, og de måtte beskjemmet innrømme at de hadde glemt å se på menyen, men de klarte fort å enes om en flaske vin de begge likte, og lovet at de skulle ta seg sammen og være klar med ønsker om mat når han kom med vinen.

De studerte menyen og bestemte seg for hver sin pastarett. Da kelneren kom tilbake, satt de som flinke skolelys, klare med bestillingene.

Da kelneren gikk igjen, mistet de momentet i samtalen, og Marianne lette desperat etter noe å snakke om.

«Jeg elsker italiensk mat», sa hun til slutt, mest for å ha noe å si.

«Jeg og», sa han.

«Jeg elsker egentlig all mat», sa hun, samtidig som han sa: «Har du vært i Italia?»

«Din vei videre i denne samtalen er bedre. Glem min», lo hun.

«Ja, jeg har vært i Italia to ganger. Jeg la på meg flere kilo hver gang.»

«Jeg og!» sa han. «Jeg var i Toscana en gang, på en mat og vin-tur. Vi var en gjeng som leide et hus, og bare reiste rundt i området og spiste på forskjellige restauranter og testet forskjellige viner i en uke. Den ene dagen dro vi til Pisa for å se tårnet.»

«Det er mye skjevere enn man skulle tro det er!» avbrøt Marianne.

«Ja!» sa han. «Man skulle tro man var forberedt på det. Det ligger jo i navnet. Og man har sett bilder, men vi ble også overrasket over hvor skjevt det faktisk var, da vi var der.»

«Tok dere de der bildene?» Marianne demonstrerte med å holde hendene opp på siden av hodet, som om hun støttet opp et skjevt tårn.

«Hehe, ja, det gjorde vi», sa han. «De ble ikke akkurat noe å skryte av. Det var på 90-tallet, jeg tror det fantes digitale kamera da, men ingen av oss hadde sånne, så vi gjorde noen forsøk, og fikk ikke sett resultatet før etter at vi fremkalte bildene, og de var sånn som du viste. En gjeng med folk som holdt hendene i været i nærheten av et tårn som var skjevt i bakgrunnen.»

Marianne lo.

«Å, men jeg savner den tiden litt, jeg», sa hun. «Da man dro på ferie med én film i kameraet, tok tjuefire.»

«Eller tjuesju,» skjøt han inn, «av og til fikk man tre ekstra.»

«Ja, eller tjuesju», sa hun. «Eller trettiseks, kunne man også ha.»

«Ja, det stemmer!»

«Man tok ett sett bilder, så ble halvparten mer eller mindre mislykket, men så fikk man iallfall et sett med bilder som man kunne sette inn i et album.»

«Eller legge i en boks med planer om å sette inn i album», sa han.

«Ja, eller det», sa hun.

«Det hender at jeg kommer tilbake fra ferie nå, og alt jeg har tatt bilde av, er maten min, som av en eller annen grunn føltes viktig å avbilde i øyeblikket, men som jo gir meg null glede i ettertid.»

«Enig», sa han. «Men nå kommer vi til det jeg ville fram til. For, etter at vi hadde vært i Pisa og skulle tilbake til huset vårt, kjørte vi gjennom en bitte liten by og stoppet for å spise middag. Vi var kjempesultne, så det ble bare en tilfeldig Osteria vi så fra veien. Den hadde glorete neonskilt på utsiden, og store vinduer, som et gatekjøkken, og jeg tror det bare var en disk hvor man kunne bestille take away i første etasje, men da vi kom inn, ble vi tatt med ned i kjelleren, det var en gammeldags en, med steinvegger og levende lys og mørke tremøbler. Og maten der er seriøst den beste jeg har spist i hele mitt liv. Jeg husker fortsatt at jeg tok en bit av pizzaen min og sa 'Dette er den beste pizzaen jeg har smakt i hele mitt liv', og venninna mi, som ikke hadde begynt å spise enda, sa at 'Ja, det er sånn når man er skikkelig, skikkelig sulten', og så tok hun en bit av sin, og øynene ble store, og hun sa 'Ja, du har helt rett.' Det var en matopplevelse av en annen verden.»

«Høres fantastisk ut», sa Marianne. «Hvor var dette?»

«Det er akkurat det», lo han. «Vi dro tilbake dit en gang til, men i ettertid husker ingen av oss navnet på verken byen eller restauranten. Det sto bare «Osteria» på skiltet, og det er vel bare et annet ord for restaurant?»

Marianne nikket, uten å være helt sikker, men det hørtes riktig ut.

Da maten kom, og de begynte å spise, merket Marianne at hun virkelig koste seg. Hun hadde vært på en håndfull deiter tidligere i livet. Alltid når hun var blitt trengt opp i et hjørne som hun ikke hadde sett noen annen utvei fra enn å takke ja, ble hun sittende igjen med følelsen av at hun ville fått mye mer ut av kvelden om hun hadde tilbrakt den med venner. Men dette var annerledes. Dette føltes som det der forferdelige ordtaket: En fremmed er en venn du ikke har møtt enda. Hun begynte å bli kjent med mannen på den andre siden av bordet, og hun likte ham. Han hadde rødbrunt hår, antydning til kinnskjegg, som var noe man ikke så særlig ofte lenger, og en tett liten kropp. Hun trodde ikke han var så mye høyere enn henne, og han så muskuløs ut. Hun skjønte hva Elisabeth mente med at han var *sånn som henne*. Hun følte et sjeleslektskap som hun ikke hadde kjent med noen på en stund. Da middagen var over, gikk de en liten spasertur sammen. Hun gikk en liten omvei for å komme til busstoppet sitt, og hun hadde inntrykk av at heller ikke han valgte korteste vei til dit han skulle. De ble enige om å møtes igjen ved en seinere anledning, og da Marianne satt på bussen hjem og hørte på Pretenders Get Close-album, kjente hun at hun gledet seg til det.

Kapittel 19

White Room – Cream
(Wheels of fire, 1968)

Marianne våknet med et rykk. Hun hadde drømt om ham. Deiten.
De hadde vært med på en reality-konkurranse der det gjaldt å ha
flest sauer, og de hadde bestemt seg for å lure systemet og slå sam-
men sauene sine og slik ha flest av alle, for det sto ingenting i reglene
om at de ikke kunne være to. Men etter at de hadde gjort det, og
var klare til å ta imot premien, viste det seg at hans sauer var frosker,
og dermed havnet de på sisteplass fordi «alle vet jo at frosk er det
motsatte av sau». Marianne tenkte forvirret på hva dette kunne bety,
men så sovnet hun igjen, og da hun våknet en halvtime seinere,
hadde drømmen glippet for henne, og hun kunne ikke lenger huske
hva den handlet om, annet enn setningen om at frosk var det mot-
satte av sau. Hun hørte telefonen dure på nattbordet. Først trodde
hun det var vekkerklokka, men nå så hun at det var faren som ringte.
Det var rart. Det var vanligvis mora som pleide å ringe, og da bare
hvis det var noe spesielt, innimellom endte telefonsamtalen med at
hun ga telefonen til faren, og de utvekslet et par høflighetsfraser,
men som oftest snakket de bare sammen når hun var hjemme på
besøk. Hun var glad i faren sin, men noe telefonmenneske var han
ikke.

«Hei, pappa», sa hun muntert.

«Hei, Marianne», svarte han. Stemmen hans var rar. Marianne
kjente at magen knøt seg. Noe var galt.

«Ikke bekymre deg», sa han og fikk Marianne til å gjøre akkurat
det. «Men mor di har hatt et lite drypp, og vi er på sjukehuset akkurat
nå.»

Marianne kjente at det sank inni henne. Dette var ikke bra. Begge
foreldrene hennes var ved uforskammet god helse til å være så gamle
som de var. Mora hørte litt dårlig, og det hendte at de begge glemte
ting oftere enn før, men ellers hadde de vært velsignet fri for alle
plagene og sjukdommene som foreldrene til vennene hennes slet
med. Det var det altså slutt på nå.

«Hvordan går det med henne?» spurte hun.

«Hun sover akkurat nå», svarte han. «De har tatt noen prøver, og
vi venter på svar.»

«Hvordan går det med deg?» spurte Marianne.

«Du vil kanskje komme en tur?» sa faren. Marianne la merke til
at han ikke svarte på spørsmålet.

«Ja, selvfølgelig», sa Marianne. «Jeg har jo fri fram til mandag og
hadde tenkt å ta en tur likevel.» Som om det var relevant. «Gi meg
noen timer, så er jeg der. Dere er på Lillehammer sjukehus?» spurte
hun.

«Ja, selvfølgelig», sa faren.

«Ja, dumt spørsmål», innrømmet Marianne. Hvor skulle de ellers
være? «Jeg bare husket den gangen for lenge siden da Emil havnet i
fyllearresten på Hamar, og han kompisen hans, Ruben, skulle komme
og hente ham og dro til politistasjonen på Lillehammer. Unnskyld.
Jeg vet ikke hvorfor jeg tenkte på det nå.»

«Det går bra», sa faren. «Men jeg skal ta meg en alvorsprat med
han der Emil neste gang vi møtes.»

«Pappa. Det er over tretti år siden», sa Marianne. «Han har lært
seg å begrense alkoholinntaket i tiden som har gått.» Hun visste at
faren spøkte, men det føltes likevel som om hun var sytten år og ved
et uhell hadde sladret på en venn.

«Jeg kommer så fort jeg kan. Vi sees snart», sa hun og la på nesten før faren rakk å si ha det.

Hun fant fram den lille trillekofferten sin fra boden og pakket ned undertøy, pysjamas og toalettsaker. Så heiv hun i et klesskift også. Hun sto et øyeblikk og vurderte om hun skulle pakke en svart kjole, i tilfelle hun plutselig måtte i begravelse, men bestemte seg for å ikke være så overdramatisk. Hun satte seg ned på senga og søkte på «drypp» på nettet. Det virket ikke som om det var sånt folk døde av. Så pakket hun boka si og en boks med middagsmuffins fra fryseren, i tilfelle det ikke var fornuftig mat å få tak i på sjukehuset.

Da hun var på vei ut til bilen, ringte søsteren hennes.

«Hei», sa hun. «Du har hørt om mamma?»

«Ja», sa Marianne. «Jeg er på vei ut i bilen nå. Jeg er der om noen timer. Er du på sjukehuset?»

«Ja», sa Nina. «Det ser ikke så bra ut.»

«Jeg har sjekket på nettet», sa Marianne. «Jeg tror ikke det er noe å bekymre seg for. De er flinke på sjukehusene nå om dagen. Vi må bare være på, og sørge for at hun får hjelp.»

Marianne hadde hørt skrekkhistorier fra vennene sine. Da faren til Caroline fikk kreft, trodde de at de hadde klart å fjerne alt. Og da han seinere klagde på magesmerter, ble han avspist med at det sikkert bare var stress, og så, til slutt, viste det seg at det var mer kreft likevel, og han døde. Noe lignende hadde skjedd en annen venn av Emil. Det virket som om alle kjente noen som kunne overlevd hvis det bare hadde blitt tatt tak i tidligere. Om de bare hadde vært litt mer pågående. Marianne skjønte det, de var overarbeidet i helsevesenet, og det var de som maste mest som fikk hjelp først, og hvis man var høflig og gjorde som man fikk beskjed om, risikerte man å dø. Det var forferdelig og urettferdig, men det var realiteten. Marianne bestemte seg der og da for at hun skulle være en sånn plagsom person som maste og maste, og at moren hennes ikke skulle være en av dem som systemet glemte.

Hun kjørte ut av byen mens hun hørte på Cream synge White Room. Hus og trær suste forbi, og hun lot tankene fly. Hun var ikke en sånn som var bestevenninne med moren sin. Men de hadde et skikkelig fint forhold. Moren hadde aldri vært blant dem som maste om at hun måtte gifte seg og få barn, noe Marianne satte stor pris på. Moren forsto henne. Generelt var hun veldig glad i familien sin, men den siste tiden, de siste årene, hadde hun hatt så mye å gjøre at det var blitt lite tid til å besøke dem. Det ble med jul og påske, noen dager på sommeren og en helg nå og da, dersom det skjedde noe. Hva var det egentlig hun gjorde i Oslo, som tok så mye tid? Det var selvfølgelig ikke en fordel at hun ofte jobbet på lørdager, men det var ikke noe i veien for at hun kunne besøke foreldrene på en ukedag når hun hadde fri. Det tok bare rett over to timer med bil. Hun kunne høre på lydbok opp og ned, slik at den tiden gikk med til noe fornuftig, og hun trengte jo ikke være der hele dagen. Hun kunne bare komme til lunsj eller middag. Eller invitere foreldrene til Oslo, selv om hun visste at de synes det var stressende og masete. Nei, det beste var nok om hun dro dit. Hun kunne lett få det til en gang i måneden.

Da hun ankom parkeringsplassen og parkerte, hadde hun bestemt seg for det. Det skulle aldri mer gå mer enn en måned mellom hver gang hun besøkte foreldrene.

Hun lot kofferten ligge i bilen og gikk inn i resepsjonen. Hun ble alltid litt anspent av sjukehus. Det luktet spesielt. Folk så alltid ut som om de hadde fått dårlige nyheter, noe som sikkert ofte var tilfelle. Hun ble sendt opp i tredje etasje. Hun gikk nedover gangen og prøvde å følge skiltingen. Hun kom til et åpent område, men fant ingen resepsjon eller rom hvor noen kunne hjelpe henne. Hun stoppet en tilfeldig person i hvit frakk som gikk forbi.

«Unnskyld, jeg ser etter Bjørg ...»

«Marianne!» hørte hun noen rope lavt bak seg. Hun snudde seg, det var søsteren.

«Jeg er med henne», sa hun til legen, som nikket og gikk videre. Marianne gikk bort til søsteren og ga henne en klem.

«Hun er borti gangen her», sa Nina. «Pappa er på rommet hennes. Jeg liker ikke at vi får lov til å være her utover visittiden. Det føles som om de gjør unntak for oss, fordi det er alvorlig.»

«Dette kommer til å ordne seg», sa Marianne. Hun klarte å høres sikrere ut enn hun følte seg.

«Er hun våken?» spurte hun.

«Nei», sa Nina. «Hun var våken en liten stund, og spurte etter deg. Vi sa du var på vei.»

Marianne kjente at hun begynte å gå fortere. De kom fram til rommet. Det var hvitt og sterilt. Det var forsøkt pyntet med et landskapsmaleri i duse farger, men Marianne synes at det bare gjorde rommet enda mer deprimerende. Moren lå i en seng innerst i høyre hjørne. Det var en seng til i rommet, men den var tom. Faren satt i en lenestol ved morens seng. Han så liten og forskremt ut. Marianne gikk bort til ham, han reiste seg, og hun ga ham en klem. Hun la merke til at han hadde på seg en genser med hull i. Han måtte ha tatt på seg den etter at moren hadde fått dryppet. Hun ville aldri tillatt at han gikk ute blant folk i en hullete genser. Marianne snudde seg mot moren, som lå i sengen og sov. Hun hadde en kanyle i hånda, som var koblet til en pose med gjennomsiktig væske som hang på et stativ. «Akkurat som på tv», tenkte Marianne. Det sto en stol på den andre siden av senga også. Denne var mer en polstret møteroms-stol, som så langt mindre behagelig ut. Marianne satte seg i den. Nina hentet en tilsvarende stol og satte seg ned ved siden av Marianne. Marianne oppdaget at håndveska til Nina sto lent inntil stolen hun selv hadde satt seg på.

«Tok jeg plassen din?» spurte hun. Vel vitende om at det var akkurat det hun hadde gjort.

«Det går bra», svarte Nina. «Jeg fant meg en ny stol.» Hun pekte mot stolen hun allerede satt i.

«Legen skulle komme tilbake om en stund og informere oss», sa faren. «Det er sikkert en halvtime siden. Han kommer sikkert tilbake snart.»

Marianne strakte seg fram og tok hånda til moren og strøk over den med tommelen, men angret øyeblikkelig. Det føltes tilgjort. Hun hadde sett folk gjøre det på film, og trodde at det skulle trøste henne. Eller moren. Men nå satt hun bare unaturlig framoverbøyd, i en ubehagelig stilling med armen for langt strukket forover, og det ga henne ikke noen trøst, og hun kunne umulig tenke seg at det gjorde det for moren heller. Hun slapp taket i morens hånd og lente seg tilbake i stolen. Men slet med å finne en komfortabel stilling. Hun krysset armene, men det føltes ikke riktig, så hun lot dem henge ned langs siden, noe som iallfall føltes helt feil. Hun hadde glemt hvordan man sitter! Hun krysset beina. Det hjalp en liten stund, men så føltes også det unaturlig, og hun avkrysset beina igjen og la hendene i fanget.

«Hvordan går det med Arne og jentene?.», spurte Marianne Nina.

«Bra», svarte Nina. «Arne jobber hele påska. Julie har dratt på hyttetur med noen venninner, jeg har ikke sagt noe til henne enda, jeg tenkte jeg ikke ville ødelegge påska for henne. Det er jo ikke noe hun kan gjøre her uansett.»

«Ok», sa Marianne og tenkte at det hun kunne gjøre var å si farvel til bestemora si, men så husket hun at hun jo hadde tenkt å late som at mora deres ikke var i ferd med å dø, så hun sa ingenting.

«Mathilde hadde egentlig bestemt seg for å bare tilbringe påsken hjemme i Trondheim sammen med babyen, men nå lurer hun på om hun vil komme likevel. Det kan være hun og Torleif kjører nedover i morgen. Vi får se.»

«Ok», sa Marianne igjen.

De satt i stillhet en stund. Faren duppet av i lenestolen. Marianne fisket fram boka si og satt og leste, men fikk ikke med seg noen ting. Nina spilte et spill på mobilen.

Etter en stund kom legen inn på rommet, men han hadde ikke så mye fornuftig å si. De måtte bare vente. La henne sove. Hun var stabil foreløpig. Faren spurte om det var mulig for ham å overnatte på sjukehuset. Det var det ikke. Han prøvde å overtale legen til å la ham få sove i den tomme senga på den andre siden av rommet, men det var visst ikke lov, så da det ble seint på kvelden, dro de hjem alle sammen. Marianne ble med til faren. Hun gikk opp på det gamle barnerommet sitt. Det var nå kombinert syrom og gjesterom. Morens symaskin sto på Mariannes gamle skrivepult, sammen med en kiste som var fylt med forskjellig stoff som hun hadde kjøpt på tilbud gjennom årenes løp, og noen påbegynte syprosjekter. I hjørnet sto en dukke med en halvferdig lilla blomstrete kjole på seg. På veggene hang fortsatt plakater av hester, et par i solnedgang, av typen der paret bare var sorte silhuetter, mens fargene på stranden, havet og solnedgangen var superskarpe rosa, lilla og blå, og filmplakater av Dirty Dancing og Lambada. Ispedd postkort med bilder av Matthew Broderick, Axl Rose, Jon Bon Jovi, Emilio Estevez og begge Coreyene, både Feldman og Haim, og en rekke andre unge menn som i varierende grad kunne synge og skuespille, men som i hovedsak var veldig konvensjonelt pene.

Marianne satte fra seg den lille kofferten sin, og sank ned på senga. Sengetøyet var utvasket, det var sikkert nesten like gammelt som henne selv. Det var rosa- og blåstripete. Putetrekket hadde en stor rosa blomst midt på. Marianne husket at hun hadde elsket det som barn. Hun tok fram mobilen fra veska. Hun sveipet bort diverse varslinger fra vær, nyheter, spill og podcast-appen, og satt til slutt bare igjen med to meldinger. En fra søsteren, fra mye tidligere på dagen, der det sto: «Hvordan ligger du an i løypa?» Den var ikke lenger relevant, så Marianne lot være å svare på den. Den andre var fra gårsdagens date.

«Takk for i går. Det var veldig hyggelig. Har du lyst til å bli med på kino i morgen?» Den var sendt for to og en halv time siden. Hun tenkte seg om et øyeblikk før hun skrev: «Takk det samme. Jeg koste meg. Jeg blir gjerne med på kino en gang, men det har oppstått en familiesituasjon, så jeg er ute av byen resten av påska.» Meldingen ble lest øyeblikkelig, og hun kunne se av prikkene som dukket opp at han formulerte et svar.

«Så dumt. Går det bra med deg og dine?» Hun skrev: «Ikke egentlig. Mamma er på sjukehus», men så slettet hun det igjen. Og skrev: «Ja, det ordner seg nok», og så slettet hun det også. Hun orket ikke. Hun gikk ut av meldingsappen. Hun skyldte ham ikke noe svar. Hun fikk heller forklare situasjonen om de møttes igjen. Hun la seg ned på senga, og skrev i stedet en melding til Emil.

«Har du kommet på plass i leiligheten? Jeg har dratt hjem en tur. Mamma fikk et drypp.» Hun trykket på send. Det tok ikke lang tid før hun fikk svar.

«Å nei, hvordan går det med henne? Og hvordan tar Ivar det?» Marianne oppdaterte ham på situasjonen, og han sendte et trøstende svar. Marianne kjente for første gang at tårene trengte seg på. Hun var redd. Hun gråt litt mens hun sendte meldinger fram og tilbake med Emil, og leste mer om drypp på nettet. Hun passet på at hun ikke laget for mye lyd. Hun ville ikke at faren skulle trenge å bekymre seg for henne i tillegg til alt det andre han hadde å tenke på. Hun gikk på det lille badet oppe, det som hun og søsteren pleide å bruke da de fortsatt bodde der. Hovedbadet lå i første etasje og var blitt pusset opp to ganger etter at Marianne hadde flyttet ut, mens det lille badet i andre etasje fortsatt hadde linoleum på gulvet og blomstrete baderomstapet på veggene, noe som var svært populært på

80-tallet. Hun meldte med Emil mens hun pusset tennene og gikk på do. Mobilen var i ferd med å gå tom for strøm, så da hun kom tilbake på rommet sitt, fisket hun fram en lader, og plugget den i veggen under nattbordet. Hun sendte Emil en snap av rommet sitt. Han svarte på den med en snap av den ferdigmøblerte stua, og de hadde to parallelle samtaler gående, en seriøs på Messenger om foreldre og livet, og en lettbeint på Snap om gammelt og nytt interiør. Marianne sovnet fra begge på et tidspunkt.

Kapittel 20

Twilight Time – The Platters
(*The Flying Platters Around The World*, 1958)

Da Marianne våknet neste morgen, var det første hun så en mann som sto og stirret på henne. Det tok et øyeblikk før hun kjente igjen David Lee Roth, og enda et øyeblikk før hun skjønte at det var en plakat og ikke et faktisk levende menneske. Hun var hjemme på pikerommet. Fordi moren hennes var sjuk. Hun sto opp og gikk på badet, tok en rask dusj og kledde på seg før hun gikk ned på kjøkkenet. Hun hørte lyder fra vindfanget, og åpnet døra ut dit. Der sto faren og tok på seg skoene.

«God morgen», sa han. Han hørtes sliten ut. Det så ikke ut som om han hadde sovet noe særlig. «De ringte fra sjukehuset, jeg drar dit nå. Du må gjerne spise frokost først og komme etter.»

«Er du sikker på at jeg ikke skal kjøre deg?» spurte Marianne.

«Nei da, det går bra. Jeg kjører gjerne selv», sa faren. Marianne maste ikke mer.

«Ok», sa hun bare. «Da sees vi om en times tid.»

«Det gjør vi», sa han. «Ha det bra.» Og så gikk han ut og lukket igjen døra etter seg.

Marianne gikk tilbake til kjøkkenet. Hun helte kafferestene fra kolben over i en kopp og tok en slurk. Så skar hun seg en brødskive og hadde på smør og ost. Hun satte seg ved kjøkkenbordet og spiste mens hun leste den siste meldingen og åpnet den siste snappen som hun hadde fått av Emil etter at hun hadde sovnet. Faren hadde bare latt alt stå framme på benken etter sin frokost, og hun ryddet smør og ost tilbake i kjøleskapet, pakket inn brødet i posen og la det tilbake i brødboksen. Hun skylte både sin egen og farens tallerken i varmt vann, sprutet på oppvasksåpe og gikk fort over dem med en oppvaskkost. Koppene fikk samme behandling, før de begge ble satt i oppvaskstativet ved siden av vasken. Moren mente at oppvaskmaskiner bråkte for mye, og nektet å gå til innkjøp av en, til resten av familiens store fortvilelse. Marianne fant en klut og tørket over alle overflater, før hun ryddet resten av kjøkkenet. Hun gikk ut i stua, samlet sammen aviser og la dem i en haug ved vedovnen. Hun plukket opp kaffekopper og en fruktskål – som stort sett var fylt med druestilker i tillegg til noen innskrumpede druer som var tre dager fra å bli faktiske rosiner – og tok alt med ut på kjøkkenet. Hun kastet innholdet i fruktskåla i matavfallet, skylte skåla og satte den i stativet. Hun helte ut kafferestene fra koppene og vasket dem. Så gikk hun ut på stua igjen, ristet putene i sofaen, satte dem fint på rekke og brettet sammen et pledd som hun la over armlenet på hjørnesofaen. Det lå to penner på stuebordet, hun plukket dem opp og satte dem i en kopp på skrivebordet. Hun rettet på løperen som lå på stuebordet og sentrerte de to lysestakene på hver sin halvdel av bordet. Sånn, nå var stua ryddig. Nå måtte også hun dra til sjukehuset.

Hun sendte en melding til søsteren og sa ifra om at faren allerede hadde dratt, og at hun dro til sjukehuset nå. Hun satte seg i bilen og kjørte av gårde. Da hun kom fram, gikk hun ikke innom resepsjonen, men tok heisen direkte opp til tredje etasje. Hun gikk nedover gangen med en urolig følelse i magen. Hun møtte søsteren utenfor døren til morens rom. Nina hadde tårer i øynene.

«Hun døde for en halvtime siden», sa hun.

«Hva?» sa Marianne. «Hvorfor sa dere ikke ifra?»

«Pappa sa du skulle komme snart uansett, og vi tenkte at du skulle
få en liten pause på morgenen. Det var uansett ikke noe vi kunne
gjøre nå.» Marianne og søsteren klemte. Marianne kjente at hun var
sint for at de ikke hadde gitt beskjed, men visste innerst inne at de
hadde rett, og at sinnet bare var en følelse som var lettere å håndtere
enn sorgen, som hun ikke hadde noe lyst til å kjenne på.

«Men hva skjedde?» spurte Marianne. «Det var jo bare et drypp.
Folk dør ikke av drypp!»

«Hun fikk et hjerneslag i dag tidlig», sa Nina. «Det henger ofte
sammen, det der. Det er derfor de må bli på sjukehuset.»

«Ok, men det hjalp ikke noe særlig», sa Marianne. Sorgen hennes
manifesterte seg nå som sarkasme. «Er pappa der inne?»

«Ja», sa Nina. «Vi venter på at det skal komme en lege eller prest
eller noe som skal forklare oss hva som skjer videre.»

«Ok. Kan vi gå inn?» spurte Marianne.

Nina trakk på skuldrene. Marianne banket forsiktig to ganger på
døren og gikk inn uten å vente på svar. Faren satt i samme stol som
han hadde sittet i dagen før. Han så enda mindre ut i dag. Sammen-
sunket. Som om han hadde krympet. Marianne gikk bort til ham.
Han reiste seg, og de klemte uten å si noe. Hun så på moren. Hun
så ikke noe annerledes ut enn dagen før, men noen hadde lagt en
sammenbrettet vaskeklut under haka hennes. Marianne strakte fram
hånda for å fjerne den.

«La den være», sa faren. «De har lagt den der for at ikke haka skal
falle ned.»

Det banket på døra igjen, og Mathilde kom inn med babyen
knyttet i bæresjal mot brystet. Nina kom inn rett bak henne.
Marianne klemte Mathilde. Forsiktig, for ikke å skvise babyen.

Noen minutter seinere kom også Julie, og den lille familien var
samlet i stillhet rundt den døde kroppen til kona, mora, bestemora
og oldemora i senga.

«Husker dere Anette?» spurte Julie, og refererte til en venninne hun hadde gått på skolen med. De andre nikket. «Faren hennes brakk beinet», fortsatte hun.

«Hvordan da?» spurte Marianne.

«Han gled i en kuruke», sa Julie.

Mathilde fniste.

«Julie!» sa hun, samtidig som moren deres sa «Mathilde!», men så begynte hun også å humre, og det smittet over på både Marianne og faren, og en stund sto de bare der og prøvde å ikke le. Så snart de hadde klart å slutte, slapp noen ut et lite fnis, og det satte dem i gang igjen. Da døra åpnet seg og representanten fra sjukehuset kom inn, husket de plutselig hvorfor de var der. Han ga dem noen pamfletter, informasjon om valg rundt begravelse eller bisettelse, hva som skjedde videre med kroppen til moren, og hva de måtte gjøre, hvor de måtte melde fra. Det skulle også komme noen hjem til dem om noen dager og gå gjennom alt i detalj. De måtte forfatte en annonse til avisa. Bestille en gravstein. Dødsadmin.

Marianne følte seg nummen. Da de hadde fått det de skulle få av dokumentasjon og informasjon, ble de geleidet ut av rommet. Faren ble igjen for å ta et siste farvel, og resten ventet ute på gangen, der også Arne og Torleif var.

De bestemte seg for å dra hjem til Nina og Arne for å begynne å planlegge begravelsen. Da faren kom ut til dem og de fortalte ham dette, sa han at han stolte på at de tok alle de riktige avgjørelsene, og lurte på om han bare kunne dra hjem til seg selv og være alene en liten stund. Han måtte forsikre dem tre ganger om at det virkelig var det han ville før de lot ham gå, men de ga seg til slutt og gikk i samlet flokk til parkeringsplassen. Faren kjørte hjem til seg, og resten dro til Nina og Arne. Da de kom fram, laget Arne kaffe, og Nina hentet vanvittige mengder kjeks som ble fordelt på to fat og plassert på stuebordet. Mathilde, Torleif og babyen satt i den ene enden av hjørnesofaen, Arne og Nina i den andre. Marianne satte seg i en stor lenestol, og Julie akte seg ned på armlenet og la armen rundt henne, selv om det var greit med plass midt i sofaen.

De snakket om forskjellige ønsker moren hadde hatt, Marianne lurte på om de kunne synge The Platters Twilight Time i kirka, siden det var moras favorittsang. Arne mente at det sikkert var regler for sånt, men at det jo ikke var noe i veien for å spørre. De diskuterte blomster og valg av gravstein, og hvor de skulle være etterpå. Nina og Mathilde var uenige om hvorvidt det var lurest å ordne med mat selv, eller om de bare skulle bestille snitter fra et sted. Mens de diskuterte, flyttet Julie beina sine over til fanget til Marianne, og spurte henne lavt.

«Hvordan går det med deg, tante?»

«Jeg klarer meg», svarte Marianne. «Og du?»

«Jeg skulle ønske jeg hadde en kjæreste som kunne ta vare på meg akkurat nå», sa Julie. «Mamma og pappa har hverandre, og Mathilde har trønderen. Vi har ingen.»

«Vi har hverandre», sa Marianne, og klemte niesen. Men akkurat nå, i dette øyeblikket, kjente hun også at det hadde vært fint å ha noen. Noen som sto utenfor det hele, men som skjønte hva hun gikk gjennom, og som hadde som hovedønske å passe på henne. Hun klemte niesen hardere, og slapp henne igjen. Nina og Mathilde var kommet til en slags enighet når det gjaldt maten, og de hadde gått igjennom alt som måtte gås igjennom.

«Jeg tror jeg vil tilbake til Oslo fram til begravelsen», sa Marianne. «Er det greit?»

«Du vil ikke heller være her sammen med familien, da?» spurte Nina.

«Ikke egentlig», sa Marianne. «Hvis det er noe som må gjøres, så si gjerne ifra. Jeg kan godt bake noe til gravølet.»

«Nei, nei», sa Nina. «Nå har vi blitt enige om at vi bestiller mat.»

«Ja, men det var en god idé», sa Mathilde. «Vi kan jo bare bestille snitter, og så kan vi lage søtmaten selv. Ta med en kringle, du, Marianne!»

Marianne så bort på søsteren. Hun ville ikke tråkke noen på tærne, men søsteren nikket, og Marianne følte at de i dette øyeblikket hadde kronet den nye matriarken i familien.

«Jeg stikker innom pappa og henter tingene mine, og jeg sjekker selvsagt om han trenger noe», sa hun. «Jeg kan ordne middag til ham i dag før jeg drar. Jeg lager en stor porsjon, sånn at han har mat til i morgen og. Så kan dere ta det derfra?»

«Det går bra. Vi sees til uka», sa Nina.

Marianne tok farvel med søsteren og hennes familie, satte seg i bilen og kjørte til faren. Hun stoppet innom butikken og handlet inn mat til en kyllinggryte som hun visste hun kunne lage på en halvtimes tid. Da hun kom til faren, satt han i stua og leste og hadde satt på The Platters-plata som moren likte så godt. Marianne sa hei til ham, og satte i gang med middagen. Da hun hadde en liten pause, sendte hun en melding til Emil, Jade, Kristoffer, damene på jobb og et par barndomsvenninner som hun fortsatt møtte innimellom, og informerte dem om morens død. Hun spiste middag med faren før hun dro, og fordelte restene i to bokser, en som hun satte i kjøleskapet, og en som hun la i fryseren. Så satte hun seg i bilen og kjørte tilbake til Oslo.

Kapittel 21

Calling all angels (feat k.d. lang) – Jane Siberry
(*Until the End of the World* (Soundtrack), 1991)

Søndag:

Marianne fikk mange meldinger med hjerter og «kondolerer» og «si ifra om jeg kan gjøre noe for deg». Hun hadde også fått en melding fra Caroline: «Jeg hørte om moren din. Så trist. Kondolerer. Er det greit om jeg kommer i begravelsen?» Marianne la fra seg telefonen uten å svare på noen av meldingene. Hun var verken i humør til å småprate med gamle kjente, eller engasjere seg i Caroline-dramaet. Hun satte på The Platters og koblet mobilen til høyttalerne via Bluetooth, og musikken fylte hele huset. Hun gikk på kjøkkenet, tittet i kjøleskapet og så at hun hadde ingredienser til å lage en pai som hun visste faren var veldig glad i. Hun kunne lage den nå, fryse den ned og ta den med når hun skulle oppover igjen.

Mandag:

Dagen var som pakket inn i velur. Marianne var alene i huset. Hun hørte på musikk, laget mer mat som hun frøs ned til faren, hun leste ferdig det første bindet i *På sporet av den tapte tid*, og begynte på bok nummer to: *I skyggen av piker i blomst*. Hun hadde egentlig tenkt å legge inn en lettere pausebok, men hadde allerede lånt bind to på biblioteket, og orket ikke ta noen avgjørelser, så da ble det den boka som hun allerede hadde liggende. Hun sendte uengasjerte hjerter til alle som hadde sendt henne meldinger, og takket nei til alle tilbud om selskap. På et tidspunkt sendte hun en melding til Caroline om at hun godt kunne komme i begravelsen, men at hun selv måtte avklare om det var greit for Emil og Jade. Det var en lettelse da hun kom på at hun kunne gjøre det på den måten, hun hadde prøvd å skrive meldinger til både Jade og Emil, uten å klare å finne de rette ordene. Men dette var jo egentlig Carolines problem.

Tirsdag:

Marianne var på vei til jobb. Elisabeth hadde vært veldig tydelig på at hun og de andre damene skulle klare å holde salongen gående i noen dager, uker, om nødvendig, uten henne, men Marianne kjente at hun trengte å ha noe å gjøre. Begravelsen skulle være på fredag, damene hadde spurt om de kunne stenge salongen den dagen slik at de kunne være der for henne i begravelsen, noe Marianne syntes var veldig hyggelig. Hun selv skulle også ha fri på lørdagen, men ellers hadde hun ikke tenkt å gjøre noen endringer i hverdagen. Marianne var tidlig ute den morgenen, og det var tydeligvis fargedamen også. Hun gikk forbi akkurat da Marianne skulle til å låse opp salongen. Denne dagen var hun iført gull. Håret var tilbake til å være gyllenblondt, det blå måtte ha vært en parykk, hun hadde på tights som skinte i gull, en gullfarget skjorte og en dressjakke med gullpaljetter. På avstand så hun ut som en av disse levende statuene som sto i travle gågater rundt omkring i Europa. Det var fortsatt et kvarter igjen før salongen skulle åpne, så Marianne ventet til hun hadde passert, før hun fulgte etter henne på god avstand. Damen rundet et hjørne, og Marianne skyndte seg for ikke å miste henne av syne. Da Marianne rundet samme hjørne, kunne hun se fargedamen gå inn i en malingsbutikk. Kanskje hun jobbet der? At det hele var et reklame-stunt? Hun satte ned tempoet. Nå som hun var så nær ved å finne ut av det, visste hun ikke om det var det hun egentlig ville. Mysteriet ville garantert være mer interessant uløst.

Men nei, hun skyldte damene i salongen å følge sporet hun hadde oppdaget. Da hun var kommet fram til butikken og skulle til å åpne dørene, åpnet de av seg selv, og fargedamen kom ut med et malingsspann i hånda. Hun svingte mot høyre og gikk videre nedover veien. Marianne ble stående et øyeblikk. Hun var altså ikke ansatt i en malingsbutikk. Marianne så på klokka. Nå måtte hun tilbake dersom hun skulle rekke å åpne salongen.

Onsdag:
Hun sørget over moren når hun var alene hjemme. Dagene på jobb fløy med kunder og diskusjon rundt fargedamen. Hun hadde vært burgunder den dagen, og Malee mente at hun begynte å gå tom for farger, siden hun jo allerede hadde vært rød en gang, noe som hadde resultert i en diskusjon rundt hvor mange forskjellige rødfarger det egentlig fantes, og var rosa en av dem? Og hvis man talte rosa, måtte man da også telle lilla, og fantes det egentlig bare én farge, og så var alle fargene bare sjatteringer av den? Trivielt. Hyggelig. Trygt. Marianne tillot seg å le. Å glemme virkeligheten og være lykkelig. Når hun kom hjem, omhyllet sorgen henne igjen. Hun satte på trist musikk. Sarah McLachlan, k.d. lang, Jane Siberry. Hun fant fram gamle fotoalbum. Da hun var femten, hadde hun fått/lånt/stjålet morens album fra da moren var i tenårene, med små kvadratiske fotografier først i svarthvitt, og så etter hvert i blasse farger. Ferieturer med venninner, bilder fra fester der folk klinte i bakgrunnen. Et bilde av det som hadde vært kjæresten hennes på den tiden i profil der han stirret ut av vinduet, og et bilde til av den samme gutten holdt opp-ned av kameratene sine mens de spylte ham ned med en hageslange. En hel del av livet hennes som Marianne ikke visste noe om. Så fant hun fram sitt eget fotoalbum fra tenårene. Med fester og ferieturer. Emil i bakgrunnen på mange av bildene, og i forgrunnen på noen få. Familiebilder fra julefeiring og sommerferier. Moren

som satt der, fortsatt noen år yngre enn Marianne var nå. Hun kunne se at de lignet, selv om moren så mye mer voksen ut enn Marianne følte seg. De ble eldre tidligere før.

Torsdag:
Etter jobb dro Marianne bare fort innom huset og hentet kofferten som hun hadde pakket på morgenen. Denne gangen var den svarte kjolen pakket ned. Sammen med svarte sko, svart strømpebukse og perlekjedet hun hadde fått av bestemoren til konfirmasjonen. Hun kjørte de to timene ut av byen. Hun skulle igjen overnatte på pike-rommet, og hadde med nok frosne middager til å holde faren forsynt i noen uker. Hun dro innom søsteren og hilste på, leverte to kring-ler, begge på størrelse med en middels stor sammenkveilet pyton-slange og forsikret seg om at alt var klart til begravelsen, og om at det ikke var noe hun kunne eller burde gjøre. Det var det ikke.

Fredag:
Marianne sto ved kisten. Den var senket i jorden. Gudstjenesten var over, og hun sto nå og tok imot håndtrykk og kondolanser fra folk hun knapt kjente eller ikke hadde sett på tretti år. Gamle naboer. Morens tidligere kollegaer. Noen fra en bokklubb, noen hun trodde kunne være morens kusiner og fettere. Hun sto mellom faren og søsteren sin, og denne strømmen av praktisk talt fremmede gjorde at hun følte seg mer ensom enn hun hadde gjort i hele sitt liv. Da Caroline plutselig sto foran henne, tenkte hun seg ikke om. Det var en så stor lettelse å se et menneske som faktisk kjente henne, som var der fordi hun brydde seg om akkurat henne, at hun utbrøt «Åh, Caroline!» og kastet seg om halsen hennes. Caroline holdt henne et øyeblikk, klemte henne ekstra hardt, sa «Kondolerer» med lav stemme, slapp henne, og så var Marianne på ny fanget i strømmen av mennesker som like gjerne kunne vært tilfeldige forbipasserende

på gata. Etter hvert dukket damene fra jobb opp, Emil og Jade sammen med barna, John og Kristoffer og noen barndomsvenner som fortsatt bodde i nærheten. Sistnevnte hadde tilbrakt mang en middag sammen med familien hennes, og selv om det var over en generasjon siden, så de oppriktig lei seg ut over morens frafall. Marianne ble kondolert og klemt med all omsorg i verden. Det hjalp. Litt.

Lørdag:
Før Marianne kjørte tilbake til byen, hadde hun funnet igjen to esker med CD-er som hun hadde satt igjen på pikerommet for sikkert femten år siden. Hun hadde raskt gått igjennom dem og lagt til sanger hun hadde glemt hun elsket, til en spilleliste. Hun hørte på den i bilen på vei tilbake til Oslo. Da Barenaked Ladies sin One Week kom på, skrudde hun lyden opp på fullt og sang med. Det var fullstendig stilbrudd med hvordan hun følte seg, men idet hun ropte ut «Chickity China, the Chinese chicken, You have a drumstick and your brain stops tickin'» på tredje forsøket, fordi det verset alltid begynte seinere enn man trodde, kjente hun at selv om hun på ingen måte hadde det bra nå, kom hun til å klare seg.

Kapittel 22

Never Gonna Give You Up – Rick Astley
(*Whenever you need somebody*, 1987)

Marianne hadde to ubesvarte meldinger som hadde ligget litt for lenge. Den ene var fra deiten hun hadde hatt på skjærtorsdag, noe som nå virket som en evighet siden. Hun hadde på et tidspunkt sendt ham en melding om at moren hadde dødd, og han hadde vært skikkelig fin, sendt en kondolansemelding og sagt at hun fikk ta kontakt når det var plass til ham i livet hennes igjen, noe som hun kunne valgt å tolke som passivt aggressivt, men han virket ikke som typen. Hun trodde rett og slett at han prøvde å gi henne rom til å sørge, men ville si ifra om at han fortsatt var interessert. Den andre var fra Caroline, og fylte henne med enda flere motstridende følelser. Hun hadde referert til øyeblikket de hadde hatt i begravelsen og at hun savnet å være venner med henne. Marianne savnet Caroline også. Og enda viktigere: Hun savnet quizlaget sitt. Quizen gikk sin gode gang, og Marianne var med de fleste ukene. Hun likte både John, Trond, Elisabeth og alle de andre tilfeldige vikarene som hadde vært innom, men det var ikke til å stikke under stol at det originale laget hadde en kjemi, en dynamikk, som hadde forsvunnet det siste halvåret. Den harde kjernen kjente hverandres styrker og svakheter, når man skulle ta på alvor et usikkert forslag, og når man skulle forkaste noe som var slengt ut i mangel av noe bedre. Men det var ikke opp til Marianne å ta den avgjørelsen. Det ville føles som et svik mot både Emil og Jade å begynne å møte Caroline uten dem.

Det ville heller ikke gitt så mye mening. Caroline var hyggelig, hun, men det var i all hovedsak pentagrammet av vennskap hun savnet. Og til syvende og sist var det jo ikke opp til henne. Emil hadde vært så såret og trist, og Jade var kanskje ikke sint og lei seg lenger, men mest irritert på hele situasjonen, noe som jo heller ikke var det beste utgangspunktet, men Marianne bestemte seg for at hun skulle bruke sitronen som livet hadde gitt henne og prøve å lage sitronsaft, som forhåpentligvis ikke ble for sur. Hun plukket fram mobilen og skrollet seg nedover meldingstrådene. Hun måtte langt tilbake før hun fant den opprinnelige «Never Gonna Quiz You Up»-tråden. Hun elsket lagnavnet deres. Hun hadde elsket Rick Astley som femtenåring, og hadde begeistret vært vitne til hvordan populariteten hans blomstret opp igjen på grunn av internett på slutten av oo-tallet, på den tiden da laget ble stiftet. Hun likte at det ikke ga noen mening grammatisk eller på noe annet vis. Det var bare et tullete ordspill, eller ikke et ordspill engang, det fungerte ikke på noe nivå. Ordet «quiz» lignet ikke på «give», det hadde riktignok samme antall stavelser, og de hadde en «i» i seg begge to, noe som kunne vært nok om setningen i seg selv ga mening, men det gjorde den ikke. Det skulle være en engangs greie, men navnet ble sittende, og nå hadde det så mange minner knyttet til seg at Marianne ikke lenger brydde seg om innvendingene hun hadde til det i starten.

Hun åpnet tråden. Det siste som hadde skjedd der, var quizplanlegginga som ble gjort etter at Caroline hadde forlatt tråden. Pokker. Det hadde hun glemt. Hun trengte et par forsøk før hun klarte å skrive en melding, men endte til slutt opp med: «Jeg savner å quizze med dere. Livet er kort. Kan vi møtes igjen, alle sammen? Jeg vil høre med Caroline også.» Hun hadde ikke så veldig dårlig samvittighet for den lille emosjonelle utpressingen som hun la inn i midten der. Målet helliger middelet og så videre. Det gikk litt tid. Den første som svarte, var Kristoffer: «Det høres ut som en fin idé. Kan jeg ta med meg John?» Hva? Nei! tenkte Marianne. Han hadde ikke skjønt noe. Dette skulle være de originale fem, som fant tilbake til hverandre. Han kunne ikke bare ta med seg en emosjonell støttekjæreste. Men Marianne skjønte at hun ikke kunne svare det, så hun sendte bare en tommel opp og håpet i sitt stille sinn at den uttrykte hvor misfornøyd hun var, selv om hun jo visste at det ikke var sånn emojien virket. Et «ok» i små bokstaver uten punktum bak hadde nok vært bedre, men nå var det for seint. Den neste som svarte, var Emil: «Det hadde vært hyggelig.» Ok, han var iallfall ombord. Hun så at Jade hadde lest alle meldingene, men det varte og rakk før hun svarte. Marianne ble redd hun ikke kom til å si noe, men seint på kvelden, da Marianne hadde lagt seg, tikket det inn en melding fra Jade. En enkel tommel opp. Marianne lo høyt. Hun hadde tatt feil. En tommel kunne definitivt uttrykke misnøye. Men ja, ja. Nå var de i gang. Dette kom til å bli bra. Et skritt i en retning. Hun sendte en egen melding til Caroline. Hun svarte med en gang: «Ja! Det hadde vært kjempehyggelig. Jeg savner dere, og jeg synes det er skikkelig synd at alt er blitt så dumt.» «Det er ikke blitt dumt. Du gjorde det dumt,» tenkte Marianne. Meldingen var etterfulgt av tre hjerter. Marianne sendte et hjerte tilbake og følte seg kjemperaus. Nå skulle hun være vennskapsfeen som samlet vennegjengen igjen.

«Men skal vi da rett og slett quizze sammen i morgen?» sendte Marianne til quiztråden, og håpet at Kristoffer tok et hint.

Neste morgen viste det seg at han hadde gjort akkurat det. «Å ja, vi skal faktisk på quiz. Da avinviterer jeg John igjen. Han blir glad for å slippe.» Marianne ga seg selv en mental high five, og satte en tommel opp på meldingen. Hun hadde selv høstet to tomler på sin egen melding, så da ble det planen. Igjen sendte hun en egen melding til Caroline. Og igjen svarte Caroline etter kort tid. Det gamle laget skulle samles igjen. Marianne gledet seg. Hun dro på jobb. Hun registrerte så vidt at fargedamen var mørkegrønn i dag.

Da hun var ferdig på jobb, dro hun rett til puben. Hun kjøpte seg en halvliter, satte seg ved bordet som laget hadde reservert og ventet til de andre kom. Caroline var den første, også hun svingte innom baren og fikk seg noe å drikke. De to damene hilste og ble så sittende i stillhet sammen til Kristoffer dukket opp med en øl i hånda.

«Så John var lettet over at han ikke trengte å stille i dag?» sa Marianne.

«Ja, og nei», sa Kristoffer. «Han ble faktisk skuffet i første omgang. Men så fikk han tenkt seg om, og landet på at det var helt greit at han slapp være med.»

Marianne registrerte at det nå var en ledig stol mellom henne og Kristoffer, og en ved siden av Caroline. Det ville si at enten Jade eller Emil ville måtte sitte ved siden av Caroline. Kom det til å gå bra? Emil var den neste som kom, og han satte seg, ikke uventet på stolen mellom henne og Kristoffer. Marianne kunne nå flytte seg bort et hakk, slik at Jade ikke ble sittende ved siden av Caroline, men da ville hun havne ved siden av Emil istedenfor, og Marianne var ikke sikker på at det var så mye bedre. Og hadde det i det hele tatt noe å si? Bordet var ikke så stort, og alle kom til å måtte snakke med alle uansett, så når alt kom til alt, var det nok like greit at hun ble sittende der hun satt. Da Jade kom, syntes Marianne at hun kunne se at hun var skeptisk til plasseringen som var blitt igjen, men innså at det kunne være innbilning.

Quizen startet. De hadde fått utdelt et bildeark med bilder av tolv artister. De skulle skrive ned navnet på alle artistene, og så ble det spilt tolv sanger av artister som hadde samme fornavn som etternavnet til en av artistene på arket. De kjente fort igjen George Michael, Boy George og Elton John.

«Han 50-tallskjekkasen her kan være Tony Bennett eller Perry Como», sa Caroline.

«Ja, eller Dean Martin, siden Martin er et faktisk fornavn som noen kan ha», svarte Jade.

«Si en artist som heter Martin til fornavn», sa Caroline.

«Ehm. Jeg kommer ikke på noen akkurat nå, men jeg kommer iallfall ikke på noen som heter Bennett eller Como», parerte hun.

«Hva med han vokalisten i Coldplay?» foreslo Emil.

Begge damene så på ham med forakt.

«Han heter Chris Martin», sa Caroline.

«Ja, foreslår du at dette er et bilde av Chris Martin, kanskje?» spurte Jade.

«Nei, nei», sa Emil avvæpnende. «Jeg hadde glemt hva han het, men jeg trodde det kunne være noe med Martin, så jeg tenkte jeg kunne foreslå det.»

«Ja, men det er sånn at vi skal ha fornavnet til de som synger, og det skal være det samme som etternavnet til de på arket», sa Jade.

Marianne trodde ikke litt på at Jade virkelig trodde at Emil ikke hadde fått med seg hvordan reglene var, og bare ville ydmyke ham.

Musikken hadde begynt, innledningsvis hørtes en enkel gitar, og etter hvert kom en lett nasal stemme som sang «You've got a friend».

«Dette er James Taylor», sa Marianne.

Kristoffer pekte på et svarthvitt-bilde av en mørk dame med lyst hår.

«Det der kan være Etta James», sa han.

«Det liker jeg», sa Jade. «Skriv det inn.»

Kristoffer førte inn Etta James Taylor på oppgave en.

Neste sang var en sang ingen på laget hadde hørt før, men de ble fort enige om at stemmen måtte være George Michael.

«Han har vi sett bilde av på arket», sa Caroline.

«Ja, men det er jo ikke han vi skal fram til her», sa Jade. «Jeg tenker det er Boy George vi skal pare ham med. Siden han har etternavnet George, og artisten vi hører, har George som fornavn, og det er oppgaven.»

«George er jo ikke etternavnet til Boy George», sa Caroline. «Hele greia er jo artistnavnet hans.»

«Ja, men artistnavnet hans består av to navn, og det siste navnet hans er likt med det første navnet til ham som synger. Hvordan skal vi ellers bruke Boy George? Skal vi vente til det kommer en artist som heter O'Dowd til fornavn?» sa Jade.

«O'Dowd?» spurte Kristoffer.

«Ja, Boy George heter egentlig George Alan O'Dowd, men jeg tror ikke egentlig quizmaster forventer at vi vet det», sa Jade, og henvendte seg så til Caroline. «Eller vil du at jeg skal gå fram og spørre, sånn at vi er helt sikre?»

«Nei, det tror jeg ikke er nødvendig», sa Marianne, samtidig med at hun innså at det ikke var et seriøst forslag fra Jade, bare en spydighet for å få Caroline til å forstå hvor teit det var å ikke bare anerkjenne at quizmaster her ville fram til komboen Boy George og George Michael.

Kristoffer sendte et sympatisk blikk over bordet til Marianne, og førte så inn Boy George Michael. Så kom en sang som ingen av dem kjente, og som de ikke klarte å plassere på de etternavnene de hadde tilgjengelig, og som de bestemte seg for å spare til slutt for å se hva de hadde til overs. Neste sang var en køntrilåt, og Marianne kunne med stor selvtillit deklarere at det var Keith Urban, ikke bare fordi det var lett å konkludere at bildet av en fyr i cowboyhatt var Toby Keith. Køntri-Keith-komboen ble ført inn uten videre drama.

På neste sang igjen kunne quizmaster informere om at det var en kvinnelig vokalist som de ikke skulle bry seg om, og at det var DJ-en de skulle fram til.

«Dette er stemmen til Ina Wroldsen!» sa Emil triumferende.

«Ja, men nå skulle vi fram til DJ-en og ikke artisten», sa Jade.

«Jeg tenkte at vi kunne bruke det at vi vet at det er Ina til noe», sa Emil spakt. Han så ut som om han angret på at han hadde sagt noe i det hele tatt.

«Jeg vet at hun har gjort noe med Alan Walker», sa Marianne, og prøvde å trå hjelpende til. «Har vi en Alan eller en Walker på bildene? Jeg har glemt hvordan det var», fulgte hun opp med.

«Vi trenger noen som heter Alan til etternavn», sa Jade, i et mye hyggeligere tonefall enn hun hadde brukt til å forklare når Caroline eller Emil ikke helt hadde fått med seg reglene. «Jeg vet ikke hvem det skulle være.» Hun plukket opp bildearket og studerte det nøye.

«Men nå er det jo Martin!» sa hun så med et smil. «Dette er han franske DJ-en som har et norsk damenavn. Han der Martin, vet dere. Martin Solbjørg?»

«Finnes det en fransk DJ som har en Ø i navnet sitt?» spurte Kristoffer.

«Han heter Solveig», sa Caroline. Jade skulte på henne, hun likte helt tydelig ikke å bli korrigert, men måtte si seg enig, og Kristoffer førte inn Dean Martin Solveig på arket.

«Jeg synes vi gjør det skikkelig bra», sa Marianne. Både fordi hun mente det, men mest for å prøve å gjøre noe med stemningen på laget. Det hjalp ikke.

Neste sang hadde de ingenting på, pianomusikk og en kvinnestemme som kunne være Mariah Carey, men ikke helt, så de lot det foreløpig stå tomt, og prøvde å komme på noen artister som het Mariah til etternavn.

Neste sang var sår og trist, men også litt tullete, om homofile sjørøvere. De fem så forvirret på hverandre.

«Hva ER dette for noe?» sa Kristoffer.

«Jeg aner ikke», sa Caroline. «Kanskje det er han der Jonathan Coulton, han pleier å ha mye humor i sangene sine, men stemmen er helt feil.»

«For det er ikke Weird Al Yankovic?» spurte Emil.

«Nei, han parodierer jo mest andre artister», sa Marianne.

«Han har noen egne sanger og», sa Caroline.

«Men hvem mener du heter Weird til etternavn her på arket?» spurte Jade.

«Nei, jeg vet ikke», sa Caroline. «Men jeg tror det skal gå an å finne ut hvem dette her er.»

«Jobb litt mer med det. Se på hvilke navn vi har», sa Emil.

Caroline bøyde seg over arket og noterte frenetisk.

Neste sang var køntri med kvinnlig vokal, som Marianne mente kunne være Faith Hill, og som de fikk til å stemme bra med at de hadde bilde av en rødhåret dame i en fargerik kjole, som kunne være Paloma Faith.

Deretter kom det en sang de var helt blanke på, men siden de så noe som kunne være et veldig dårlig bilde av Craig David på arket, gjettet de på at det kunne være David Bowie de hørte. Så var det en DJ igjen, som de ikke kjente, men som de tenkte kunne hete Joel til fornavn, siden de hadde klart å identifisere Billy Joel på et av bildene. Det var den siste sangen, og de prøvde å fylle inn tomrommene de hadde lenger opp på svararket.

«Har du noe på han sjørøverfyren?» spurte Kristoffer Caroline.

«Nei, jeg vet ikke», sa Caroline. «Skriv inn Jonathan Coulton, selv om jeg ikke tror det er han. Bare sett Billy Joel på artisten der og.»

«Det gir jo ikke mening», sa Jade.

«Jeg vet, men det er bedre enn å la det stå tomt, eller å gjette på et tilfeldig etternavn til Joel», svarte Caroline resignert.

Fasit kom, og de hadde mye riktig. De hadde gjetta riktig på Craig David Bowie, og George viste seg å være etternavnet til Boy George i dette tilfellet, sjørøverartisten het Cosmo Jarvis, noe Caroline motvillig måtte innrømme at hun var sjanseløs på, selv med den hjelpen de ville fått om de hadde kjent igjen bildet av Frankie Cosmos.

De fikk en anstendig poengsum og havnet på en sjetteplass etter første omgang, noe som i gamle dager ville fått dem til å juble. Utover kvelden ble Jade stadig fullere og mer og mer spydig mot både Caroline og Emil. Blikkene til Marianne og Kristoffer møttes over bordet flere ganger i felles sympati. Ikke engang at Never Gonna Give Up ble spilt i siste runde hjalp på den sure stemningen. De endte til slutt på fjortendeplass, mye fordi de hadde sauset bort mange poeng i dårlig prosess og krangling. På vei hjem fra quizen sendte Marianne en melding til deiten.

«Beklager at du ikke har hørt fra meg før nå. Skal vi dra på kino på fredag?»

Kapittel 23

Ça plane pour moi – Plastic Bertrand
(*AN 1*, 1978)

Marianne satt i kinomørket og prøvde å ikke sovne. Deiten hadde valgt en fransk film som hadde fått strålende anmeldelser og vunnet noen prestisjetunge priser, uten at Marianne helt kunne forstå hvorfor. Den var dørgende kjedelig. Lange scener uten framdrift i plottet. Kameraet panorerte sakte over landskap som joda, fint nok, det, men hvis Marianne ville se landskapsbilder, dro hun på et galleri, eller enda bedre, ut i naturen. Det var et slags trekantdrama som pågikk, men alle de involverte var usympatiske og tok dårlige valg, og Marianne klarte ikke å få tak i hvem det var meningen at hun skulle heie på. Hun brukte tiden på å gjøre Kegel-øvelser og gå gjennom Rolling Stones Top 500-albumliste, fra første plass og så langt ned som hun husket, og på å bestemme seg for hva hun skulle lage til middag dagen etter. Så tenkte hun litt på deiten, og hva hun ville med ham. Det kunne være fint å ha en person i livet sitt akkurat nå. Hun måtte avklare at hun ikke var interessert i noe seriøst, langsiktig. Ville hun måtte fortelle at hun ikke ville ha barn? Nei, han måtte jo skjønne at det toget var gått. Men det var kanskje greit å nevne det for sikkerhets skyld. Hun snudde hodet og så på ham. Han så fortapt ut i historien. «Hvorfor?» tenkte Marianne for seg selv. «Det skjer jo INGENTING.» Han merket at hun så på ham. Han snudde hodet og smilte, før han igjen rettet oppmerksomheten tilbake mot filmen. Marianne gjorde det samme. Alle tre hovedpersonene var på en kafé. De kranglet. Marianne skjønte ikke helt om hva. Ingenting i handlingen så langt ga henne grunn til å tro at de to mennene visste at dama lå med dem begge, men samtidig sa de ting som antydet at de var klar over det likevel. Men det var ikke det de kranglet om. Det var noe fra tidligere i filmen, noe som hadde med geiter og et knust vindu å gjøre. Men det hadde blitt avklart der og da, de trengte ikke å fortsette å mase om det, mente Marianne. Denne filmen gikk over fra å være kjedelig til å bli irriterende.

Da de gikk ut av kinosalen, formelig glødet deiten hennes.

«For en fantastisk film», sa han. «Jeg elsket alt ved den.»

«Gjorde du? Så bra», sa Marianne.

«For det første, så var den jo helt nydelig. Hvordan den hvilte på landskapsbildene.»

Marianne nikket enig. Det hadde vært mye hviling på landskapsbilder.

«Men hvordan den likevel klarte å være spennende gjennom hele. Dynamikken mellom karakterene, som hele tiden dro handlingen framover. Det var rett og slett godt håndverk.»

Her kjente Marianne at hun ikke var helt enig, men hun likte at han var så begeistret, så hun bare nikket og sa ingenting.

«Og de geitene!» fortsatte han. Marianne rynket brynene.

«Var geitene bra?» spurte hun.

«Ja!» han ropte nesten. «For en gjennomført symbolbruk.»

«Hm», sa hun, og prøvde hardt å skjønne hva geitene kunne være et symbol på, men kom ikke på noe, og kjente at hun ikke ville spørre.

«Du synes ikke den var litt pretensiøs?» spurte hun heller.

«Hva? Hm. Nei. Tvert imot. Det var en veldig jordnær historie», svarte han. «Hva? Likte du den ikke?»

«Ikke like godt som du gjorde, tydeligvis», sa hun, med sitt aller mest spøkefulle tonefall. Hun ville ikke ødelegge stemningen.

De spaserte sakte mot T-banestoppet. Det var vår i luften, men fortsatt ganske kaldt. Det var tidlig på kvelden, og pyntet ungdom var på vei ut på byen. Marianne trakk jakken tettere om seg. Ikke så mye fordi hun frøs selv, men i empati med jentene som hadde syntes det var en god idé å gå ut i miniskjørt og bare skuldre. En tynnkledd gjeng som ikke kunne være eldre enn seksten år gikk fnisende forbi dem.

«Herregud, det er jo barn som er ute på byen nå», sa deiten.

«Ja», stemte Marianne i. «Lurer på om foreldrene deres vet at de er ute, eller om de tror at de er på overnattingsbesøk hos hverandre.»

«Jeg tror det bare er sånn som de gjør på film», sa han.

«Du har ikke barn, du heller?» spurte Marianne. De hadde ikke snakket om det enda, men hun mintes at det var en av grunnene Elisabeth hadde nevnt til at de skulle passe så godt sammen.

«Nei», sa han. «Det har aldri vært noe for meg. Hvordan er det med deg? Har du noen gang hatt lyst på barn?»

Marianne merket at hun ikke ble så irritert som hun pleide å bli av det spørsmålet. Kanskje fordi han stilte det på en måte som ikke forventet et «ja» til svar. Hun klarte likevel ikke å dy seg fra å leke litt med ham.

«Det er et risikabelt spørsmål», sa hun.

«Hvordan da?» spurte han.

«Hva om alt jeg ønsket meg i verden var et barn, og jeg ikke kunne få det?» spurte hun.

«Da hadde jeg lært det om deg», sa han.

Hun likte det svaret. Så veldig rett på sak. Han hadde tatt en kalkulert risiko.

«Så ...?» sa han, da hun ikke sa mer.

«Nei, jeg har ikke det», sa hun.

«Bra», sa han, og løftet neven for en high five.

Hun klasket til den. Det føltes rart. Nesten litt forbudt. Å ha en liten feiring for å ikke ville ha barn. Hun gikk tett inntil ham. Av og til kom hendene deres borti hverandre. Hun lurte på om hun skulle ta hånda hans, men bestemte seg for å ikke gjøre det. Hun visste jo ikke hva han følte, og ville ikke være for pågående. Hun visste for så vidt ikke helt hva hun selv følte heller. Var hun interessert i å leie ham? Det ville sende et signal om at hun var interessert i mer, ville det ikke?

Alternativt kunne det sende et signal om at hun var en sånn person som likte å holde hender. Det var så lenge siden hun hadde vært borti den problemstillingen at hun hadde glemt hva ståstedet hennes var, men hun trodde at hun foretrakk å ha hendene fri, for seg selv.

«Jeg synes det er veldig fascinerende», sa han, «at så mange tror at alle egentlig vil ha barn.»

«Enig», sa hun. «Og hele den der innstillingen med *du kommer til å ombestemme deg når du får barn*. Ja, jo, det kan godt være, det. Men hva om jeg ikke gjør det?»

«Man hører aldri om dem som angrer på at de får barn.»

«Men det er jo fordi at det kan man ikke si høyt! Jeg går jo ut ifra at de fleste mentalt stabile mennesker er glad i ungen sin, selv om det viser seg at de ikke er så begeistret for konseptet *foreldreliv*, og skjønner at de ikke kan si at de hater avkommet, og ikke bare på grunn av hvordan det framstiller en som menneske, men også i tilfelle barnet får høre det. Man vil jo ikke såre barnet sitt, det skjønner til og med jeg», sa Marianne.

«Og det er jo ikke sånn at foreldre ikke sutrer over foreldrerollen», sa deiten. «De klager jo hele tiden, men det er tydeligvis en slags usynlig grense for hva det er greit å sutre over og ikke.»

«Jeg skjønner godt at de sutrer», sa Marianne. «Å ha barn virker kjempeslitsomt.»

«Jeg vet», sa deiten. «Det er derfor jeg ikke har noen.»

De så på hverandre og smilte.

«Er vi forferdelige mennesker?» spurte Marianne.

«Neida», sa deiten. «Vi må bare være forsiktige med hvem vi sier disse tingene til. Så lenge vi holder det mellom oss, så tror jeg det er greit.»

Uten å snakke om det, hadde de svingt forbi T-banestoppet på Nationaltheatret og fortsatt å gå videre mot Stortinget, gått forbi det også, og var nå på vei til Jernbanetorget. Da de var nesten nederst på Karl Johan, møtte de på Kristoffer og John.

«Hei!» hilste Kristoffer og så nysgjerrig bort på deiten.

«Hei», sa Marianne. Hun hadde ikke tenkt å introdusere deiten for vennene sine helt enda, så da gjorde hun ikke det.

«Hva er dere ute på, da?» spurte Kristoffer.

«Vi har vært på kino og sett den der franske filmen», sa Marianne.

«Den som har vunnet alt av priser i det siste?» spurte John. «Hva synes dere?»

«Jeg elsket den!» sa deiten.

«Jeg har lyst til å se den», sa John til Kristoffer.

«Jeg tror du kommer til å like den», sa Marianne, og mente det. Det var akkurat sånt som John likte.

Det var mer folk i gågata så nært Jernbanetorget. Noe fanget oppmerksomheten i øyekroken til Marianne. Mer lilla på et menneske enn hva som var naturlig. Fargedamen? Hun snudde seg. Men det var bare en dame i en stor, lilla kåpe.

«Åh», sa hun skuffet.

«Hva?» sa Kristoffer.

«Jeg trodde det var fargedamen, men det var ikke det», sa Marianne.

«Hvem?» sa Kristoffer.

«Fargedamen», sa Marianne. «Har jeg ikke fortalt om henne? Jeg var sikker på at jeg hadde fortalt om henne. Vi hadde et påskemysterium på jobben ...» Hun stoppet opp og så på Kristoffer og John, for å gi dem en sjanse til å stanse henne hvis de hadde hørt det før, men det hadde de tydeligvis ikke. De så begge på henne med store øyne. Det samme gjorde deiten.

«Jo, nå skal dere høre», startet hun. «Noen dager før påske oppdaget vi at det hver dag går en dame forbi salongen, rett før den åpner. Samme dama. I og for seg ikke så mystisk. MEN ...» Marianne tok en dramatisk pause, samtidig som hun lurte på om historien virkelig var så spennende at den fortjente en sånn pause, derfor durte hun videre. «Hun er alltid kledd i ensfargede klær. Og det er litt mer enn bare stilig matching av fargetoner. Det er ensfarget for å være ensfarget: Rødt! Gult! Blått!» Hun akkompagnerte hver farge med veiving av fingrene foran ansiktet, som om hun var med i en musikal av den gamle sorten. «Da hun var blå, hadde hun til og med blått hår», avsluttet hun.

«Men jeg vet jo hvem det er!» sa John.

«Gjør du?» Marianne klarte ikke å styre begeistringen. «Hvem er hun? Eksentriker? Gærning? Ansatt i malebutikk?»

«Haha, nei», sa John. «Hun har et kunstprosjekt på Nasjonalmuseet. Det har stått masse om det i avisene.»

«Ok. Det har ikke jeg fått med meg», innrømmet Marianne stille.

«Tingen er at hun har et lite rom som er satt opp midlertidig i andre etasje på museet», fortsatte John. «Det er sparsomt møblert. En stol, et bord, en lampe og en bokhylle med noen bøker, og noen bruksgjenstander, som en saks og et vaffeljern. Hver morgen møter hun opp, kledd i en ny farge, med nok maling til å male hele rommet i den fargen hun er kledd i. Så, på slutten av dagen, matcher hun rommet helt.»

«Kult», sa deiten.

«Ja. Etter hvert som det blir mer og mer maling på tingene blir de vanskeligere å bruke, og det er en kommentar om hvordan konstant endring ikke nødvendigvis er en bra ting, og at man på et tidspunkt må akseptere at verden ikke kan være sånn som man vil den skal være», fortsatte John.

Deiten nikket. «Det har jeg lyst til å se», sa han og snudde seg mot Marianne. «Er du ledig i morgen?»

Marianne lo. «Beklager, men dette må jeg faktisk gå og se med damene på jobb. Vi har fulgt med på fargedamen i flere uker, og har lurt på hva som var greia hennes, så det ville føles som et svik å gå og se det rommet med noen andre.»

Han skulle ha for det, deiten, at det virket som han forsto alvoret i den mildt sagt useriøse situasjonen, for han nikket med et oppriktig uttrykk i ansiktet.

«Men vi må videre», sa Kristoffer. «Vi snakkes!»

«Det gjør vi», sa Marianne, og de gikk i hver sin retning.

«Men har du lyst til å finne på noe annet i morgen?» spurte deiten.

«I morgen?» spurte Marianne. I morgen var veldig tett på i dag.

«Ja», sa han. «Gå på rømmerom, eller en byvandring med gåter og oppgaver, vet du.»

Marianne kjente til konseptet. Og likte det. Men nå hadde de jo akkurat tilbrakt en hel kveld sammen.

«Jeg er opptatt i morgen», løy hun. «Med familien», la hun til, for å slippe noen oppfølgingsspørsmål. «Men vi kan gjerne gjøre noe sånt neste uke. Jeg er ledig på torsdag.»

«Da spiller jeg padel», sa han. «Men vi finner en dag … der er trikken min.» Han klemte henne raskt og løp mot holdeplassen.

Marianne satte på seg hodetelefonene og hørte på Plastic Bertrands Ça Plane Pour Moi på vei til T-banen. Da hun kom hjem, la hun seg på sofaen og så på tv til hun sovnet.

DEL 3

SOMMER

Kapittel 24

People – Barbra Streisand
(*Funny Girl*, 1964)

Marianne ville ikke ha en stor femtiårsdag. Hun ville ha et lite middagsselskap med sine nærmeste. Hele quizlaget var invitert, inkludert John, det samme var damene fra jobb, søsteren med mannen sin og Martin. På et eller annet tidspunkt hadde hun sluttet å tenke på ham som «deiten» og begynt å bruke navnet hans også mentalt. Simona fra jobben meldte ifra om at hun hadde andre planer, og takket nei. Marianne mistenkte at *andre planer* var kode for «ikke å tilbringe en lørdagskveld med en gjeng femti-åringer», noe hun godt kunne forstå. Caroline hadde også sagt at hun ikke kunne komme. Men alle de andre takket ja, så Marianne hadde funnet fram to ileggsplater til spisebordet og dekket på til ti personer. På kjøkkenet putret en stor gryte coq au vin på kom-fyren, og i ovnen sto hasselbackpoteter og ble gylne. Hun hadde laget Dronning Maud-fromasj til dessert – et konsept Kristoffer introduserte henne for – og den sto i kjøleskapet, tildekket av plastfolie.

Det ringte på døra. Utenfor sto både Jade og Martin. Marianne kjente et glimt av sjalusi, en merkelig liten flashback til en tid der hun hadde levd med at Jade alltid var sammen med mannen hun selv skulle ha vært med. Det hjalp ikke at Jade så ut som om hun var klippet ut av et moteblad, i en hvit, lårkort kjole med lange ermer og firkantet utringning.

«Gratulerer med dagen!» sa Jade og holdt fram en kremfarget konvolutt med Marianne sitt navn på samt en flaske champagne.

«Gratulerer!» sa Martin og ga henne et kyss. «Vi møttes rett utenfor her og tok følge opp innkjørselen», la han til. Det var som om han skjønte hva hun tenkte. Han hadde også med en konvolutt som han ga til Marianne.

«Takk», sa Marianne og tok imot konvoluttene og flaska fra Jade også. «Kom inn! Hva er dette?» Hun la fra seg konvolutten fra Martin på kommoden i gangen og satte champagneflaska ved siden av. Hun snudde på konvolutten fra Jade for å se om det var noen hint på utsiden. Den så dyr ut til konvolutt å være, men ellers var det lite informasjon å få ut av den.

«Du vet hvordan jeg hele tiden har insistert på at vi må sette av minst en uke på å komme oss til Bergen, mens du har ment at vi kan klare det på fem dager?» sa Jade mens hun tok av seg sko og jakke.

«Ja?» sa Marianne. Det var den ene tingen de virkelig hadde vært uenige om i reiseplanleggingen.

«Ja, det er vel mindre enn en uke til dere reiser nå?» spurte Martin. Også han tok av seg skoene, men beholdt den lysegrå dressjakka.

«Det stemmer! Alle nitten fylkene på to uker, som om det var 2017», sa Marianne.

«Jeg har aldri skjønt helt hvorfor dere ikke forholder dere til den fylkesinndelingen sånn som den er nå», sa Martin. Han ledet an inn i stua. Marianne plukket med seg Martins konvolutt og champagneflaska igjen og fulgte etter, med Jade rett bak seg. Hun svingte innom kjøkkenet og satte champagneflaska i kjøleskapet, og tok med seg to glass av noe billigere, men avkjølt, musserende til de første gjestene.

Hun kom inn i stua idet Jade var i ferd med å avslutte et resonnement:

«… og dessuten vet vi jo ikke hvor lenge disse sammenslåingene holder. Flere er jo vedtatt oppløst allerede, og vi har ikke tenkt å ta noen sjanser med Trøndelag eller Agder og ende opp som noen idioter som bare har vært innom en av dem, når de igjen er delt på langs eller tvers.»

Martin nikket alvorlig.

«Det jeg lurer på», sa Marianne, «er hva det har med denne konvolutten å gjøre.» Hun holdt igjen opp den kremfargede konvolutten.

«Skal du ikke vente med å åpne gavene til alle gjestene er kommet?» spurte Martin.

«Jo, jeg må vel det», sa Marianne. Hun gjorde toneleiet ekstra skuffet og oppgitt.

«Det går bra», sa Jade, og var med på spøken. «Vær sterk. Du kan vente.»

«Ja, vi er her for deg, alle sammen», stemte Martin i.

Marianne la fra seg begge konvoluttene på skjenken, og det ringte på døra igjen. Denne gangen var det søsteren og Arne som sto der med en diger eske.

«Gratulerer med dagen! Den er fra hele familien», sa Nina. «Det vil si pappa og ungene også.»

«Tusen takk», sa Marianne og tok imot. «Kom inn.»

Hun hadde akkurat rukket å lose dem inn i stua og vært vitne til at Nina hilste overbegeistret på Martin, før det ringte på igjen.

«Fikser du et glass musserende til Nina og Arne?» ropte hun til Jade mens hun gikk mot døra.

Denne gangen var det Elisabeth og Malee. De rakte fram hver sin gavepose som helt tydelig inneholdt vin. De sto fortsatt i gangen da det ringte på enda en gang, og Emil, John og Kristoffer ramlet inn i samlet flokk. Det ble kaotisk og folksomt i gangen, med sko og sommerjakker og bursdagsklemmer og armer og bein om hverandre, men de klarte å få logistikken til å gå opp, og snart sto alle sammen i stua med hvert sitt glass bobler i hånda.

«Skål», sa Marianne og hevet glasset. Ni hender gjorde det samme, og ni stemmer ekkoet hennes «skål», og så drakk de. «Jeg trenger noen minutter på kjøkkenet, men så blir det mat.»

«Jeg kan hjelpe deg», sa Nina og fulgte etter henne.

Marianne sjekket potetene, de var klare, hun tok dem ut av ovnen og begynte å flytte dem over på et serveringsfat, en etter en, med en stekespade.

«Så …», sa Nina. Hun hadde så mye begeistring i stemmen at Marianne ikke var i tvil om hva hun skulle si. Og ganske riktig: «Han Martin er jo kjempehyggelig.»

«Du har snakket med ham i tre minutter», sa Marianne kort, men så tok hun seg i det. «Men joda, jeg synes jo det jeg og», sa hun.

«Er dere kjærester nå, eller?» spurte søsteren.

«Han har ikke spurt meg om fast følge, om det er det du mener», sa Marianne. «Mest fordi vi ikke går på ungdomsskolen.»

Nina så på henne med det strenge storesøsterblikket sitt. Marianne fikk litt dårlig samvittighet, men hun likte ikke å snakke om sitt manglende behov for å være i et forhold med familien, så det var lettere å spøke det vekk.

«Nei, jeg vet ikke. Vi har ikke hatt samtalen enda, men vi er mye sammen, og jeg tror jeg ville følt meg utro om jeg lå med noen andre nå, så jeg antar at vi er … noe.» Nina slapp ut et lite hvin. Marianne flyttet mekanisk poteter fra bakebrettet over på serveringsfatet.

«Hvorfor er det så viktig for deg at jeg har kjæreste?» spurte hun.

«Jeg vil bare at du skal være lykkelig», sa Nina.

«Og det kan jeg ikke være når jeg er alene?» spurte Marianne.

«Mennesker trenger mennesker», svarte Nina.

«Står du der og siterer Barbara Streisand for meg?» sa Marianne og lo.

«Det er ikke det Barbara synger», sa en mannsstemme. Marianne snudde seg. John sto i kjøkkendøra med et tomt champagneglass. «Finnes det mer å drikke?»

Marianne flyttet den siste poteten over på serveringsfatet, ga det til Nina, som til nå ikke hadde hjulpet til i det hele tatt, og sa til henne: «Ta dette med ut på bordet.» Så åpnet hun kjøleskapet og tok ut to uåpnede flasker med musserende, som hun ga til John.

«Ta med deg disse, og se hvor mye du klarer å bli kvitt», sa hun.

Så tok hun en øse og begynte å flytte innholdet av 20-litersgryta over i en antikk suppeterrin som hun hadde kjøpt brukt på nettet for anledningen. Hun tok med seg terrinen ut og satte den på spisebordet. John kom bort og rakte henne en tom og en halvfull flaske som hun bar tilbake ut på kjøkkenet, før hun ba alle sette seg til bords.

«Vær så god, forsyn dere!» sa hun. «Det er coq au vin og hasselbackpoteter. Det er alt av potetene, men det er mer coq på kjøkkenet.» Hun hørte Emil si «Sa brura», lavt til Kristoffer, som lo og ristet på hodet, resten av gjengen wow-et og oi-et over hvor godt det så ut og luktet. Folk forsynte seg med potet, og terrinen ble sendt rundt bordet. Det var akkurat nok mat til at alle fikk forsynt seg med en porsjon, men Marianne tok likevel med seg terrinen ut på kjøkkenet og fylte den opp, før hun satte seg til å spise sammen med de andre.

Alle var fulle av lovord om hvor nydelig maten smakte, og samtalen dreide seg om dette i flere minutter, før Kristoffer sa: «Fortell oss om denne rundreisen dere skal på.»

Marianne og Jade så på hverandre, og Jade gestikulerte at Marianne kunne svare.

«Kort fortalt, vi har leid en bil og kjører en liten runde gjennom de fleste fylkene på Østlandet, før vi ender opp i Kristiansand, hvor vi leverer fra oss bilen og tar toget til Stavanger, båt til Bergen, så

Hurtigruten, som stopper innom alle fylkene med kyst mot vest helt til Kirkenes. Derfra tar vi fly ned til Trondheim, hvor vi leier en ny bil og kjører nedover innlandsfylkene.»

«Og besøker oss i Valdres!» avbrøt Emil.

«Ja, og kjører innom Emil på familiehytta i Valdres», bekreftet Jade.

«... Før vi kjører tilbake til Oslo via Buskerud», avsluttet Marianne.

«Får dere ikke tatt Buskerud på vei ut fra Oslo?» spurte Malee.

«Nei, vi skal ta Bastøfergen fra Moss til Horten, så da hopper vi over Buskerud i starten», sa Jade.

«Dette er den beste måten å gjøre det på», sa Marianne. «Tro meg, vi har lagt mange timer med planlegging i dette.»

«Ja», sa Jade. «Opprinnelig ville vi også ta mer tog, men det var så kronglete å få det til med riktige tider.»

«Og det er mye buss-for-tog på sommeren», stemte Elisabeth i.

«Det tenkte vi ikke på engang», sa Marianne. «Vi bare sleit med å få ruta til å gå opp, så til slutt sa vi bare *samme faen, vi leier bil.* Vi har fått til strekningen Kristiansand–Stavanger med tog, i det minste. Vi sparer miljøet der.»

«Til å spare miljøet», sa John og hevet glasset til en skål.

«Og til Marianne som har bursdag», sa Martin. De andre stemte i, og så drakk de igjen.

Etter middag var det gaveåpning. Marianne startet med vin-flaskene fra damene på jobb. Det var god vin, som Marianne visste at hun likte, og hun klemte og takket fornøyd. Gaven fra familien var en airfryer, som hun hadde ønsket seg en stund, men ikke kjøpt selv, for hun tenkte at det var et greit gaveønske. Emil, Kristoffer og John hadde kjøpt en fancy designerchampagnekjøler, noe hun ikke eksplisitt ønsket seg, men som definitivt var noe hjemmet hennes manglet. Hun pakket den ut med en gang og fylte den med alt hun kunne finne av isbiter og la tre flasker musserende i den. Så åpnet hun konvolutten fra Martin, tok ut kortet og leste inni seg:

«Kjære Marianne», sto det. «Gratulerer med dagen. Jeg inviterer deg til en langhelg i København, alle utgifter inkludert. Vi finner ut av detaljene sammen. Mange klemmer fra Martin.» Marianne så opp på Martin, han sto der og gliste forventningsfullt. Deretter så hun ned på kortet igjen. En hel langhelg bare de to? De hadde til nå ikke engang tilbrakt to påfølgende netter sammen. Marianne sørget alltid for at hun enten måtte på jobb eller hadde andre planer på formiddagen når de sov over hos hverandre. Og nå skulle de plutselig tilbringe tre, kanskje fire netter sammen. Og alle dagene imellom. Elisabeth spurte: «Hva står det på kortet?» Marianne skjønte at hun måtte si noe.

«Tusen takk», sa hun vendt mot Martin. Ikke særlig originalt, men det fikk holde.

«Det er en tur til København.» Martin tok det på seg å svare på Elisabeths spørsmål. Marianne så at han holdt på å sprekke av stolthet. Han var tydelig veldig fornøyd med sin egen gave.

«Gleder du deg?» spurte han Marianne.

Marianne kunne ikke annet enn å si ja.

«Jeg tenkte vi kunne dra på Tivoli, og være ordentlige turister, og spise på fine restauranter og gå ut og drikke drinker på kvelden.»

«Det er altfor mye», sa Marianne lavt, og det mente hun.

«Det er virkelig ikke det, du fortjener enda mer», sa han og kysset henne.

Hun var ikke overbevist, men skjønte at hun ikke kunne protestere. Hun var usikker på om forholdet deres tålte en hel langhelg sammen. Martin var en fin fyr, hun likte å tilbringe tid med ham, han var god i senga, og av og til kunne hun kjenne at det kilte i magen når hun så ham, eller når han tok på henne, så hun var ikke helt uforelsket. Men de så hverandre i snitt litt over en gang i uka, og det var sånn hun ville holde det. En tur som dette var første skritt mot «jeg vil våkne med deg hver morgen». Hun ble nødt til å ta en prat med ham. I beste fall overtolket hun situasjonen, i verste fall måtte hun gjøre det slutt. Hun kjente at den tanken skremte henne mindre enn tanken på å være sammen med ham resten av livet.

Nå hadde hun én gave igjen. Konvolutten fra Jade. Hun plukket den opp og holdt den opp mot lyset. Hun prøvde ikke egentlig å se hva som sto i brevet, det var mest for å skape en komisk effekt.

Jade lo og sa «Du kan jo bare åpne konvolutten», så sånn sett virket det.

Hun rev forsiktig av kortsiden av konvolutten og tok ut et papirark, i samme kremhvite, eksklusive utførelse. Hun brettet det ut. Det var et gavekort for et spaopphold med overnatting i Larvik. Marianne gliste stort.

«Det var derfor du insisterte på at vi kom til å trenge minst en uke på å komme oss til Bergen!» Hun kastet seg rundt halsen på Jade.

«Det stemmer», svarte hun. «Jeg var så nære ved å bare si det så mange ganger, men jeg ville at det skulle være en overraskelse.» Hun gjengjeldte klemmen. «Aller helst ville jeg jo ikke si noe i det hele tatt, bare overraske deg når vi kom til Larvik, men det skjønte jeg jo ville bli umulig.»

Marianne lo unnskyldende, og angret på at hun hadde vært så påståelig på at de lett kunne komme seg til Bergen på fem dager. Hun burde skjønt at noe var i gjære.

«Dere kommer til å få det så fint på den turen», sa Martin. «Det er nesten så jeg får lyst til å være med.»

«Det får du ikke!» sa Marianne. Hun kjente at stemmeleiet var for aggressivt.

Det ble en riktig fin kveld. Den nye champagnekjøleren fikk kjørt seg. Alle gjestene ble til siste slutt, og dro i samlet flokk. Det var igjen kaos i vindfanget, folk prøvde å finne sine egne sko, og med minst en flaske musserende innabords, tettpakket på knappe fem kvadratmeter, var det ikke så lett. Marianne sto ved døra lenger inne i gangen og så gjestene sine av gårde. På et tidspunkt la hun merke til at Martin hadde stilt seg opp ved siden av henne uten å gjøre noe som helst forsøk på å finne skoene sine. Marianne innså at han ikke hadde tenkt å gå. Hun hadde sett fram til å ha en halvtime alene, å få ryddet litt før hun la seg, og roe ned på egen hånd. Da Nina og Arne gikk ut av døra – de hadde slått til med hotell i hovedstaden for natten – gikk hun rett fra å si ha det til dem, til å snu seg mot Martin og gi ham en klem og si: «Ha det bra. Takk for i kveld. Og tusen takk for den flotte gaven.» Hun kunne se hvor skuffet han ble. Han hadde definitivt tenkt å overnatte. De måtte virkelig ta en prat snart.

Kapittel 25

Me and Bobby McGee – Janis Joplin
(*Pearl*, 1971)

Marianne så på Martin som satt og spiste med god appetitt ved den andre siden av spisebordet hennes.

«Det går ikke så bra, dette her?» sa hun.

«Huh? Hva mener du?» Han så opp fra tallerkenen.

«Oss to. Jeg tror vi må gjøre det slutt», sa Marianne.

Martin sluttet å tygge og la fra seg bestikket. Når Marianne hadde hatt denne samtalen inne i hodet sitt kvelden i forveien, og flere ganger i løpet av dagen, sa Martin seg helt enkelt enig i at de ville for forskjellige ting, og at det nok var best at de skilte lag. Det virket ikke som om det var det som var i ferd med å skje nå.

«Gjør du det slutt?» spurte han overrasket. Hun kunne formelig se tannhjulene i hjernen hans jobbe, som hos en tegneseriefigur.

«Ja. Eller. Jeg tenkte vi kunne gjøre det slutt. Sammen.» Hun prøvde å styre samtalen dit den hadde vært da hun gjennomgikk den i fantasien.

«Jeg skjønner jo at jeg ikke kan fortsette med dette forholdet om du ikke ønsker å være i det. Men det er du som gjør det slutt her», sa han. «Jeg trodde vi hadde det fint sammen, jeg.»

«Det har vært veldig fint», sa hun. «Men føler ikke du også at vi hele tiden drar forholdet i forskjellig retning?»

«… Nei?» Det var som om hele hans vesen var dekket av et slør av forvirring. Først nå skjønte Marianne at han ikke hadde den fjerneste anelse om hva hun snakket om.

«Ok», sa hun. «Du har ikke kjent på at du hele tiden vil møtes oftere, gjøre mer ting sammen, enn hva jeg vil?»

«Jo», sa han. «Men jeg har bare tenkt at det var dynamikken vår. Jeg er den som driver på, og du er den som må dras med.»

«Det er nettopp det. Jeg vil ikke dras med. Jeg liker veldig godt å være med deg. Du er en fin fyr, men ideelt sett hadde vi møttes en gang annenhver uke. Og da ikke hele dagen engang. Jeg er lei av at jeg hele tiden må takke nei til å møtes, og så ende opp med å likevel sette av mer tid til deg enn jeg egentlig ønsker.»

Marianne fikk vondt i hjertet av hvor tydelig følelsene til Martin sto skrevet i ansiktet hans. Det hadde kommet ut mer brutalt enn hun mente. Men dette var vanskelig å formulere på noen annen måte. Han så slagen ut.

«Jeg visste ikke at du har det på den måten», sa han. «Vi kan jo prøve det? At vi bare møtes annenhver uke?»

«Nei», sa Marianne. «Det kommer ikke til å funke. Du kommer til å ville mer. Og jeg kommer til å ha konstant dårlig samvittighet for at jeg ikke kan gi deg det.»

«Jeg må da selv få lov til å bestemme hva jeg vil», sa han.

«Det får du lov til», sa Marianne. «Og det samme gjelder meg.»

«Men nå tar du valg basert på hva du tror jeg vil», sa han.

«Hva jeg vet du vil», korrigerte hun. «Og det jeg vet jeg vil. Det at du ikke engang har registrert at vi har vært i en konstant kamp om hvor mye tid vi skal tilbringe sammen, bekrefter jo at vi har et problem.»

«Ja, men det har jo ikke vært noen kamp, sier jeg.» Han så litt mindre såret ut, og var i ferd med å bli irritert. Marianne var lettet. Sint var lettere å håndtere enn trist.

«Har det ikke?» spurte hun. «Har du ikke blitt lite grann irritert hver gang jeg har avslått en invitasjon? Eller hver gang du hadde tenkt å overnatte, og jeg bare tok deg med ut på gangen og sa ha det, slik at du endte opp med å dra, selv om du egentlig ville bli?»

«Det var med vilje!?» Pokker. Nå var han såret igjen.

«Martin», sa hun. «Du er en ordentlig fin fyr.» Æsj. Det hadde hun allerede sagt. Hun begynte å gjenta seg selv. «Men jeg trenger mer plass i mitt eget liv enn hva jeg får når jeg er sammen med deg.» Hun trodde hun sa det riktig. Hun irriterte seg over at «Det er ikke deg, det er meg» hadde blitt en så stor klisjé at det ikke lenger gikk an å si det uten en viss ironisk distanse, for det var akkurat sånn hun følte det nå.

«Men du skal jo på tur med Jade i to uker nå. Du kommer til å være med henne hver dag», sa han.

«Ja, men det er annerledes», svarte Marianne.

«Hvordan da?» spurte han.

«Det bare er det», sa hun. «Og jeg kan love deg at vi ikke kommer til å være sammen hele tiden. Jeg kommer til å trenge alenetid, og hun kommer til å respektere det.» Det siste var unødvendig ondskapsfullt sagt, Marianne innså det, men hun begynte å bli lei av denne samtalen og ville at den skulle bli ferdig.

Han plukket opp gaffelen og pirket i maten. Han spiddet en ostebit og førte den til munnen, men så ombestemte han seg og la fra seg gaffelen på tallerkenen.

«Greit», sa han hardt. «Da er det vel ikke mer å hente for meg her.» Han reiste seg.

Marianne tenkte et øyeblikk på om hun skulle dra vi-kan-fortsatt-være-venner-regla, men vurderte det dit hen at det ikke kom til å bli spesielt godt mottatt, så hun lot være. Hun fulgte etter ham ut i vindfanget og prøvde å gi ham en klem, men han smatt unna klemmen lik en amerikansk fotballspiller som unngår en takling. De ble stående og se på hverandre et øyeblikk før han bare sa «Ha det bra», åpnet døra og gikk.

Marianne gikk inn i stua igjen. Hun spiste resten av maten sin og ryddet mens hun gråt litt. Hun fant fram Janis Joplins Pearl på LP-plate. Det var ikke så ofte hun brukte platespilleren lenger. Som regel spilte hun bare musikk fra mobilen, men dette føltes som et øyeblikk for platemusikk. Hun la plata i spilleren og senket armen med stiften på plass. Sår musikk fylte stua: *Freedom's just another word for nothin' left to lose.* Hun lurte på om hun hadde gjort en tabbe, men så tenkte hun på at hun og Jade skulle på tur dagen etter, og hvor deilig befriende det var å slippe å stresse med hvordan hun hele tiden måtte tenke på å sende meldinger til Martin, og kanskje måtte ordne sånn at de kunne møtes underveis et sted, som han hintet om flere ganger. Hun kjente en ro senke seg i kroppen og visste at hun hadde tatt det rette valget.

Tidlig neste morgen møtte hun Jade på Jernbanetorget, og de toget sammen til Lillestrøm. I Lillestrøm tok de koffertene med på kafé og spiste frokost.

«Dette føles som en tullete start», sa Jade.

«Jeg vet», sa Marianne. «Det føles ikke som første skritt på en episk reise. Mer som …»

«… Vi har dratt til Lillestrøm for å spise frokost», avsluttet Jade. «Hvem gjør sånt?»

«Vi gjør sånt!» sa Marianne. Hun dro fram A5-notatboka som hun hadde kjøpt inn for anledningen. «Vi skulle sikkert hatt en blogg eller en podcast eller noe, men det vi har, er en notatbok.»

Notatboka hadde en lyseblå bakgrunn, mest sannsynlig himmel, og det var bilder av Eiffeltårnet, Frihetsgudinnen og Burj al Khalifa på den. En ordentlig reisedagbok.

Marianne slo opp på første side. Der hadde hun skrevet «Jade og Mariannes Episke Reise» med gullpenn. Så bladde hun til side to, hvor det var en tabell med alle fylkene.

Hun krysset av i rubrikken for Akershus. Så tok hun et bilde av seg selv og Jade, og dro fram en liten hvit boks fra håndveska.

«Hva er det?» spurte Jade.

«Det er en miniprinter for bilder», svarte Marianne. Hun skrudde den på, ordnet med appen, og ikke lenge etter kom det ut noe som så ut som et lite polaroidbilde fra den hvite boksen. Marianne lot det ligge på bordet mellom henne og Jade mens hun bladde om til neste side i notatboka, som var den første tomme siden. Hun fant fram gullpennen og skrev «Akershus» øverst på siden. Så skrev hun «Frokost i Lillestrøm», før hun tok en limstift og limte inn det som nå var blitt til et bilde av henne og Jade, smilende med hver sin kopp kaffe.

«Sånn», sa Marianne. «Nå er vi ferdige med Akershus. Kom, så henter vi bilen!»

De måtte spasere en halvtimes tid til leiebilfirmaet, noe som var helt greit, siden de jo stort sett skulle sitte i bil resten av dagen, og som Marianne sa: «Så får vi sett mer av Akershus også.» Det viste seg at Akershus i stor grad besto av lave bygg i betong, og noen trehus.

«Storslagen natur, det får vi ta seinere på reisen», sa Jade. «Her gjelder Mennesket. Byen. Realismen.» Hun sa det med kommentatorstemme. Marianne lo. De kom fram til bilutleiefirmaet og hentet bilen de hadde bestilt. De la koffertene i bagasjerommet, og Jade tok den første økta bak rattet.

«Framover! Mot Moss!» ropte Marianne og hevet armen i været.

Marianne fortalte at hun hadde gjort det slutt med Martin, og de brukte bilturen til å analysere forholdet, bruddet og Marianne og Martin som personer. De ankom Moss litt over en time seinere og stoppet innom sentrum og kikket i et par butikker, før de kjørte videre til ferjekaia. Mens de sto i kø, hentet Marianne fram notatboka si igjen, krysset av Østfold på lista, laget en ny side med «Østfold» som overskrift, limte inn en selfie av dem i bilen og et ganske fint bilde hun hadde tatt av torget og sa: «To nede, søtten til å gå, som John ville ha sagt.»

«Strengt tatt tre nede», sa Jade. «Vi har jo vært i Oslo og.»

«Jeg tenkte egentlig at vi begynte i Lillestrøm, og at vi avslutter turen i Oslo. Jeg synes det er bedre symbolikk. Vi er ferdige når vi kommer hjem.»

«Ja, du har helt rett», sa Jade. I samme øyeblikk begynte ferjekøen å bevege på seg.

Da de kjørte av ferja igjen en halv time seinere, satt Marianne bak rattet. De skulle ikke så langt første dagen, men hadde likevel bestemt seg for å dele på kjøringa.

«Se», sa Jade. «Det står en haiker i veikanten.»

«Finnes de fortsatt?» sa Marianne.

«Skal vi ta ham med?» sa Jade.

Marianne hadde et sekund å bestemme seg på, og sakket farten.

«Ja», sa hun. «Vi får bare håpe at han ikke er en øksemorder.»

«Jeg kan ikke se at han har med seg en øks», sa Jade. «Så det går nok bra.»

Marianne stoppet bilen ved siden av haikeren. Jade satte i gang mekanismen som lot vindusruta gli sakte nedover.

«Hei», sa hun.

«Hei», sa haikeren.

«Hvor skal du?» spurte hun.

«Kristiansand», sa han.

«Vi skal til Larvik», sa hun. «Vil du sitte på dit?»

«Ja», sa han.

«Den er grei. Sett deg inn bak», sa hun.

«Takk», sa han.

Han åpnet døra til baksetet, og kastet inn sekken foran seg. Han hadde på seg en rødrutete skjorte av typen som tømmerhoggere bruker på film. Håret hans var lyst og bustete, ansiktet var dekket av lett skjeggvekst og han luktet svakt av urin. Han så hyggelig nok ut da han sto i veikanten, men da han satte seg inn i bilen, fikk Marianne en skikkelig uggen følelse.

«Jeg heter Robert», sa han.

Marianne og Jade så på hverandre. Det var helt tydelig at Jade satt der med samme følelse.

«Jeg heter Kayla», sa hun. «Og dette er Helga.»

«Helga?» sa Robert. «Er du tysk?»

Marianne nølte et øyeblikk før hun sa ja. Hun prøvde å åpne a-en mest mulig, slik at den ble maksimalt tysk.

«Å ja. Hvor i Tyskland kommer du fra?» spurte han.

Pokker. Tenk om han var kjent i Tyskland! Marianne vridde hjernen sin for å komme på en tysk by, men det var helt blankt.

«Wurfeldorfen», sa hun til slutt.

«Det har jeg ikke hørt om», sa haikeren. Det var ikke så rart, siden Marianne akkurat hadde diktet det opp. Berlin! Den kunne hun sagt. Det er en by i Tyskland. Og den er stor, så hvis han kjente den, kunne hun sagt at hun var fra en annen ende i byen. Men nå var det for seint. Nå var hun Helga fra Wurfeldorfen.

«Det er en kleine bü helt süd i Tüskland.» Hun var redd hun gjorde y-ene sine for u-ete, men han så ut til å kjøpe det. Jade satt og så fascinert på henne, og Marianne mimet «hjelp».

«Så», sa Jade. «Hvordan har det seg at du er på tur alene, Robert?»

«Vi var egentlig en hel gjeng», sa Robert. «Men vi røk uklar, og de dro fra meg med bilen.»

«Så dumt», sa Jade. «Håper du finner dem igjen.»

«Ja», sa han.

Resten av bilturen foregikk i stillhet. Marianne hadde ikke lyst til å la haikeren få vite hvilket hotell de bodde på, så da de nærmet seg Larvik, sa hun:

«Jeg kan deg til die Station kjøren.»

«Greit», sa Robert.

Marianne svingte inn mot fortauet utenfor jernbanestasjonen i Larvik, og han hoppet ut av bilen.

«Tusen takk for turen», sa han.

«Willkommen», sa Marianne og kjørte av gårde da døra slo igjen. De begynte umiddelbart å le.

«Herregud», sa Jade. «Jeg var sikker på at han skulle drepe oss. Det er det skumleste jeg har vært med på.»

«Enig», sa Marianne. «Tror du han kjøpte at jeg var tysk?»

«Jeg vet ikke», sa Jade. «Du klarte deg bra lenge, men jeg tror det siste du sa, betyr *velkommen*.»

«Gjør det?» sa Marianne. «Ja, ja. Jeg kan jo ha ment velkommen til Larvik.»

«Det kan du», sa Jade. «Tyskere er rare.»

«Jeg håper vi ikke møter ham igjen», sa Marianne. «Jeg har brukt opp alt jeg har i meg av tysk aksent for resten av livet.»

«Det ville jeg ikke bekymret meg for», svarte Jade.

Marianne svingte inn på parkeringsplassen til hotellet, de parkerte bilen og gikk fnisende inn i resepsjonen.

Kapittel 26

Raindrops Keep Fallin' On My Head – B.J. Thomas
(*Raindrops Keep Fallin' On My Head*, 1969)

Sollyset lurte seg mellom en sprekk i gardinene og vekket Marianne neste morgen. Hun hadde en hel spa-dag foran seg, og gledet seg veldig. Hun skrudde på hotell-tv-en og fant en musikkanal som spilte B.J. Thomas' Raindrops Keep Fallin' On My Head, og danset rundt i rommet mens hun tok på seg treningstøy. Hun hadde avtalt med Jade at hun skulle ta en løpetur på morgenen, slik at hun kunne hengi seg til diverse behandlinger resten av dagen uten å få dårlig samvittighet. Jade mente at hennes eget liv hadde vært såpass slitsomt i det siste at hun skulle klare å slappe av en hel dag uten dårlig samvittighet, selv uten å løpe først.

Det var tidlig på morgenen, været var fint. Det var varmt, men ikke for varmt, hun hadde musikk på øret, gode sko og var i ålreit form. Hun begynte å løpe på stranda. Den var kort, så hun måtte fort over på fortauet langs en bilvei, og havnet etter en stund inne på et byggefelt. Hun løp forbi husene og tenkte på menneskene der inne. Mennesker som levde liv som hun aldri kom til å få vite noe om. Noen kunne sitte der og være knust av kjærlighetssorg, andre var overlykkelige fordi de akkurat hadde funnet ut at de var gravide. Det irriterte Marianne at klassiske samlivsgreier var det første som datt inn da hun skulle tenke ut eksempler på lykken i livet, og hun brukte litt tid på å tenke på andre grunner til at folk i husene kunne ha den beste dagen i sitt liv. En forfremmelse, kanskje? Eller rett og slett å ha fått en ny jobb. En forfatter som hadde blitt antatt av et forlag, en musiker som ble spilt på radio for første gang? Eller var det fortsatt målet? Hun endret det til bikket hundretusen avspillinger på sin foretrukne strømmetjeneste. Eller en million. En ung fyr som har spilt i band siden ungdomsskolen og nå endelig var i ferd med å slå igjennom. Rett etter at Marianne tenkte tanken, åpnet en port langs veien seg, og en mann tidlig i tjueårene kom ut. Marianne skvatt, for det der kunne være en framtidig rockestjerne, før hun husket at alt bare var inne i hodet hennes, og at det ikke var sikkert at mannen som krysset gata foran henne var musikalsk anlagt engang. Hun løp i ti minutter til før hun snudde og beveget seg tilbake mot hotellet. Like før hun kom fram, begynte det å regne lett, men det var så varmt ute at det ikke gjorde noen ting. Hun stakk innom rommet og skiftet til badedrakt og tok på seg hotellets morgenkåpe, sendte en melding til Jade: «Møtes i boblebadet om 10 minutter?» og gikk til spaområdet. Hun tok en rask dusj. Hele bassengområdet var tomt. Morgenrushet var heldigvis over. Marianne senket kroppen ned i det varme vannet. Hun stilte seg på kne og tittet over kanten for å studere knappene på panelet. Hun trykket på en som hun tenkte kunne sette i gang maskineriet, og badet begynte å dure og blåse ut bobler. Jade dukket opp i døra, også hun i hotellets badekåpe, med håret satt opp i en diger dult midt oppå hodet. Hun tok av seg badekåpa og avslørte en gullfarget bikini. Hun la badekåpa over en liggebenk og steg oppi boblebadet sammen med Marianne. Hun laget en mmmm-lyd av velvære, som nesten ble overdøvet av motor-duren.

«Hva skal til for at du er lykkelig?» spurte Marianne.

«Hva mener du?» svarte Jade.

«Når er du lykkelig?» omformulerte Marianne. «Sånn i hverdagen, altså.»

«Det er vel som oftest når ungene …» Marianne mente det ikke, men hun kunne kjenne at ansiktet hennes vrengte seg i forakt, og Jade avbrøt seg selv.

«Jeg beklager, Marianne, jeg vet du ikke liker det, men ungene mine gjør meg glad. Jeg er stolt av dem, de er morsomme, de får meg til å le, og når jeg vet at de har det bra, så er det lettere for meg å glemme andre bekymringer.»

«Ok», sa Marianne. Og så la hun til: «Jeg skjønner jo det. Jeg skjønner at barn er givende. Men er det alt? Er det ikke noe mer?»

«Hva gjør deg lykkelig?» kontret Jade.

«Det er det jeg ikke helt vet», sa Marianne. «Jeg blir stolt når det går bra i salongen. Når kundene er fornøyde og kommer tilbake, eller når det kommer nye kunder som har fått oss anbefalt av vennene sine. Jeg liker at Elisabeth og de andre damene sier det er det beste stedet de har jobbet. Jeg blir glad av bøker. Kanskje ikke akkurat når jeg leser dem, men følelsen av å ha fullført noe når jeg er ferdig med dem. Jeg liker å lage mat. Og når vi får til ting på quiz. Og å være på quiz. Jeg tror jeg var lykkeligst da vi hang sammen i Never Gonna Quiz You Up, og jeg synes det er skikkelig trist at vi ikke gjør det lenger.»

«Ja», sa Jade tørt. «Det er du som er det virkelige offeret her.» Men hun smilte, og toneleiet hennes tilsa at hun ikke mente det alvorlig.

«Men det er trist», sa hun. «Tror du vi kommer til å finne sammen igjen?»

«Helt ærlig», sa Jade. «Jeg tror Caroline er ute for alltid. Vi prøvde, og det funket ikke. Jeg tror hun har funnet seg et nytt liv i Drammen.»

«Det er trist. Dere var venner lenge?» Marianne sa det siste som et spørsmål.

«Ja. Over halve livet», sa Jade.

«Dritt», sa Marianne.

«Ja, dritt», sa Jade. «Men nå har jeg jo deg.»

«Det har du», bekreftet Marianne. Hun følte at hun og Jade hadde kommet nærmere hverandre i løpet av det siste halvåret. Det hjalp muligens at hun ikke balanserte mellom sjalusi og dårlig samvittighet hele tiden. Og så var det dette med at det som ikke dreper deg, gjør deg sterkere. De hadde ridd av stormen sammen og kommet ut styrket.

«Hvem skal vi prøve å få tak i til sisteplassen, da?» spurte Jade.

«Jeg vet ikke. Kanskje vi bare skal være et firerlag en stund», sa Marianne. «For du og Emil er ok igjen nå, ikke sant?»

«Jaa …», sa Jade, men dro på det. «Jeg tror aldri jeg kommer til å tilgi ham helt, men jeg klarer fint å være i samme rom som ham, og innimellom trives jeg til og med når han er i nærheten. Jeg tror faktisk at jeg klarer å si … vent litt.» Hun tok en dramatisk pause. Trakk pusten, rettet ryggen, kremtet, og fortsatte. «Han er en fin fyr som gjorde en feil.»

Marianne applauderte henne over boblene.

«En stor, idiotisk feil, med enorme konsekvenser», fortsatte Jade.

«Så det er uaktuelt å bli sammen igjen», spurte Marianne.

Jade så skrått på henne.

«Helt uaktuelt. Jeg er ikke interessert i å være sammen med folk som er utro.» Stemmen hennes var kald og bestemt.

«Enig», sa Marianne uten å tenke seg om. Hun så forskrekket på Jade, men det virket ikke som om hun registrerte den fulle betydningen av Mariannes ene ord.

«Jeg er glad dere er venner igjen», sa hun fort.

«Jeg og», sa Jade. «Han kommer nok aldri til å bli en favorittperson igjen, men det er greit å ha ham der, og han er en slags del av helheten.»

Marianne nikket.

«Men tilbake til spørsmålet mitt. Hva gjør deg lykkelig?»

«Jeg tror standardinnstillingen min er lykkelig. At det er der jeg er, og at det må skje noe dritt for å dra meg ut av det, om du skjønner?»

«Åh», sa Marianne. «Ja, jeg skjønner. Og jeg er litt misunnelig. Eller ikke misunnelig, for jeg unner deg det jo. Misunnelig er et ubrukelig drittord. Vi mangler et ord for *jeg vil ha det du har, men jeg unner deg det også.*»

«Det er vel det misunnelig betyr for folk flest, som ikke tar ord så bokstavelig», sa Jade.

«Greit nok», sa Marianne. «Men går du virkelig rundt og er lykkelig hele tiden?»

«Ingen er lykkelig hele tiden», svarte Jade. «Og det har vært et kjipt halvår, men jo, når jeg ikke blir bedratt av mannen min og min beste venninne, så er jeg stort sett lykkelig.»

«Men vil du ikke ha mer?» spurte Marianne.

«Mer av hva da?» spurte Jade tilbake.

«Mer av livet», sa Marianne.

«Jeg vil jo gjerne ha en partner igjen», sa Jade. «Men bortsett fra det, så er jeg fornøyd.»

«Men vil du ikke utrette noe?» spurte Marianne.

«Ikke egentlig», sa Jade. «Jeg synes jeg utretter nok. Jeg lever et fint liv. Har et bra hjem, en fin jobb jeg liker, gode venner, artige ting å gjøre på fritiden, og nå skal jeg innom alle fylkene i Norge. Hva mer kan jeg ønske meg?»

Marianne la merke til at Jade lot være å nevne ungene sine. Hun satte pris på gesten.

«Du har lov til å nevne barna som en del av det som gjør at du liker livet ditt», sa hun. «Det jeg har problemer med, er de som har barn som eneste grunn til å være lykkelig. Eller enda verre, som ikke skjønner hvordan man kan finne mening med livet uten barn.»

«Ja, barna er også definitivt en del av det. Men jeg tror jeg ville hatt et fint liv også uten dem.»

«Gisp! Er det lov å si?» lo Marianne.

Jade så rundt seg.

«Nei, det er jo ikke egentlig det», sa hun. «Nå kommer sikkert mammapolitiet og arresterer meg. Og for all del, jeg ville ikke vært foruten dem, beklager, men de er det beste som har skjedd i livet mitt …»

«Du trenger ikke å beklage», avbrøt Marianne.

«Ja, men du vet», sa Jade. «Jeg synes også folk legger for mye vekt på hvor mye lykke man får ut av barna sine. Kanskje mest av alt du.»

«Jeg!?» Marianne ble satt ut. «Jeg er jo den som alltid sier at folk er for opptatt av barna sine.»

«Ja, men du kjøper det jo», sa Jade. «Det at barn gir lykke. For hvorfor driver du ellers og leter så desperat etter et alternativ?»

«Jeg gjør jo ikke det», sa Marianne. Men var usikker på om hun mente det.

«Du har hele tiden disse prosjektene dine», sa Jade. «Sånn som denne ferien. Du kan ikke bare reise rundt i Norge og hygge deg. Du må ha et skjema å krysse av på, delmål å nå.»

«Ok …?» Marianne var usikker på hva hun skulle si til det. Hun formet hendene foran seg i en skål og prøvde å fange boblene i den. En håpløs oppgave, selvfølgelig, de forsvant med en gang hun løftet hendene over overflaten.

«Jeg mener det ikke som kritikk, altså. Jeg liker også å krysse av på lister», sa Jade. «Men hvis du var mindre opptatt av å fylle en kvote hele tiden, og bare være.»

«Jeg er sulten», sa Marianne. Hun likte ikke hvor samtalen hadde brakt dem. «Jeg har ikke spist frokost enda. Har du?»

«Nei, jeg hadde et eple på rommet, som jeg spiste før jeg kom ned hit, men det er alt. Til frokostbuffeten?»

«Til frokostbuffeten!»

De dusjet og kledde på seg i garderoben til spa-anlegget, og gikk rett derfra og fikk med seg den siste halvtimen av buffeten.

Resten av dagen gikk med til massasje og et utvalg skjønnhetsbehandlinger de hadde bestilt på forhånd. Marianne nøt virkelig å være på kundesiden av transaksjonen for en gangs skyld, men klarte ikke helt å dy seg for å bedømme teknikkene deres i smug. Hun fortalte imidlertid ikke at hun selv jobbet på en skjønnhetssalong, for hun orket ikke å snakke jobb. Da manikyristen spurte hva hun jobbet med, sa hun at hun var regnskapsfører. Som ikke var ren løgn, for hun førte regnskapet for salongen rett som det var. De avsluttet dagen med en bedre treretters på hotellrestauranten, og da Marianne la seg den kvelden, rødvinsbrisen, med huden renset, musklene knadd og chakraene der de skulle være, bestemte hun seg for å ta vare på hvordan hun følte seg akkurat nå, og la det bli den nye normalen.

Kapittel 27

Here We Are – Annette Hanshaw
(*She's Got It*, 1926)

Marianne satte seg inn på passasjersiden av bilen, tok fram notat-
boka og krysset av Telemark i tabellen. De hadde dratt fra Larvik
rett etter frokost og tilbrakte formiddagen i Skien. Hun kjente et
lite rush av endorfiner som belønnet henne for å ha nådd enda et
delmål.

«De viser Sita Sings the Blues på kinoen her i kveld», sa hun. «Vi
skal ikke bare tilbringe dagen her og se den i kveld, og så dra videre?»

«Det blir for seint», svarte Jade.

«Vi kan overnatte her og dra videre i morgen, kanskje?»

«Hurtigruten går når Hurtigruten går», svarte Jade. «Hvis vi ikke
er i Bergen da, så går den uten oss.»

«Ok.» Marianne visste egentlig at Jade hadde rett.

«Har du ikke sett den filmen tusen ganger før? Og ligger den ikke
gratis på nett?»

«Jo, jeg har jo det, men det hadde vært hyggelig å se den i en sal
full av mennesker. På et lerret. Og det hadde vært kult å ha en kino-
billett å lime inn i boka, slik at det ikke bare er selfies av oss som
står på forskjellige torg.»

«Ja, jeg skjønner det, men vi kan ikke rote til tidsskjemaet vårt
nå. Vi kan ta glassheisen i Arendal, kanskje den har en billett du kan
lime inn.»

«Må man ha billett for å kjøre heis?»

«Jeg vet ikke. Vi kan jo dra på et museum i Kristiansand. Ta på deg beltet, så kjører vi. Jeg har laget musikkquiz til oss.»

«Hvordan har du klart å lage en quiz til oss begge? Vet ikke du fasit?»

«I teorien jo, men jeg har lagt til over fem hundre sanger av mer eller mindre kjente band og artister, men ingen av sangene er sånne som jeg har kontroll på. Så jeg har en liten fordel i og med at jeg i teorien vet om alle sangene på lista, men jeg husker dem jo ikke. Uansett. Vi er på lag.»

Marianne smilte. Et lite quizlag på tur gjennom Norge. De ropte ut: Real McCoy, Sugababes, Rancid og The Dandy Warhols. Av og til traff de, og av og til bommet de.

Da de kom fram til Arendal, tok de glassheisen og nøt utsikten over byen. Den var gratis, de fikk dermed ikke billett, så Marianne tok en selfie av dem begge på toppen, med byen i bakgrunnen, skrev ut bildet, limte det inn i boka og krysset av for enda et fylke.

De kjørte videre og ankom Kristiansand rett etter klokka to på ettermiddagen.

«Altså», sa Jade, «dette gikk jo mye radigere enn jeg trodde det skulle gjøre. Hvis du vil, så rekker vi å kjøre tilbake til Skien, se Sita, og så kjøre tilbake hit, og være i Kristiansand like over midnatt.»

Marianne lo.

«Vi kan jo ikke det.»

«Hvorfor ikke?»

«Det er veldig rotete.»

«Det er det. Men da får du sett filmen din, på lerret. I en sal full av andre mennesker.»

«La oss sjekke inn på hotellet og tenke litt på det», sa Marianne.

«Den er grei. Du bestemmer.»

«Da rekker vi ikke innom Dyreparken», sa Marianne, mest til seg selv.

«Ville du i Dyreparken?» spurte Jade overrasket.

«Nei, men det er liksom det man gjør når man er i Kristiansand.»

«Er det?» spurte Jade. «Eller skal man gjøre det man selv vil når man er på ferie?» Marianne svarte ikke, og spørsmålet ble hengende i lufta.

De sjekket inn på rommet på hotellet. Så gikk de ut for å spise tapas til lunsj, og Marianne tok enda et bilde av seg selv og Jade på et torg, som skulle printes ut og limes inn i minneboka.

«Den er grei», sa Marianne. «Vi gjør det. Vi drar tilbake til Skien for å gå på kino! Jeg trenger en kinobillett til boka.»

«Hurra!» Jade hoppet opp og ned og klappet i hendene.

«Jeg visste ikke at du var så gira på å se den filmen», sa Marianne.

«Jeg er jo ikke det, jeg er bare begeistra for at du gjør noe som ikke er etter boka.»

«Er jeg så striks?» spurte Marianne.

Jade bare lo og ristet på hodet.

De gikk tilbake til bilen og kjørte til Skien. De kom fram en halv time før filmen startet, fant en parkeringsplass og gikk inn. Marianne insisterte på å kjøpe papirbillett, halve vitsen var borte dersom de handlet i appen. Filmen ble satt opp i luksussalen, hvor det var veldig begrenset med plasser, og det var nesten utsolgt, men de fikk to seter innerst på andre rad. De kjøpte brus og popcorn og gikk inn i salen. Det satt folk i de fleste andre setene allerede. Det virket som om alle kjente hverandre, og det viste seg at det var en vennegjeng som hadde drevet hard lobbyvirksomhet for å få satt opp filmen på kino.

«Kan man bare gjøre det?» spurte Marianne.

«Man kan gjøre alt man vil», sa en fyr med kort, lyst hår. «Det er ikke alltid det går, men når det gjør det, så blir det veldig bra.» Han pekte utover salen med lykkelige mennesker som satt der med popcorn og brus, og noen hadde til og med smuglet inn en halvflaske whisky som gikk på rundgang på bakerste rad.

Lysene ble dempet, og det eksploderte i farger på lerretet. Marianne koste seg med den animerte filmen. Det var noen år siden hun hadde sett den sist. Det var den sanne historien om slutten på et forhold, iblandet det indiske eposet Ramayana. Lydsporet var av Annette Hanshaw, og passet perfekt til bildene. Da den var over, klappet hele salen begeistret. På vei ut overhørte hun en mann si: «Den var jo kjempebra. Jeg trodde det skulle være en jentefilm.»

«Hvorfor det?» spurte kvinnen han gikk sammen med.

«Fordi det handlet om en dame ...» Marianne hørte at han mistet trua på sitt eget resonnement.

«Det er en veldig rar innstilling», svarte kvinnen. «Det hadde aldri falt meg inn å tro at en film ikke er for meg, bare fordi den handler om en mann.»

«Ja, men det er jo fordi menn gjør mer interessante ting», sa mannen.

«Unnskyld meg! Hva er det for noe tull?» Marianne hadde ikke ment å gå til angrep, men av og til må man ta tak når man hører idioti bli sluppet løs i verden.

Fyren så forbløffet ut, men summet seg og gikk i forsvarsposisjon.

«Ja, menn gjør kule ting som å drikke øl, mens damer bare er hjemme med kattene sine.»

Marianne dirret.

«Du tuller nå, ikke sant? For det første, på hvilken måte er det å drikke øl mer interessant enn det å ha en katt? Og hvilke filmer er det du ser, der det er hovedplottet?»

Han rygget og holdt hendene opp. «Ja, selvfølgelig tuller jeg», sa han og lo nervøst. «Men ikke bare», dristet han seg til å legge til. Marianne roet seg, men så kaldt på ham. «Beklager», sa hun. «Jeg blir altså så irritert av den *kvinner er kvinner, menn er folk*-innstillingen. Jeg skjønner ikke hvorfor menn skal være så utrolig redde for å vise interesse for det motsatte kjønn utover noen man kan ha sex med.»

«Jeg var og så denne filmen», sa mannen spakt. «Og jeg likte den.»

«Så bra for deg!» sa Marianne og snudde seg dramatisk, tok Jade under armen og sa: «Kom!» De begynte å gå mot bilen.

Da de kom til bilen, satte Marianne seg i førersetet.

«Hva var det for noe?» spurte Jade.

«Han tok feil, og noen måtte si ifra til ham», svarte Marianne.

«Ja, det får man si», sa Jade.

Så kjørte de tilbake til Kristiansand, og var i seng ikke så lenge etter midnatt, akkurat som planlagt.

Kapittel 28

Girls Just Wanna Have Fun – Cyndi Lauper
(*She's so unusual*, 1983)

Marianne kjørte Jade og bagasjen til jernbanestasjonen i Kristiansand, før hun dro og leverte leiebilen. De hadde ikke mer tid enn akkurat det de trengte, så Jade tok med koffertene til perrongen og ventet på Marianne der. De gikk ombord på toget og fant sine reserverte plasser ved et firemannsbord.

«Tror du det er greit at vi spiller musikk?» spurte Marianne.

Jade så seg rundt. Vognen ellers var nesten helt tom, det satt bare noen backpackere med hodetelefoner på helt i andre enden.

«Ja», sa hun. «Så lenge vi holder volumet lavt, burde det gå bra.» Marianne satte på en tilfeldig spilleliste, og den distinkte stemmen til Morrissey anklaget noen for aldri å ha vært forelsket før de hadde sett speilbildet av stjerner i et reservoar, av alle ting.

«Har du egentlig vært forelsket noen gang?» spurte Jade.

«Klart jeg har», sa hun. «Jeg var veldig forelsket i Kjetil. Og i Alexander. Og så har det vært noen småforelskelser her og der opp gjennom årene. Men behovet for å være alene har liksom trumfet behovet for å gi etter for dem, så det var nok ikke ekte kjærlighet.» Hun fordreide stemmen på de siste to ordene. Hun mente ikke egentlig å gjøre narr av konseptet kjærlighet, men hele begrepet var så utvasket av Hollywood-fantasien at det føltes umulig å snakke om det uten et ironisk tonefall.

«Hva med Martin?» spurte Jade.

«Oi», sa Marianne. «Han glemte jeg visst. Jeg antar det betyr at jeg aldri var ordentlig forelsket i ham. Han var en veldig fin fyr, det var han, og jeg kunne sikkert falt for ham hvis jeg var sånn anlagt, men det var mest sånn at vennegjengen min rakna, familien min rakna, og jeg søkte etter et annet fast holdepunkt, og da ting gikk seg til igjen, og jeg var vant til den nye hverdagen, var han mer til bry enn til glede.»

«Stakkars Martin», sa Jade.

Marianne så ut av vinduet, på trærne og husene som suste forbi.

«Er jeg et forferdelig menneske?» spurte hun.

«Neida», forsikret Jade. «Jeg ville ikke sagt de tingene du sa nå direkte til ham, men mellom oss er det trygt å si akkurat hva du vil.»

Igjen vurderte Marianne å si noe om Emil, men konkluderte med at det ikke ville tilføre vennskapet hennes med Jade noe som helst.

«Hva med deg», spurte hun heller. «Har du vært forelsket?»

«Heh. Ja. Det er jo Emil, da. Og en liten håndfull menn før det.»

«Ingen etter?» spurte Marianne.

«Næh», sa Jade. «Selv om jeg var sinna på ham, brukte jeg jo litt tid på å komme over ham, og etter det har livet liksom gått i ett. Og så møter jeg jo aldri nye folk. Hvordan møtes folk for tiden?»

«Ute på byen?» foreslo Marianne.

«Jeg er jo aldri på byen.»

«Ja, og så har du disse deiting-appene, da?»

«Er ikke de bare for ligging?»

«Neida, kollegaen min, Simona, har funnet flere kjærester på dem», sa Marianne.

«Jeg vet ikke om det er en så god reklame som du tror det er», svarte Jade.

«Jeg sier bare at det er en mulighet», sa Marianne. «Føler du at du er klar for å begynne å deite igjen?»

«Jeg vet ikke», sa Jade. «Det er vel en sånn skjer-det-så-skjer-det-greie, men jeg gidder ikke å stresse med det.»

«Men du er helt ferdig med Emil?»

Jade lo tørt. «Ja, han er uaktuell for resten av livet.»

«Hva med Caroline?»

Jade laget en brummende lyd.

«Knurret du nå?» spurte Marianne mens hun lo.

«Ja», sa Jade. «Jeg vet ikke. Det er lettere å være sint på henne. Et sted må frustrasjonen over livet som kunne vært, plasseres, og jeg tror det må bli der, selv om jeg kjenner meg som en dårlig feminist når det er lettere for meg å ta Emil inn i varmen igjen. Det er, som Kristoffer sier, litt synd på henne.»

«Jammen, er det egentlig det?» spurte Marianne. «Greit, man blir idiot når man er forelsket, og det forklarer mye rar oppførsel. Men man har fortsatt mulighet til å ta de valgene som gjør at man sårer andre.»

«Ja, du har rett», sa Jade. «Føkk henne.»

Etter hvert som toget passerte flere stasjoner, fylte vogna seg mer og mer opp, og på et tidspunkt kom det en konduktør og spurte vennlig om de kunne være så greie å slå av musikken. Det gjorde de, og tilbrakte resten av togturen i stillhet med hver sin bok. De kom til Stavanger tidlig på ettermiddagen.

Hotellet lå en kort spasertur fra stasjonen, så de gikk dit til fots med trillekoffertene på slep. Etter innsjekk fant de seg en indisk restaurant og spiste en bedre middag. Det var fortsatt tidlig på kvelden da de var ferdige med måltidet, og de spaserte langs kaia uten noen konkret plan.

«Å, se der!» sa Jade da de hadde gått en stund. «De har låvedans midt i byen.»

Og ganske riktig, over inngangen på et av utestedene langs kaia var det hengt opp et digert banner med påskriften «Låvedans midt i byen.»

«Vi går og ser hva det er!» sa Jade begeistret.

«Ok.» Marianne var skeptisk.

«Jo, men det er sikkert kjempegøy», sa Jade, og tok hånda til Marianne og begynte å trekke henne i retning banneret. Marianne fulgte motvillig etter.

Siden det var såpass tidlig, var det ingen kø, og de slapp inn gratis. Det var cover charge hvis man kom etter klokka 22.00. Inne i lokalet var det pyntet med høyballer, og på den ene veggen hang et digert bilde av fronten på en traktor. Det var også festet diverse verktøy til veggene. Høygafler, ljå og noe som måtte være en slags sag, sammen med en banjo og et og annet vaskebrett. Det var sporadisk med mennesker, som jo passet med det rurale temaet. Ut av høyttalerne strømmet Loud and Heavy.

«Ah. Cody Jinks», sa Marianne.

«Faktisk Cody Jinks, eller *jeg aner ikke hva dette er, så jeg bare gjetter på Cody Jinks?*» spurte Jade.

«Nei, nei, dette er faktisk Cody Jinks», sa Marianne.

«Haha, jeg synes det er så gøy at du er en ekspert på køntrimusikk», lo Jade mens de gikk sakte mot baren.

«Ja, jeg vet», sa Marianne. «Jeg skjønner ikke hva som skjedde der. Hadde jeg visst at jeg skulle bli så flink, ville jeg valgt meg en mer kredibel sjanger.»

«Er det noe galt med køntrimusikk, nå?» spurte Jade.

«Nei, det er kanskje ikke det», svarte Marianne ettertenksomt. Framme ved baren bestilte de seg hver sin øl og satte seg ved et bord i et hjørne av lokalet. Der hang det to håndkarder spikret opp på veggen. På bordet sto et telys i en gammeldags lykt. De ble sittende og ta noen øl, og lokalet fylte seg sakte opp. Det var mye ungdom som hadde gjort halvhjertete forsøk på å kle seg bondsk. Prosentandelen kapser og t-skjorter fra Felleskjøpet var høy, men noen hadde tatt det helt ut og stilte i kjeledress. Ellers var det mye dongeribukser, rutete skjorter, cowboyboots og gummistøvler om hverandre. Det var et tydelig skille mellom damene; noen møtte opp i fullt fjøsutstyr, mens andre gikk mer i retning «slutty farmer», med korte dongeri-shorts og skjorter knyttet under puppene, håret i fletter og cowboy-hatt. Noen hadde rett og slett tatt på seg oktoberfestkostymene sine. Jade og Marianne var noen av de ytterst få som hadde møtt opp i vanlige klær, og de stirret fascinert på det øvrige klientellet. Da lokalet var tre fjerdedels fullt, begynte underholdningen. Den besto i to unge damer som definitivt hadde valgt «slutty farmer»-uttrykket, og som nå stilte seg opp på en liten scene i den ene enden av rommet og prøvde å lede dansegulvet i en linedance. I starten ble de ignorert, men det brydde de seg ikke det minste om, og så, da Achy Breaky Heart med Billy Ray Cyrus ble satt på, skjedde det noe. En gjeng med damer som så langt hadde stått og hengt rundt et høyt barbord, bestemte seg for at nå, nå skulle de danse. De strenet mot scenen og begynte å herme etter dansen. De smilte på seg noen mannfolk, og det var alt som skulle til. Ikke lenge etter var hele dansegulvet mer eller mindre synkront. Først gikk alle mot høyre, så gikk alle mot venstre, så sto de i ro og sparket i forskjellige retninger, før de satte armene på hofta og hoppet 90 grader mot høyre, og gjentok hele rekka.

«Det ser gøy ut», sa Jade. «La oss bli med!»

Marianne hevet øyenbrynene og så tvilende ut. Men Jade ignorerte det og reiste seg.

«Kom igjen!»

Marianne hadde ikke veldig lyst til å danse, men hun hadde enda mindre lyst til å bli sittende igjen alene, så hun diltet etter ut på dansegulvet. Shania Twains Man! I feel like a Woman! tok over etter Billy Ray, og damene på scenen gjorde litt om på koreografien, men grunntrinnene var fortsatt de samme, og både Marianne og Jade kom fort inn i det. Marianne konsentrerte seg hardt. Høyre – venstre

– sparking – hopp. Etter en stund følte hun seg som en del av en større organisme. Hun og alle disse menneskene hørte sammen i det store linedance-beistet, som beveget seg fram og tilbake i takt med musikken. De gikk gjennom Rednex, Alan Jackson og Garth Brooks, men også mindre køntri-fiksert musikk som The Time Warp fra Rocky Horror Picture Show, og Macarena. Da Cyndi Laupers Girls Just Wanna Have Fun kom på, følte Marianne at hun var en personifisering av sangen. Hun ville bare ha det gøy. Og det hadde hun. Så til de grader. De danset hele resten av kvelden, og dro svette og leende ut i natten da utestedet stengte.

Kapittel 29

Mood Swings – Tove Styrke
(2021)

Da Marianne våknet neste morgen, var hun langt fra uthvilt. De skulle ta båten til Bergen tidlig på dagen, slik at de hadde en god buffer til å rekke Hurtigruten om kvelden. Jade var også både uggen og muggen, og da de hadde gryntet trøtt til hverandre et par ganger, oppsto det en gjensidig forståelse om at de ikke skulle prate så mye den dagen. De dusjet, ordnet seg og spiste frokost i stillhet, før de sjekket ut fra hotellet. Katamaranen til Bergen var knapt halvfull, de hadde god plass og satte seg med litt avstand til hverandre og leste i hver sin bok. Marianne tok seg i å tenke at det var en tabbe å reise på tur med én person i to hele uker. De tilbrakte all tid sammen, og de var ikke engang halvveis gjennom turen, og hun kjente at hun allerede nå var skikkelig lei. Hvordan skulle dette gå i åtte dager til? Hun var generelt irritert og prøvde å finne tilbake til følelsen hun hadde hatt den kvelden på spaet. Men den var helt borte. Så mye for den nye normalen. Da de ankom Bergen knappe seks timer før de skulle ta Hurtigruten nordover, hadde de ikke snakket med hverandre utover det som krevdes for å formidle nødvendig informasjon. Marianne ble mer og mer bekymret for at resten av turen kom til å bli sånn. De fant et bagasjeoppbevaringssted, låste inn koffertene sine der, og hadde nå fortsatt nesten et kvart døgn til rådighet.

«Jeg har lyst til å ta en tur på akvariet», sa Jade. «Vil du bli med?»

«Nei takk», svarte Marianne.

Jade så lettet ut. Hun spurte tydeligvis kun av høflighet og var ikke faktisk interessert i selskap.

«Da drar jeg alene. Vi sees senere.»

«Ok.» Marianne visste ikke helt hva hun skulle bruke de neste timene på, men hun ville være alene, det var helt sikkert. Hun slentret inn mot bykjernen. Hun gikk over brostein, forbi butikker og kaféer. Hun kom til et treningssenter med store panoramavinduer. Det foregikk en eller annen form for dansetime der inne. Hun visste ikke om det var zumba eller noe annet, men det så artig ut. Hun tenkte på gårsdagens bytur, og linedansinga. Hun hadde kost seg så mye. Det kan ha skyldtes det som etter hvert hadde nærmet seg et tosifret antall øl, men hun hadde brydd seg filla om hva andre tenkte om dansinga hennes. Og hun registrerte iallfall ikke hva resten drev med. Hun skjønte at hun ikke kunne drikke seg full før hun dro på trening, men i en alder av femti skulle ikke det være nødvendig heller. Hun skulle klare å dra på en zumba-time og kose seg, uten å bekymre seg over hvordan hun ble oppfattet. Det var jo ikke det at hun trodde andre kom til å dømme henne som var problemet. Mer at hun selv kom til å føle seg tullete. Men hun følte seg ikke tullete kvelden før. Hun følte seg fri. Hun hadde svevd over gulvet som en ballerina, og nå lengtet hun etter å kjenne på den følelsen igjen. zumba-instruktøren la merke til henne, fanget blikket hennes og gjorde en «kom inn»-bevegelse med hodet. Marianne smilte, men ristet på hodet og begynte å gå videre nedover gata.

Hun svingte til venstre inn i en sidegate og kom etter en stund til en bokhandel. Hun gikk inn og kikket i hyllene. Det var salg på pocketbøker. Og der sto den. Det kan ha vært fordi hun akkurat hadde hatt en åpenbaring når det gjaldt zumba. Det kan ha vært fordi det var sommer og sol, og at hun var så daff etter gårsdagens utskeielser. Det kan ha vært en inngripen fra høyere makter. Uansett hva det var, fem minutter seinere sto Marianne på gata. I veska lå en nyinnkjøpt pocketutgave av *Da Vinci-koden*. Hun gikk tilbake til kaia og fant en kafé i nærheten av koffertoppbevaringen, kjøpte seg en kopp cappuccino og en kanelbolle, og begynte å lese boka.

«Hei», hørte hun Jade si.

Marianne så opp fra boka.

«Hei. Er du tilbake allerede? Hvordan var akvariet?»

«Fint», svarte Jade. «Jeg var der til det stengte.» Hun så avventende på Marianne, og da hun ikke sa noe, fortsatte Jade: «Vi må gå nå. Båten går snart.»

«Neida, vi har god t … oi, vi må gå.» Marianne avbrøt seg selv da hun så på klokka. De hadde ikke god tid. Hvor var de siste timene blitt av? Hun hadde sendt en melding til Jade om hvilken kafé hun satt på, for noe som føltes som et kvarter siden. Hun pakket sammen sakene sine, og de gikk for å hente koffertene før de fortsatte mot kaia hvor Hurtigruten lå og ventet på dem. De fikk sjekket inn og fant fort lugaren. Den lå høyt oppe og helt i front. Et lite øyeblikk glemte de at de ikke var ti år gamle gutter, og lot begeistret som om de styrte skipet mens de tittet ut av de små vinduene over skrivebordet som sto foran i lugaren. Stemningen var tilbake på topp, og Marianne hadde helt glemt at hun hadde angret hele turen bare noen timer tidligere.

«Hva skjedde med deg?» spurte Jade. «Falt du ned i et tidshull?»

Marianne ristet på hodet.

«Eller både ja og nei», sa hun. «Jeg har kjøpt en bok.»

«Hvilken da?» spurte Jade.

«*Da Vinci-koden*», sa Marianne skamfull.

Jade lo.

«Og?» spurte hun. «Hva synes du?»

«Jeg hater den!» Marianne ropte nesten ordene. «Og jeg elsker den», la hun til. «Og jeg hater meg selv for at jeg elsker den.»

«Hvorfor det?» Jade var fortsatt lattermild.

«Den er jo så dårlig! Men samtidig klarer jeg ikke å slutte å lese. Jeg MÅ vite hva som skjer videre. Jeg må vite svaret på gåtene. Jeg skjønner ikke hva som skjer med meg. Jeg får ingenting ut av det på et åndelig nivå, men ...»

«... Du er grådig underholdt?» avsluttet Jade.

«Ja. Jeg skjønner ikke hvordan han gjør det. Eller, jeg har avdekket en ting. Han jukser med cliffhangere.»

«Hvordan da, jukser?»

«Han avslutter så å si alle kapitler med en cliffhanger, slik at man blir lurt til å lese videre.»

«Er det juks?» spurte Jade. «Er ikke det bare å skrive en spennende bok?»

«Det føles som juks, iallfall.» Marianne roet seg litt ned.

«Bare innrøm det», sa Jade. «Det er lenge siden du har lest en bok som har engasjert deg så mye.»

«Det er jo ikke bra engasjement», protesterte Marianne. Men hun kunne knapt huske å ha blitt fordypet i en bok noensinne. Hun følte ekstrem tilfredsstillelse når hun klarte å fullføre dem, ja, og også en slags lykkefølelse når hun oppnådde dagens lesemål, eller når hun satte i gang med et spesielt prestisjetungt prosjekt. Men engasjert var hun ikke.

«La oss sjekke ut båten», sa Jade. «Og se om vi klarer å finne oss noe mat. Jeg er sulten.»

De fant en liten bistro som solgte pizza. Det føltes riktig for første kvelden. De hadde tenkt å spise middag på de fancy restaurantene minst en gang, men akkurat i kveld holdt det med pizza. Marianne hadde med seg notatboka. Hun hadde allerede krysset av for Hordaland.

«I natt», sa hun, «kommer den ene virkelige utfordringen vår.»

«Å?» sa Jade. Marianne hadde snakket om dette før, men brydde seg ikke om at Jade ikke så ut til å huske det. Hun gikk gjerne gjennom planen en gang til.

«Ja, vi anløper Florø klokka 02.45, og så har vi femten minutter
på oss til å oppleve Sogn og Fjordane før vi drar videre. Det er den
eneste muligheten vi har til å få med oss fylket, så vi må være skjerpa.
På!»

«Slipper de oss av båten bare for å gå i land i fem minutter?»
spurte Jade.

«Ja, det må de jo», sa Marianne med mer selvsikkerhet enn hun
egentlig hadde. «Det er jo ikke som om vi er fanget her.»

«Tenk, så forferdelig. Det ville blitt en bra skrekkfilm. Man tror
man er på et slags cruise, og så oppdager man etter hvert at man
ikke har lov til å forlate båten.»

«Å nei, man må bare slappe av og lese bøker og spise god mat og
kan ikke dra tilbake til hverdagen!» sa Marianne, med stemmen
tungt ladet av sarkasme. «Det høres ikke ut som mye til skrekkfilm.»

«Ja, men så må det begynne å skje skumle ting i tillegg», sa Jade,
ikke villig til å gi slipp på ideen sin. «Folk forsvinner, blir myrdet,
kapteinen lyver helt klart om trivielle ting, etter hvert viser det seg
at hele mannskapet egentlig døde for femti år siden, og at båten er
styrt av spøkelser.»

Marianne lo.

«Nå begynner du å nærme deg noe. La oss ikke håpe det er tilfelle
her, for hvis vi ikke kommer oss av båten i Florø, så må vi kjøre
innom Sogn og Fjordane når vi skal sørover fra Trondheim igjen,
og det vil rote til hele tidsplanen vår.»

«Du og den tidsplanen», lo Jade. «Jeg er villig til å komme hjem
en dag seinere for å være med på et spøkelseseventyr.»

«Denne samtalen har sporet helt av», sa Marianne. «Vi må finne
ut om vi skal sove først, eller om vi skal prøve å holde oss våkne til
klokka kvart på tre i natt.»

«Jeg stemmer for at vi setter oss i baren og holder oss våkne», sa
Jade.

«Du stemmer alltid på at vi setter oss i baren», sa Marianne.

«Det stemmer.» Jade løftet rødvinsglasset sitt i en skål som Marianne gjengjeldte.

De fant en liten bar hvor de bestilte seg hver sin mojito. I hjørnet var et dansegulv, og en DJ spilte overraskende moderne musikk. Det tok ikke lang tid før de var ute på dansegulvet, som de eneste, og danset som om ingen så dem til Dagny, Anna of the North og Tove Styrke.

Da Hurtigruten anløp Florø, sto Marianne og Jade i en slags kø sammen med den håndfullen av passasjerer som skulle gå av. De var fortsatt ikledd pentøyet fra tidligere på kvelden, men hadde skiftet til sko det gikk an å løpe i. De var blitt enige om at det ikke var nok å bare være på kaia, de måtte en tur innom sentrum, som heldigvis lå rett ved. De gikk av båten i et normalt tempo, men så snart de hadde landjord under føttene, la de på sprang. De hadde sett seg ut en rute på nettet, de løp opp en gate som var helt uten trafikk, bare noen parkerte biler sto langs veien, de svingte til venstre ved første anledning og løp rundt et kvartal før de spurtet tilbake til båten. Mot slutten slakket Marianne litt av på farten, lot Jade ligge noen skritt foran, fant fram mobilen og tok et bilde av henne bakfra mens hun løp. Hun prøvde først å ta bildet mens hun selv løp også, men det gikk ikke, så hun stoppet helt opp og knipset i full fart et bilde av Jade i fullt firsprang med hestehalen svingende til siden, før hun la inn en sluttspurt. Mannskapet lo hoderystende og high fivet dem da de kom ombord igjen.

«Nå kan vi gå og legge oss», sa Marianne. Jade nikket enig, og de gikk sammen opp på lugaren.

Kapittel 30

Reckoner - ???

Reisen nordover var som en merkelig lang drøm. Dagene gled over i hverandre. De var innom Ålesund allerede neste dag, så Trondheim, hvor de spiste brunsj med Mathilde og babyen, som var blitt betydelig større siden sist. I Rørvik hadde de en liten geografikrise da Jade mente å huske at Rørvik lå i gamle Sør-Trøndelag, og at de ikke kom til å ha noe anløp i tidligere Nord-Trøndelag, men før Marianne klarte å prosessere og godta at «Trøndelag er Trøndelag», avklarte heftig søking at det var Røyrvik som lå i gamle Sør-Trøndelag, og det var et helt annet sted enn Rørvik, som ganske riktig lå i gamle Nord-Trøndelag. Hurtigruten lå til kai i tjue minutter, så de utførte en lignende løpetur som i Florø, men denne gangen var det ikke midt på natta, så det føltes mindre sprøtt. Mannskapet husket dem, og heiet dem tilbake inn på båten. Marianne leste ferdig *Da Vinci-koden* lenge før de krysset Polarsirkelen, og ga seg så i kast med Goethe's *Faust*, et prosjekt som varte i nesten to dager, før hun måtte bite i det sure eplet og rett og slett bare gi opp. I både Bodø og Tromsø hadde de god tid, så de gikk i land og tok en rask runde rundt sentrum. I Tromsø rakk de til og med en tur innom Ishavs-katedralen og følte seg som ordentlige turister og ikke bare gærninger som krysset gamle fylkesgrenser for så å krysse dem av på en liste. En knapp uke etter at de hadde forlatt Bergen, steg Marianne og Jade av Hurtigruten i Kirkenes. Det var tidlig på morgenen. Luften var kald og klar, men det lå et løfte i den om varme som skulle komme i løpet av dagen. De hadde noen timer på seg før de måtte ta bussen til flyplassen, så de spaserte rundt blant husene og kikket. De dro innom Andersgrotta, men den hadde ikke åpnet for dagen, så gikk de forbi Frigjøringsmonumentet, som også ble åstedet for Finnmark-selfien, så gikk de til busstoppet og tok flybussen til lufthavnen, og fløy derfra til Trondheim.

Elisabeth sto og ventet på dem i ankomsthallen. Hun var på besøk hos foreldrene, og de hadde avtalt at hun skulle hente dem og kjøre dem til sentrum, og så bli med ut på byen en tur.

«Jeg har funnet en quiz til oss», sa hun da de hadde hilst. «Det er en musikkquiz i en skikkelig brun pub, men jeg tror det kan bli bra.»

«Så gøy.» Marianne så på Jade. Hun så også begeistret ut.

«Ja, jeg føler brun pub er akkurat det jeg trenger nå.»

Sammen gikk de ut på parkeringsplassen, fant bilen til Elisabeth og kjørte inn til byen. Marianne og Jade sjekket raskt inn på hotellet og skiftet ut av reiseklærne. Elisabeth ventet på dem nede i foajeen.

Det var ikke så langt til puben. Den lå i kjelleren under et av de mer kjente utestedene i Trondheim. De gikk ned trappa og kom inn i et dårlig opplyst lokale. Det var mye mørkt tre, og generelt lite utsmykking. Men tappekranene var utført som fronten på en motorsykkel, komplett med styre og alt.

«Se på det der!» utbrøt Jade begeistret, og småløp bort til baren. Hun bestilte tre øl. Det var fortsatt halvtomt i lokalet og en liten stund til quizen startet. De plukket med seg penn og papir og innføringsark, og fant seg et bord i et hjørne.

«Hei», hørte de en stemme si.

Marianne så opp. Det var quizmasteren fra Oslo. Hun ble underlig selvbevisst. Som om hun ble tatt i å være utro. Jade og Elisabeth hilste også, og de utvekslet noen korte fraser og fikk avklart at han besøkte familie i Trondheim og hadde tatt med broren sin, svigerinna og en venninne av svigerinna på quiz for første gang. De ønsket hverandre lykke til, og han gikk til den andre enden av baren, der resten av laget satt.

«Åh», sa Elisabeth lavt da han gikk. «Jeg ble nesten litt starstruck – det var som å møte en kjendis.»

«Enig», sa Jade.

«Men jeg følte det som om jeg ble ferska i å gjøre noe ulovlig», sa Marianne. «Gjorde dere også det?»

«Ikke egentlig», sa Jade. «Vi er jo i en helt annen by. Da må det være lov å gå på en annen quiz.»

«Apropos utroskap», sa Elisabeth. «For det er det vi snakker om her? Quiz-utroskap? Uansett, Magnus og jeg runda regnearket vårt i går.»

«Gratulerer!» sa Marianne.

«Hvilket regneark?» spurte Jade, og fikk hele historien om mistanke om utroskap, den plutselige halvsøstera og regnearket som gjenopplivet forholdet.

Quizen satte i gang, og den var ganske riktig en mye mer rocka quiz enn de var vant til. Heldigvis lå også vanskelighetsgraden lavere enn på den faste quizen deres, så i første runde klarte de å hamre inn Black Sabbath, Iron Maiden, Metallica og Rainbow. Men de var sjanseløse på Danzig, Slayer, Anthrax og noe som het Golden Earring, som de aldri hadde hørt om før. De flaksa inn Motörhead, men stanga ut mellom Skid Row og Mötley Crüe. Jade påpekte at hun synes det var morsomt at hardrockband var så opptatte av tødler, det søteste av alle diakritiske tegn. Det var som om rockerne pyntet bokstavene sine med små sløyfer.

De havnet ganske midt på treet etter første runde, de ble enige om at det nok hadde hjulpet å ha Kristoffer og Emil der, men uten dem var de veldig fornøyd med resultatet..

«Dette føles som et sted hvor det er innafor å ta seg en røyk», sa Elisabeth. «Blir dere med ut?»

Jade og Marianne ristet på hodet.

«Ok, da går jeg ut alene», sa Elisabeth trassig. Jade og Marianne ble sittende ved bordet i stillhet, før Marianne gikk i baren og kjøpte en ny runde med øl. Innen hun var tilbake ved bordet igjen, var Elisabeth også på plass, og den lokale quizmasteren satte i gang andre runde.

«Denne runden blir litt mindre hard enn første runde, og kanskje litt mer allment tilgjengelig.» Elisabeth smilte stort, og viste to tomler opp til quizmasteren, som smilte tilbake og nikket til dem.

«Vi starter med noe som er en liten nøtt. Dette er noen som mange tenker på som et one hit wonder, men vi får høre en av de andre sangene deres. Hvem er dette?» Han satte i gang musikken. Rolig pianomusikk strømmet ut av høyttalerne, og det tok ikke lang tid før Marianne sa:

«Dette er jo Eagles.»

«Men de er jo ikke et one hit wonder», protesterte Jade.

«Jeg vet. Men dette er The Last Resort med Eagles. Jeg er helt sikker», sa Marianne.

«Kan det være at noen andre har covra dem?» spurte Elisabeth.

«Det kan jo være, men det er veldig likt originalen», mente Marianne.

«At det er Steppenwolf eller Free eller noe?» Elisabeth lot seg ikke stoppe.

«Steppenwolf er jo strengt tatt heller ikke et one hit wonder-band», spilte Jade inn. «Kanskje Don Henley gjorde denne solo også, man kan jo argumentere med at han hadde en slags one hit wonder med The Boys of Summer.»

«Det kan være …» Marianne dro på det.

«Vi kan jo ikke svare Eagles, når han har sagt det er et one hit wonder-band!» sa Jade.

«Sa han at det var et band?» spurte Elisabeth. «Da kan vi jo ikke svare Don Henley heller.»

«Kanskje han ikke sa band, men bare one hit wonder?» Jade snudde seg mot nabobordet. «Unnskyld. Sa han om det var band eller artist?» En fyr med skinnjakke og stort rødt skjegg svarte: «Det sa han ingenting om.»

«Ok, takk», sa Jade, og henvendte seg til de andre igjen. «Da skriver jeg Don Henley. Men dette var rart.»

Sangen var over, og det kom en ny sang.

«Dette kan jeg! Det er Gnarls Barkley. Sangen heter Reckoner», utbrøt Elisabeth.

«Er du sikker på det?» spurte Jade. «Jeg synes det høres ut som Radiohead.»

«Jeg er helt sikker. Jeg så dem på Roskilde i 2008. Terese og jeg sto i dokø bak noen australiere som skrek og klemte alle rundt seg da Gnarls Barkley kom ut på scenen igjen og spilte Reckoner. Helt garantert. Dette er Gnarls Barkley.»

«Men hør på det», sa Jade. «Det høres akkurat ut som Radiohead.»

«Det kan godt være», sa Elisabeth. «Men det er Gnarls Barkley.»

«Hva tenker du?» Jade henvendte seg til Marianne.

«Jeg vet ikke», sa Marianne. «Jeg synes jo også det høres ut som Radiohead, men jeg kjenner ikke Gnarls Barkley godt nok til at jeg helt sikkert kan utelukke dem.»

«Nei, vet dere hva», sa Elisabeth. «Her må jeg faktisk insistere. Jeg er hundre prosent sikker. Jeg så dem jo live.»

«Var du ikke i dokø?» spurte Jade, litt for skarpt.

«Jo, da denne sangen kom på, men jeg så hele resten av konserten. Jeg lover, dette er Gnarls Barkley.»

«Jeg synes fortsatt det høres ut som Radiohead», sa Jade.

«Jeg vedder ti øl på at det er Gnarls Barkley», sa Elisabeth.

«Ti øl? Det var voldsomt», sa Jade. «Du vil ikke bare vedde en runde?»

«Nei! Ti øl! Så sikker er jeg.»

Jade lo.

«Greit. Jeg skriver Gnarls Barkley. Jeg tror ikke det stemmer. Men jeg vedder ikke imot.»

«Det gjør ingenting», sa Elisabeth. «Jeg vil bare ha poenget.»

«Du skal få en øl av meg hvis det er riktig», sa Marianne.

«Det er riktig», sa Elisabeth.

Neste sang var Heart of Glass med Blondie, så den skrev de bare rett inn og brukte resten av tiden på å fortelle Elisabeth om nattløpinga i Florø, og Elisabeth ristet på hodet av dem. Quizen gikk videre. Quizmaster holdt det han lovde. Andre runde var mindre hardrockfokusert, og de hadde en betydelig bedre følelse nå. Elisabeth var høy på Reckoner-veddemålet sitt, og slang selvsikkert ut det ene gode forslaget etter det andre.

«Nå er jeg så spent», sa Marianne da de hadde byttet fra seg arket for retting.

«Det er ikke jeg», sa Elisabeth med litt for mye selvtillit.

«Da starter vi med fasit», sa quizmasteren over høyttaleren.

«Å, det var jo også denne one hit wonderen», sa Marianne.

«Ja, den er litt spennende», sa Elisabeth.

«Sang nummer en var …» Quizmaster tok en dramatisk pause. «The Eagles.»

«Hva!» utbrøt Marianne.

«Jaja», sa Jade, «vi burde jo bare skrevet det vi visste det var.»

Det kom protester fra andre deler av lokalet også. En middelaldrende mann gikk fram til quizmaster med bestemte skritt, og begynte å kjefte på ham. Quizmasteren svarte for seg etter beste evne, og argumenterte for at Hotel California var den eneste hiten til The Eagles som alle kjente til, og hvis de var så sikre på at det var

The Eagles, så burde de ha svart det. Mannen måtte gå tilbake med uforrettet sak, men ikke før han fikk slengt fra seg: «Og det er ikke noe *The* foran Eagles. Det er bare Eagles.»

«Hvis det er flere protester, får vi ta det når hele fasit er lest opp», sa quizmaster. «Neste sang var Radiohead.»

«NEI!» sa Elisabeth høyt. Det rykket nervøst i quizmaster.

«Det er det ikke», sa Elisabeth lavere, og hentet fram mobilen og gikk inn på Spotify-appen og søkte opp Reckoner. Hun fikk bare treff på Radiohead.

«… Fordi Gnarls Barkley covra Radiohead på Roskilde …» Ansiktet til Elisabeth ble rødt av skam. «Herregud, unnskyld så mye.»

Marianne lo. Jade trakk bare på skuldrene.

«Jaja, sånt skjer», sa hun mens hun ga poeng til laget som hun rettet.

Resten av runden gikk strålende. Selv de villeste gjettingene til Elisabeth viste seg å stemme, og de avsluttet med tjuetre av tjuefem mulige poeng.

«Det ser ut som om du har ordna deg fast plass på laget til høsten», sa Jade.

«Ja, jeg kommer ikke til å rekke å betale ned de ti ølene i kveld», sa Elisabeth og lo.

«Du trenger jo ikke å faktisk kjøpe ti øl til oss», sa Jade. «Jeg tenkte mer på alle de riktige svarene du kom med i resten av omgangen.»

Elisabeth gliste.

«Takk, men et veddemål er et veddemål, og det er klart jeg skal gjøre opp for meg. Dere kan få de første to allerede nå, hvis dere vil.»

Marianne lo og nikket. Jade gjorde det samme. Elisabeth gikk til baren og kjøpte tre nye øl til dem. Da resultatene ble lest opp, viste det seg at de hadde klatret flere plasser, og havnet til slutt på en finfin fjerdeplass. Laget til Oslo-quizmasteren vant.

Kapittel 31

On the Road Again – Willie Nelson
(*Honeysuckle Rose*, 1980)

Marianne og Jade sto opp og sjekket ut fra hotellet før klokka ti neste morgen. Quizen sluttet tidlig kvelden før, og selv om det ble noen øl, hadde de hatt tid til å roe ned med både nattmat og et stort glass vann før de la seg, og var både friske og opplagte da de våknet. De dro innom leiebilfirmaet og plukket opp bilen de skulle ha til den siste delen av reisen. En liten snasen elbil. Jade satte seg bak rattet først, og Marianne lastet ned en app og begynte å planlegge ladestopp på veien. De kjørte sørover langs E6-en. Da de kjørte gjennom Lundamo, passerte de et busskur med tre mennesker seint i tjueårene, to kasser øl, noe som kunne se ut som en dukke i rosa kjole, og han ene holdt en død mus etter halen. Det måtte være et slags kunstprosjekt. Marianne og Jade så på hverandre.

«Ingen flere haikere», sa de i kor.

«Folk på bygda er så rare», sa Marianne.

«Det virket som om de hadde det veldig gøy», sa Jade.

«Utvilsomt», svarte Marianne. «Men vi har det også gøy.»

«Det har du jammen meg rett i. Det er synd reisen nærmer seg slutten. Vi har vel snart alle fylkene nå?»

«Ja», sa Marianne og fant fram notatboka. Hun hadde brukt morgenen på å oppdatere den, lime inn bilder og gjøre noen dagboknotater. Hun hadde ikke skrevet reisedagbok i vanlig forstand, men mer på grafittivis dokumentert turen i stikkordsform. Det siste hun hadde gjort var å lime inn bilder av henne selv, Jade og Elisabeth foran motorsykkeltappekrana, og skrevet «Eagles er et one hit wonder» på den ene siden, og «Gnarls Barkley=Radiohead=10 øl» på den andre. Og så notert «-2 øl, så nå er det bare 8 øl» i mindre skrift under.

«Vi tar Hedmark og Oppland i dag, og så er det Buskerud og Oslo i morgen, og da er vi ferdige. Alle fylkene, slik de var før 2018, på to uker», sa Marianne.

«Vi kan bare si *alle fylkene*», sa Jade. «Vi trenger ikke spesifisere noe mer enn det.»

«Ja, men det blir liksom mindre imponerende når det bare er elleve», sa Marianne.

«Neste år er det femten igjen», sa Jade.

«Ja, det hjelper», medgikk Marianne.

«Eller, kan vi si at vi har vært i Buskerud, når det strengt tatt var Viken da vi var der?» sa Jade, mest til seg selv, undrende ut i lufta.

Marianne sendte henne et blikk og laget en guttural lyd. Jade tok hintet.

«Ja, det kan man nok», svarte hun seg selv.

«Første ladestoppet blir på Tynset», sa Marianne. «Det er også Hedmark-stoppet vårt, så vi får kryssa av det.»

«Hva har de i Tynset?» spurte Jade.

Marianne gjorde et raskt søk.

«En stor sparkstøtting og det som visstnok er landets styggeste rådhus.»

«Å, det vil jeg se!» sa Jade begeistret.

«De er rett ved siden av hverandre», sa Marianne. «Og det er ladestopp like i nærheten, så det burde gå fint.»

Mindre enn en time seinere sto Marianne og Jade ved en diger sparkstøtting med hver sin pappkopp med kaffe i hånda.

«Det er den største sparkstøttingen jeg har sett», sa Jade.

«Det er bare fordi vi ikke stoppet i Farsund», sa Marianne. «Der har de visst en som er enda større.»

«Hvorfor det?» spurte Jade.

Marianne trakk på skuldrene.

«Sparkstøtting», sa hun. «For et rart ord. Det er liksom bare akkurat det man gjør. Man sparker, og man støtter seg.»

«Og så beveger man seg framover», sa Jade. «Man kan argumentere for at det er den viktigste biten. Rart at de ikke har valgt å ta det med i navnet.»

«Sparkstøtteframoverbeveger blir bare tullete», sa Marianne.

De så på hverandre og lo.

Marianne skiftet fokus.

«Jeg synes ikke det kommunehuset er så stygt, jeg», sa hun.

«Enig. Litt topptungt, bare», sa Jade.

«Med litt fantasi kan det nesten se ut som en kinesisk paviljong», sa Marianne.

«Paviljong?» Jade så undrende på venninnen.

«Ja. Eller et sånt japansk tempel. Du vet hva jeg mener. Et sånt bygg som ser stabla ut, på en måte?»

«Laftehus?» foreslo Jade.

«Nei! Sånn som de har i Asia.» Marianne begynte å bli frustrert. «Det er kjempemange av dem i Thailand. Jeg tror de brukes som tempel eller noe. Navnet minner om pedagog.»

«Mener du pagode?» spurte Jade.

«Ja! Det er akkurat det jeg mener. Det ser ut som en pagode!»

De søkte opp «pagode» og så på bilder.

«Jeg sa man måtte legge til litt fantasi», sa Marianne.

«Litt?» Jade var fortsatt skeptisk.

«Kom igjen. Jeg prøver å se lyst på livet her», sa Marianne. «Vær litt positiv!»

«Jeg skal iallfall ikke ha på meg at jeg ikke er positiv.» Jade smilte skjevt, la hodet på skakke og myste. «Rådhuset i Tynset ser litt ut som en pagode.»

De gikk tilbake til bilen, koblet den fra ladestasjonen, og Marianne satte seg bak rattet.

«Føler du at du klarer det?» spurte Jade.

«Klarer hva da?» kontret Marianne.

«Å se lysere på livet?»

Marianne tenkte seg om.

«Jeg tror det.»

«Jeg tror det dreier seg mye om å tørre å være seg selv», sa Jade.

«Nei!» sa Marianne bestemt. Men så lo hun. «Jeg vil være bedre enn meg selv. En ting er at begrepet *være seg selv* ble ødelagt av realitydeltagere som ville ha sex på tv for sikkert tjue år siden. Men folk bruker det også som unnskyldning for å oppføre seg som drittsekker.»

«Men ...», begynte Jade.

«Jeg er ikke ferdig!» avbrøt Marianne, ikke helt uten å se ironien i det hun var i ferd med å si. «Hvis å være deg selv gjør at du ikke klarer å følge vanlig folkeskikk, så kan du faktisk ikke være deg selv hele tiden. Man må skjerpe seg. Være bedre, prøve å være hyggelig.»

«Prøve å være lykkelig», supplerte Jade.

«Enig», sa Marianne. «Men ikke på bekostning av andre.»

«Hvor kommer dette fra?» spurte Jade. «Ikke for å være slem, men du er jo ikke det mest menneskevennlige mennesket jeg kjenner.»

«For det første», utbrøt Marianne, «det der var litt slemt, og det er en annen ting, man kan ikke bare si *ikke for å være slem*, og så si slemme ting, men jeg skjønner jo hva du mener. Men jeg liker jo folk. Jeg vil jo være en del av noe. Bare ikke hele tiden. Og ikke med ett menneske. Jeg vil ha mange mennesker. Og jeg vil gjøre dem lykkelige, og jeg vil at de skal gjøre meg lykkelig.»

«Men du har jo veldig mange mennesker. Venner, kollegaer, familie», sa Jade.

«Jeg har jo det», sa Marianne.

«Og likevel vil du ha mer?» spurte Jade.

«Det er jo det det dreier seg om. Å stadig få det bedre?»

«Kanskje det ikke gjør det?» Jade ytret seg bare med spørsmål nå. «Kanskje det dreier seg om å se hva man har, og innse at det er bra nok?»

«Men hvor er driven da?»

«Hvorfor trenger du driv?»

«For å komme videre.»

«Men hvorfor vil du videre, når du har det fint der du er?»

Marianne tenkte seg om. Hun hadde ikke noe svar.

«Ok», sa hun. «La oss heller ta en musikkquiz.»

Jade nikket, fant fram mobilen og satte på en sang.

«Haha, dette er Willie Nelson med On the Road Again», sa Marianne allerede før Willie selv rakk å synge ordene.

«Stemmer!» sa Jade og hoppet til neste sang.

Kapittel 32

Go Your Own Way – Fleetwood Mac
(*Rumours*, 1977)

Marianne kjørte inn på plassen foran hytta og parkerte bilen ved siden av Audien til Emil. Hun snudde seg mot Jade.

«Hva tenker du? Går det greit å tilbringe et døgn med eksen?»

«Det går nok bra», lo Jade. «Jeg gleder meg egentlig mest til å se jentene igjen. Du kan underholde Emil, og så kan vi gå tur eller noe.»

«Bra plan», sa Marianne.

De gikk ut av bilen, og Marianne gikk bak og åpnet bagasjerommet og tok ut først sin egen koffert, så Jades, og satte dem på bakken. Veien var ikke asfaltert, så de kunne ikke bruke trillefunksjonen, men måtte bære koffertene det lille stykket bort til hytta.

De kom fram og banket på døra. Ingen åpnet. Jade prøvde dørklinka. Døra var låst. Hun fisket mobilen opp av lomma, og så på den.

«Han har ikke sett den siste meldingen», sa hun. «Den som sier at vi er framme om en halv time. De er sikkert og bader, det ligger et vann ikke så langt unna.»

Marianne hadde vært med på hytta en gang sommeren for syv–åtte år siden, og husket vagt tjernet man kunne bade i, en middels spasertur unna.

«Jeg sjekker om han har hengt nøkkelen i boden», sa Jade.

Til venstre for inngangen var det et utstikk som tjente som bod. Døra var låst med en hengelås som kunne åpnes med en firesifret kode. Jade vred de små hjulene i posisjon, og låsen spratt opp. Hun hektet den av stålbeslaget og åpnet boddøra. Hun gikk inn i boden. Det var akkurat nok gulvplass til at en person kunne stå der inne, og hun følte seg fram på bjelken over døra, til hun tydeligvis fant noe.

«Tombola!» utbrøt hun, og holdt triumferende opp en nøkkel som var festet til en sølvfarget nøkkelring formet som en delfin med et grønt øye i strass.

Hun ga nøkkelen til Marianne og fisket fram mobilen nok en gang.

«Jeg sender en melding om at vi låser oss inn», sa hun. «Ryddigst sånn.»

Marianne nikket, snudde seg og stakk nøkkelen i låsen og låste opp.

Stua var overraskende ryddig, med tanke på at Emil og de to tenåringene hadde vært der i nesten en uke allerede. Hytta var bygd på 1990-tallet, og det var furupanel overalt. Gulvet, veggene, til og med himlingen. En trapp, også av furu, ledet opp i andre etasje. «Kom», sa Jade. «Vi deler rom på loftet.» Hun gikk foran Marianne inn i hytta og opp trappa. Marianne løftet kofferten sin og fulgte etter.

På loftet var det en liten gang med en bod i enden, en dør til venstre og en til høyre. Jade åpnet døra til venstre. Inne på rommet var det to senger med hvert sitt lille nattbord. Overalt i rommet lå det strødd med klær, bøker, sminke, solkrem, håndklær, hårstrikker og annet som to tenåringsjenter kunne tenke seg å ha med på hyttetur. Ingen av sengene var oppredd. Dynene lå i en krøll i hver sin fotende. Jade smilte og ristet på hodet.

«Her bor jentene», sa hun og lukket døra. Marianne rakk så vidt å se kaoset, der hun sto på det nest øverste trappetrinnet og holdt i kofferten. Den begynte å bli tung, så hun lempet den opp og satte den øverst i trappa, mellom seg og Jade. Jade åpnet døra til høyre. Rommet lignet på det første, samtidig som det var helt forskjellig. Selve rommet var en speilvendt kopi, men her var de to sengene satt sammen på midten av rommet, med nattbordene ytterst på hver sin side. Det var en smal passasje til venstre og høyre for senga. Dette rommet var plettfritt. Det var lagt på hvitt sengetøy med lyseblå blomster, og et stort, hvitt, heklet sengeteppe dekket begge sengene. Jade gikk inn i rommet og svingte til venstre. Marianne fulgte etter og tok til høyre. Det var ikke egentlig noe sted å åpne kofferten, så Marianne la den på senga, som en midlertidig løsning.

«Har vi også tenkt å bade, eller?» spurte hun.

«Jeg vet ikke om jeg orker nå», sa Jade, «jeg kunne egentlig bare tenke meg å sitte i sola og lese en bok.»

«Ja, det hørtes perfekt ut. Hva leser du?»

Jade rotet rundt i veska si og dro fram en murstein som hun holdt opp.

«*Beatles* av Lars Saabye Christensen», sa hun. «Det er helt utrolig at jeg ikke har lest den før.»

Marianne nikket enig.

De dro synkront opp glidelåsene, åpnet lokkene og rotet rundt i hver sin koffert. Marianne fant fram bikinien sin, et sort skjørt med hvite prikker og en hvit t-skjorte med et ensfarget, svart print av forsiden til Wuthering Heights av Emily Brontë på brystet. Jade fant fram en rød, ermeløs tanktop og svarte hotpants.

«Wow!» sa Marianne.

Jade gliste fornøyd.

«Selv om jeg ikke er interessert i ham lenger, så skal han jammen meg få se hva han går glipp av», sa hun.

«Du sa det kom til å gå fint», sa Marianne.

«Og det gjør det», svarte Jade. «Jeg har ikke tenkt å si noe. Fortell meg hva du leser!»

Marianne rotet litt mer i kofferten og fant til slutt boka. Hun holdt den opp med en ulykkelig mine.

«*Fangen*», sa hun. «Det er den femte boka. Den tar aldri slutt.»

Jade kjente til Mariannes prosjekt om å lese seg gjennom *På sporet av den tapte tid*. Hun skjønte det ikke. Hun himlet med øynene, dukket ned i sin egen koffert og dro fram en beige bok med rød tittel.

«Her», sa hun, og kastet den til Marianne. «Les *Vindens skygge*. Det er en bok som både er bra, og som du kan kose deg med. Du kan få begge deler, vet du.»

Marianne tok takknemlig imot, og la *Fangen* fra seg. Hun fant fram solkrem, solbriller og et håndkle, før hun lukket kofferten og satte den i hjørnet av rommet. Jade gjorde det samme, og så gikk de ned i første etasje sammen.

Jade åpnet kjøleskapet.

«Det er vin her», sa hun. «Vil du ha?»

«Ja, takk!» svarte Marianne begeistret.

«Se om du finner glass i skapet der borte», sa Jade og nikket mot et vitrineskap som sto i hjørnet på stua. Marianne gikk bort til skapet, tok ut to glass og rakte dem til Jade, som fylte dem med vin fra en boks. De tok med seg vin, bøker og soleffekter ut på terrassen, og satte seg i hver sin solstol. Marianne tok av seg t-skjorta og satt i bikinitoppen, men beholdt skjørtet på. Jade lå der som en film- stjerne fra 50-tallet i tanktoppen og hotpantsene. Hun hadde røde solbriller som matchet toppen, og håret var samlet på toppen av hodet i en høy hestehale. Jade fisket fram en Bluetooth-høyttaler og satte på Rumors-plata til Fleetwood Mac på mobilen. De åpnet hver sin bok og satt der sammen og hørte på musikk, leste og nippet til vin. Etter noen timer kunne de høre latter. Emil og de to jentene kom opp stien som ledet til baksiden av hytta og rett til terrassen. Jentene bar på hver sin store strandbag, Emil hadde bare et håndkle over skuldra. De var våte i håret, alle tre, og var rødbrune i huden etter å ha tilbrakt dagen i sola. Jentene kom løpende og klemte moren, før de hilste på Marianne også. Hun fisket opp t-skjorta si fra terrassegulvet, og tok den på. Hun så hvordan blikket til Emil hang på Jade, og merket at hun ikke følte annet enn bittelitt sympati for ham. Han hadde virkelig rotet det til for seg. Han gjorde det motsatte av jentene, hilste på Jade, men klemte bare Marianne. Jade ble med jentene inn for å få referat om hva de hadde gjort, mens Emil hentet seg sitt eget vinglass og fylte i samme slengen på Mariannes, før han satte seg ned på solstolen til Jade. Jade og Marianne hadde vært inne og fylt på vinglassene sine et par ganger mens de satt der i sola, og Marianne kunne kjenne alkoholen strømme rundt i kroppen. Den hadde gjort henne litt ustø da hun reiste seg for å klemme Emil, og dro nå i munnvikene hennes, slik at hun måtte smile uten helt å vite hvorfor.

«Har dere hatt en fin tur?» spurte Emil.

«Veldig», svarte Marianne. Både hun og Jade hadde fortløpende sendt ham oppdateringer på snapchat gjennom hele turen, så Emil visste stort sett alt de hadde gjort underveis.

«Hvordan går det med henne?» spurte han lavt.

Marianne tenkte seg om.

«Bra», sa hun til slutt. «Hun har nesten tilgitt deg.»

Hun så lyset i øynene til Emil, og modererte seg. Det var ikke det hun mente.

«Ikke vil-bli-sammen-med-deg-igjen-tilgitt», sa hun. «Bare kan-omgås-på-en-saklig-måte-tilgitt. Du må gi slipp på det der. Du har forspilt den sjansen.»

Lyset slukket igjen.

«Jeg vet», sa han og tok en slurk av vinen. «Kom. Vi går en tur.»

Marianne reiste seg og måtte støtte seg til veggen.

«For mye vin?» lo Emil.

«For mye vin», bekreftet hun. «Og for mye sol.»

«Jeg henter vann til oss», sa han, og gikk inn i hytta.

Hun hørte ham rope «Marianne og jeg går oss en tur» opp trappa, og Jade rope «Ok» tilbake, før han kom ut igjen med to kjøleskapskalde vannflasker. Marianne tok imot den ene flaska og la den mot panna for å kjøle seg ned i noen sekunder før hun åpnet den og tok noen grådige slurker. Emil gikk ned de to trinnene fra terrassen, og holdt ut hånda for å støtte Marianne.

Hun lo og viftet den vekk.

«Jeg er ikke dritings, altså. Jeg har ikke drukket mer enn to, maks tre glass vin.» Det kunne ha vært fire, men det sa hun ikke noe om. Hun klarte likevel fint å gå ned trinnene på egen hånd. De gikk ved siden av hverandre ned stien. Det var godt utpå ettermiddagen, og sola forsvant bak noen skyer, og det var mindre brennhett enn det hadde vært bare tjue minutter tidligere. På bunnen av bakken gikk stien inn i skogen, og de havnet i skyggen. Der var det direkte kjølig. Marianne hutret.

«Nei, her kan vi ikke være», sa Emil. Han snudde, Marianne gjorde det samme, og de gikk ut av skogen igjen. De gikk et stykke langs skogkanten, den delen som fortsatt var i sola, og satte seg til slutt ned på en liten benk som sto ved stien. Den så hjemmelaget ut, og burde nok ha blitt vedlikeholdt mer enn den var. Treet var blitt grått og hadde sprekker flere steder.

«Er du forelsket i Jade igjen?» spurte Marianne. Hun bøyde seg ned og plukket en lyselilla blomst som vokste ved foten av benken.

«Nei. Jeg tror ikke det», sa han. «Jeg tror bare at jeg savner det vi hadde.»

Marianne tvinnet blomsten mellom fingrene. Det var verken tid eller sted, men hun kjente at hun måtte si det.

«Du vet at jeg har vært forelsket i deg?» Hun kjente et sug i magen. Det minnet om forelskelsessuget, men det var ikke det. Det føltes som når man ble sluppet løs etter at man var kommet seg over den første kneika i en berg-og-dalbane, og ikke hadde noe kontroll fordi tyngdekraften tok over.

Han nikket. Ventet litt og sa: «Men du er det ikke nå?»

«Nei», svarte hun.

«Bra», sa han.

Marianne nikket. Et ekko av hans bevegelse. Det var en fin avvisning. Det var lenge siden hun var ferdig med å ha kjærlighetssorg over ham, likevel var hun overrasket over at det ikke gjorde vondt. Tvert imot. Hun likte at avvisningen var så tydelig. Endelig. Hun slapp å lure på om det kunne blitt noe om hun bare hadde sagt noe tidligere.

«Men jeg tror ikke du trenger å jobbe så hardt om du skulle få lyst på meg», sa hun.

Han så rart på henne. Hun hadde tatt det for langt. Hvis hun ikke hadde sagt det siste der, ville det vært et perfekt øyeblikk. Så la han armen rundt henne, klemte skulderen sin mot hennes.

«Nå må du slutte å tulle», sa han, og så reiste han seg og gikk tilbake mot hytta.

Marianne ble sittende på benken en liten stund til. Hun satt der og drakk vannet sitt. Kjente at hun ble mer edru. Prøvde å finne ut om hun angret på det hun hadde sagt. Om hun var lei seg. Det kunne være at det så annerledes ut dagen etterpå, når hun var helt edru, men hun trodde ikke egentlig det. Det hjalp at det ikke var sein natt. Det var fortsatt lyst, og selv om dagfylla fortsatt var fylla, virket det mindre sjuskete. Det hadde vært en samtale mellom to venner i dagslys. Den var nødvendig. Og riktig. Om ikke helt feilfri. Det ble så bra som det ble. Marianne var fornøyd. Hun drakk de siste slurkene med vann, de var blitt lunka i mellomtiden, og så gikk også hun tilbake til hytta.

Kapittel 33

The Ballad of Lucy Jordon – Dr. Hook & the
Medicine Show
(1974)

Jade hadde allerede stått opp da Marianne våknet, så hun hadde soverommet for seg selv. Hun fant fram notatboka, bladde opp på riktig side og krysset av for Oppland fylke. Nå gjensto bare Buskerud. De skulle kjøre til Drammen etter frokost. De hadde ikke snakket om hvorvidt de skulle kontakte Caroline når de var der. Marianne bestemte seg for at hun skulle la det være opp til Jade. Hun fant fram mobiltelefonen og den lille bærbare printeren, og produserte et bilde som hun hadde tatt dagen før, av henne selv og Jade. Jade så virkelig ut som en filmstjerne med den høye hestehalen og den røde toppen, men Marianne så ikke så verst ut selv heller. Hun smilte med sola i øynene, hun hadde fått fin farge, og håret var krøllete på grunn av saltet i svetten. Hun limte inn bildet på siden for Oppland. Blomsten hun hadde plukket ved benken dagen før, sto i et shotglass med vann på nattbordet. Hun plukket den opp, tørket av stilken på t-skjorta hun hadde sovet i og la den slik at selve blomsten var på høyde med bildet, mens stilken og bladene snodde seg nedover siden. Hun lukket boka, presset permene mot hverandre og la den under både *Fangen* og *Vindens skygge*. Hun sto opp, tok på seg treningstøy og tok en rask løpetur, før hun dusjet og møtte de andre på terrassen til en sein frokost. Hun ble stående et øyeblikk inne i hytta og bare betrakte dem før hun gikk ut. De så fortsatt ut som en familie. Jade sa noe som fikk Emil og jentene til å le. Marianne benyttet anledningen til å gå ut og sette seg ned sammen med dem. Hun forsynte seg med et nystekt rundstykke, som hun delte i to og hadde smør og ost på, og skjenket seg et glass appelsinjuice og en kopp kaffe.

Etter frokost pakket de koffertene og slepte dem ned trappa igjen. Emil og jentene skulle bli på hytta et par dager til, og de ble med ut på plassen og klemte ha det. Nå klemte døtrene til Jade Marianne også, og Emil klemte både Marianne og Jade. Det var fint. Alle klemte alle. De to søstrene klemte også hverandre, og så ga Jade Marianne en klem, siden de var så godt i gang. Emil lempet koffertene inn i bilen, og Jade satte seg bak rattet for turens nest siste økt. Marianne plottet «Drammen» på GPS-en, og de sneglet seg av gårde på kjerreveien ut mot en verden med asfalt igjen.

Det var akkurat litt for lite strøm på bilen til å nå helt fram til Drammen uten et ladestopp. Da de stoppet, var batteriet nede på seks prosent. De plugget i ladekabelen og gikk inn på dagligvarebutikken som lå rett ved. De trengte ikke så mye strøm, så de måtte bare slå i hjel en liten halvtime. Mer proviant til turen var det heller ikke behov for. Litt kjørebrus var greit, men de skulle spise middag i Drammen, og så fortsette hjem. De satte seg på en benk utenfor butikken. Jade hadde kjøpt en kurv med jordbær, som de satte mellom seg og mumset av i sola. Marianne tok en siste selfie av dem, som hun printet ut og limte inn i boka og krysset av for Buskerud.

«Ferdig!» sa hun.

«Strengt tatt så har vi ikke tatt Oslo enda», sa Jade.

«Stemmer. Det har vi ikke», sa Marianne. «For det bestemte vi å ta til slutt. Jeg kjenner at jeg angrer på det nå. Ikke for det, det har vært en veldig hyggelig tur, men nå er jeg faktisk klar for å bare spise et bedre måltid i Drammen, og så dra rett hjem og plante meg foran tv-en en times tid, før jeg legger meg. I min egen seng.»

«Åååå. Senga mi», stemte Jade i. «Jeg har savna senga mi. Det er den beste senga.»

«Og badet mitt», sa Marianne. «Jeg elsker badet mitt.»

«Men det har vært en fin tur», sa Jade.

«Det har det. Og nå kan vi si at vi har vært i alle fylkene i Norge.»

«Selv om de går tilbake til sånn som det var i 2017.»

«Ja. Men deler de opp landet enda mer, må vi bare dra til de nye fylkene som vi eventuelt ikke har vært i.»

«Det må vi. Men tror du det kommer til å skje?»

«Nei, men hvis. I så fall forplikter jeg meg her og nå til at jeg skal til det nye fylket senest ett år etter at det blir opprettet.»

«Det er jeg med på.»

De tok hverandre i hånda.

Det durte i telefonen til Marianne. Varsel fra ladeappen. Ladinga hadde stoppet.

«Det var rart», sa Marianne. De gikk bort til bilen. Marianne åpnet døra til førersetet, trykket på knappen som koblet fra ladekabelen, gikk fram og plugget bilen fra. Den hadde bare ladet seg til søtten prosent. Det var nok strøm til å komme seg til Drammen. Hun trykket på startknappen. Ingenting skjedde. Hun trykket på den igjen, og et utvalg varsellys dukket opp på dashbordet. Det var trekanter, utropstegn og en stor oransje skiftenøkkel som så særdeles illevarslende ut. Marianne trykket på startknappen igjen, og alle lampene sloknet.

«Oi, hva gjør vi nå?» spurte hun Jade.

«Jeg vet ikke. Prøv å starte den igjen.» Jade gikk rundt bilen og satte seg i passasjersetet. Hun åpnet luka til hanskerommet og tok ut brukerveiledningen til bilen og begynte å bla i den. Marianne trykket på startknappen igjen. Samme resultat. Varsellamper i nesten halvparten av regnbuens farger, rød, oransje og gul lyste opp, men nå startet i det minste motoren også. Marianne trykket på knappen enda en gang for å få alle lysene til å forsvinne.

«Det står her at man skal kontakte verksted øyeblikkelig», sa Jade, hun bladde fram og tilbake i brukerveiledningen. «Det gjelder iallfall to av de lysene.»

«Ok», sa Marianne. «Jeg ringer bilutleiefirmaet og spør hva vi skal gjøre.»

Etter en rask telefon hadde hun avklart at bilutleiefirmaet hadde en filial i sentrum av Drammen, og at hun forsiktig skulle kjøre bilen dit, så skulle de se hva de kunne gjøre.

Nesten fire timer seinere var Marianne og Jade på vei tilbake til bilutleiefirmaet til fots. De hadde levert fra seg bilen og fått beskjed om at firmaet skulle prøve å fikse den, og hvis ikke, skulle de få tak i en annen bil. Det var midt i sommerferien, og alle bilene var egentlig booket, men de mente de hadde noen triks. Marianne og Jade hadde dratt til en indisk restaurant og hatt en skikkelig fin avslutningsmiddag for turen. Det var fortsatt veldig varmt i været, selv om det begynte å dra seg mot kveld. Marianne og Jade hadde latt jakkene være igjen på bilutleiefirmaet, sammen med koffertene.

«Jeg håper de har klart å fikse bilen», sa Jade.

«Ja, jeg vil hjem i kveld», sa Marianne.

«Hvis de ikke har det, så kan vi jo bare ta toget», sa Jade.

«Jaa …» Marianne dro på det. «Det er så stress.»

«Jeg overnatter ikke i Drammen», sa Jade bestemt. «Det er mindre enn en time til Oslo.»

«Vi kunne jo hørt om vi kan overnatte hos Caroline», sa Marianne forsiktig. Hun skulle jo ikke egentlig si noe, men det ble for dumt å ikke foreslå det engang.

«Ja, vi kunne jo det, men jeg vil bare hjem nå.»

Marianne registrerte med glede at det var behovet for å komme seg hjem, og ikke Caroline i seg selv, som gjorde at Jade avviste forslaget. Det var enda et lite skritt i retning av å få reddet vennskapet.

Kanskje de innen utgangen av året var et quizlag igjen. Marianne krysset fingrene.

«Ja, jeg håper egentlig også mest av alt at de har fått fikset bilen», sa Marianne mens de trådte fram mot resepsjonen i leiebilfirmaet.

«Vi har ikke fått fikset bilen deres», sa den unge damen med blått hår, som satt bak skranken.

«Ok», sa Marianne.

«Men vi har klart å skaffe en erstatningsbil til dere», sa den blåhårete.

«Åh, så bra», Marianne var genuint lettet.

«Jeg håper det er greit at det er en kabriolet?»

Marianne så på Jade. Jade så på Marianne. Så gliste de, begge to.

«Om det er greit?» sa Marianne. «Det er mer enn greit.»

«Den er også en bensinbil. Uten automatgir.»

«Ikke noe problem», sa Marianne. «Jeg har kjørt manuelt i flere år enn jeg har kjørt automatgir, så jeg regner med at det kommer til å gå seg til.»

«Så bra.» De fikk et skjema som de måtte signere. «Det er til forsikringen. Hele Drammen er skrapa for leiebiler, men en venn av sjefen min leier ut veteranbiler, og vi har klart å gjøre en avtale med ham. Bli med meg.»

Sammen gikk de på parkeringsplassen. Og der sto den. En blågrønn Ford Thunderbird. Marianne lo høyt så glad ble hun.

«Så vi kan bare levere den hos filialen deres i Oslo?» spurte Marianne.

«Det stemmer.»

Marianne og Jade hentet koffertene og sjekket om de hadde glemt noe i den kjedelige gamle elbilen de hadde kjørt fra Trondheim, før de lastet inn bagasjen sin i Thunderbird-en. Marianne satte seg inn bak rattet og startet motoren. Den brummet fint. Hun trykket på knappen som fikk taket til å trekke seg tilbake. Jade satte seg i passasjersetet og festet sikkerhetsselen. Bilen var gammel, men stereoanlegget var oppdatert, så man kunne koble til telefonen med Bluetooth. Marianne rygget ut fra parkeringsplassen, vrei rattet og fikk bilen ut på veien. Hun klønet litt med giringa i starten, men det kom fort tilbake til henne. De kom seg raskt ut av sentrum og ut på E18 mot Oslo. Sola skinte, himmelen var blå. Marianne nøt vinden i håret. Jade drev fortsatt og fiklet med mobilen og prøvde å pare den med stereoanlegget. Hun klarte det til slutt.

«Hva er det den heter», spurte hun Marianne. «Den sangen du liker så godt, den om å kjøre gjennom Paris, med vinden i håret?»

«The Ballad of Lucy Jordan», sa Marianne.

«Med hvem da?» spurte Jade. «Det er flere som synger den.»

Marianne var ikke i Paris. Men hun satt i en kabriolet. Med sin beste venninne. Hun gledet seg til å komme tilbake til Oslo, til jobben, til mer quizing, lese flere bøker og kanskje dra på zumba.

«Sett på den med Dr. Hook. Jeg har egentlig alltid foretrukket deres versjon», sa hun. Jade skrollet fram til riktig sang og trykket på play. Marianne skrudde volumknappen på bilstereoen til maks styrke, og med et stort smil om munnen kjørte de videre med vind i håret og musikk i ørene.